古典文獻研究輯刊

十三編

曾永義 主編

第19冊

包公傳播研究（上）

李永平 著

國家圖書館出版品預行編目資料

包公傳播研究（上）／李永平 著 — 初版 — 新北市：花木蘭
文化出版社，2016〔民 105〕
目 4+172 面：19×26 公分
（古典文學研究輯刊 十三編：第 19 冊）
ISBN 978-986-404-595-2（精裝）
1. 民間文學 2. 傳播研究
820.8   105002172

ISBN-978-986-404-595-2

古典文學研究輯刊
十三編　第十九冊　　　　　　　ISBN：978-986-404-595-2

包公傳播研究（上）

作　　者　李永平
主　　編　曾永義
總 編 輯　杜潔祥
副總編輯　楊嘉樂
編　　輯　許郁翎
出　　版　花木蘭文化出版社
社　　長　高小娟
聯絡地址　235 新北市中和區中安街七二號十三樓
　　　　　電話：02-2923-1455／傳眞：02-2923-1452
網　　址　http://www.huamulan.tw 信箱 hml 810518@gmail.com
印　　刷　普羅文化出版廣告事業
初　　版　2016 年 3 月
全書字數　301287 字
定　　價　十三編 20 冊（精裝）新台幣 38,000 元　　　版權所有・請勿翻印

包公傳播研究(上)

李永平　著

作者簡介

　　李永平：字貫一，1970 年 11 月生，陝西彬縣人。陝西師範大學文學院教授，陝西關隴方言與民俗研究中心兼職研究員，文學博士，歷史學博士後，陝西師範大學文學人類學中心主任。

　　先後承擔《中國文學史》、《比較文學》、《文學人類學》、《傳播學》、《輿論學》、《中國傳統文化》等十餘門課程的教學任務。主要從事俗文學、文學人類學、比較文學等方向的研究，發表學術論文近 50 篇，對考古、神話學、謠言、民俗學都有涉獵。

　　主持國家社科基金，中國博士後基金一等資助項目、教育部社科規劃項目、陝西省社科基金、中央專項項目等在內的縱向和橫向科研項目多項。

　　另外，李永平教授自幼酷愛書法藝術，轉益多師，學習臨摹《玄秘塔》、《勤禮碑》、《顏家廟碑》等書家名帖以及書法教育家沈尹默、衛俊秀、曹伯庸、啓功等先生的作品。

提　　要

　　本書是以傳播理論爲框架，以文獻資料爲依據研究包公文學形象的生成、演變、擴散等機制的學術著作。作者認爲，是文學傳播成就了包公。以傳播的控制、內容、媒介、受眾、效果、情境、動機等分析模式，借鑒了敘事理論和口頭程序理論，運用數據統計、文獻分析、田野調查等實證方法，分析包公傳播的社會環境，探討包公獲得成功傳播的文化動因。歷史上包公文學的成功傳播是「多級」傳播規律和媒介權力支配的結果。元雜劇在一定程度上成了準大眾傳播媒介，對社會輿論產生了「議程設置的功能」；包公文學在城市的傳播，依賴於明清以來蘇州、南京、北京、揚州等商業的發達；在鄉村的傳播，則主要歸因於宗教祭祀的演劇傳統。包公文學在民間傳播的規律和以人爲媒介的謠言傳播極爲相似：受省略或空變、加強、泛化、超細節化等傳播規律的內在支配。最終，傳播規律左右著包公文學的文體形式、主題選擇和敘事結構及敘事策略。

目次

緒　論

一、問題的提出：爲什麼一定是包公（「包公文學」概念的確立）

　　包拯（公元 999～1062 年），字希仁，北宋廬州合肥（今安徽省合肥市肥東縣小包村）人。他生於眞宗咸平二年，仁宗天聖五年舉進士，除大理評事，出知建昌縣。後又居家孝養父母十年，然後重新出仕。他曾在地方上擔任知縣、知州、知府，在中央做過監察御史、知諫院、三司使等官職，死於仁宗嘉祐七年，享年六十四歲。包拯爲官以清廉著稱，死諡孝肅。文學中則尊之爲公。

　　胡適在《三俠五義》序中說：

> 　　歷史上有許多有福之人。一個是黃帝，一個是周公，一個是包龍圖。上古有許多重要的發明，後人不知道是誰發明的，只好都歸到黃帝的身上，於是黃帝成了上古的大聖人。中古有許多製作，後人也不知道究竟是誰創始的，也就都歸到周公的身上，於是周公成了中古的大聖人，忙的不得了，忙的他「一沐三握髮，一飯三吐哺！」

> 　　這種有福的人物，我曾替他們取個名字，叫做「箭垛式的人物」；就同小說上說的諸葛亮借箭時用的草人一樣，本來只是--紮乾草，身上刺蝟也似的插著許多箭，不但不傷皮肉，反可以立大功，得大名。

> 　　包龍圖——包拯——也是一個箭垛式的人物。古來有許多精巧的折獄故事，或載在史書，或流傳民間，一般人不知道他們的來歷，

這些故事遂容易堆在一兩個人的身上。在這些偵探式的清官之中，民間的傳說不知怎樣選出了宋朝的包拯來做一個箭垛，把許多折獄的奇案都射在他身上。包龍圖遂成了中國的歇洛克‧福爾摩斯了。〔註1〕

趙景深在《中國小說從考》中說：

> 包拯是一個半神的人物；我在一九二七年出版的《童話概要》上說：中國包拯有吸收傳說的能力。其實夢遊地府，只有神仙能做，倘世上真有神仙的話，現在將神的事拿來加在人的身上便成了傳說。傳說好像蒲公英的種子，撒在什麼地方，就在什麼地方生根；又好像飄浮不定的航船，飄到什麼地方，便在什麼地方拋錨。〔註2〕

孫楷第先生說：

> 包老爺畢竟更有權威，在民間他的勢力幾乎和關老爺（照宋、元說話當稱「關大王」）一樣。如果世間的人真須要一位文聖和武聖配進來，那麼包公是唯一之選，因為平民對於他的印象比孔聖人深多了。〔註3〕

在中國，包公既是一位影響深遠的歷史人物，又是一位家喻戶曉的藝術形象。段寶林說：「包公之所以有名，與民眾口傳文學的口碑讚頌有極大的關係，正是民間的口碑文學（謠諺、傳說故事、曲藝說書、話本小說、地方戲曲）使包公流芳百世。」〔註4〕

早在宋代，包公就有很大的聲望，當時吳奎稱「其聲烈表爆天下人之耳目，雖外夷亦服其重名。朝廷士大夫達於遠方學者，皆不以其官稱，呼之為『公』。……公之薨也，其縣邑公卿忠黨之士，哭之盡哀，京師吏民，莫不感傷……」〔註5〕南宋時則云「閭里童稚婦女，亦知其名，貴戚宦官為之斂手」〔註6〕。或謂「名塞宇宙，小夫賤隸，類能談之。」〔註7〕他的名字被鑴刻在著名的《開封府題名記》石碑上（現藏於開封博物館），人們長期撫摸，以致字

〔註1〕歐陽哲生編：《胡適文集》第4卷，北京大學出版社，1998年版，第369頁。

〔註2〕趙景深：《中國小說叢考》，齊魯書社，1983年版，第481頁。

〔註3〕孫楷第：《包公案與包公故事》，《滄州後集》卷二，中華書局，1985年版，第68頁。

〔註4〕段寶林：《包公崇拜的人類學思考》，《民族藝術》，2001年第2期。

〔註5〕楊國宜校注：《包公集校注‧附錄一》，黃山書社，1999年版，第274頁。

〔註6〕楊國宜校注：《包公集校注‧附錄一》，黃山書社，1999年版，第269頁。

〔註7〕朱熹：《五朝名臣言行錄》卷八。

迹模糊。〔註 8〕顯現出包公崇拜綿延不絕的歷史信息。包公崇拜超越時空，歷時千載而不衰，這是一個值得深入探究的文化現象，他促使筆者思考四個問題：

（1）為什麼一定是包公？明朝人張岫曾經提出過這樣的問題：「宋之名臣彬彬其盛，何獨公之名愈久而愈彰；開封府尹二百餘人，皆當世名賢，何獨公有廟像，愈遠而愈企人之敬仰也哉？」〔註 9〕這確是一個值得探討的問題。因為宋代是一個人才輩出的時代，位高而政績卓著、文才超群者不乏其人，為什麼在人民心目中卻遠較包拯遜色？此外，從《史記》《漢書》起，歷代正史都有《循吏傳》，其中有不少利民的清官。還有不少敢於犯顏直諫，敢於打擊權貴的「骨鯁之臣」。他們可歌可泣的故事，有的甚至遠超過包公。就宋代而言，歐陽修、王安石、蘇軾的知名度都比包拯大，何以包公後世的聲名之大遠遠超過他們呢？為什麼包公偏偏成了「箭垛式的人物」？成為了知名度最高的清官？

（2）從傳播學角度看，文學只是包公傳播的媒介，從文學本體來說，文學的審美要素如人物形象、題材、體裁、敘事策略、音韻、語言、修辭等與傳播要素之間相互關聯，包公知名度的獲得，與文學傳播的規模是不是正相關？

（3）包公在文學藝術中獲得成功傳播的過程和傳播的社會機制是什麼？能不能用傳播理論來解釋包拯成功傳播和媒介變革、社會環境的互動關係？

（4）能不能用傳播學的研究方法定量分析整個元明清三代包公傳播規模及其演變過程？

包公文學傳播的成功，從人類學角度看，因為「決獄斷訟」有著人類學意義，包公文學正契合了這一人類集體無意識的「原型母題」；從題材看，是判案題材文學富有傳播性的結果；從傳播理論角度看，包公文學傳播的成功是多級傳播規律支配的結果；從意識形態看，包公文學傳播的成功是爭奪話語霸權的勝出。

何謂「包公文學」？從廣義上講，凡涉及包公並有具體情節的文學作品皆可稱之；狹義上則是指以包公為主要角色的文學作品，其形態包括傳說故事、詞話、小說、戲劇等。由於所學專業的限制，本書對包公文學的考察時限為晚清以前。文學以外傳播包公的媒介很多，如祠堂、廟會、風物等，本研究以傳播包公的文學為主，故對其它要素不予涉及。

〔註 8〕丁傳靖：《宋人軼事彙編》卷九，中華書局，1981 年版，第 415 頁。
〔註 9〕楊國宜校注：《包公集校注‧附錄三》，黃山書社，1999 年版，第 333 頁。

二、學術史回顧

現代學者對文學作品中包公的研究由胡適先生開始,他於一九二五年發表《三俠五義序》一文,綜論包公的傳說。其中包公「是中國的歇洛克·福爾摩斯」,「也是一個箭垛式的人物」的觀點,對以後學者有重大啓發。在此篇文章中,胡適先生主要討論元雜劇中的包公,並對《狸貓換太子》故事的來源及演變做了詳細的考察。其後,魯迅先生在《中國小說史略》一書中,對《三俠五義》及相關係列小說有精闢的論述:認爲《三俠五義》「正接宋人話本正脈,固平民文學之歷七百餘年而再興者」,「繪聲狀物,甚有平話習氣」,「爲市民寫心」。魯迅先生此言揭示出清代包公故事與說唱文學間的密切關係,也點出平民文學是包公故事的發展溫床。

趙景深先生的《中國小說叢考》收錄了六篇與包公相關的論文:《三俠五義前言》、《三俠五義再版題記》、《包公傳說》、《關於石玉昆》、《百回本包公案》及《所羅門與包公——解答振鐸兄的一個問題》。他不僅就《三俠五義》、《包公案》等書做了討論,在《包公傳說》一文中,更對元雜劇、小說、傳奇中的包公故事做了全盤探究。

孫楷第先生《滄州後集》中的《包公案與包公案故事》一文,對《包公案》中一百則故事精確分類,並對雙勘釘、盆兒鬼、抱妝盒、還魂記四個故事做了詳細論述,其中「包公故事的產生及發展線索」一節對後世學者有重大的引導作用。

建國以後到六十年代初期,對包公文學的研究顯得比較冷寂,徐朔方的《元曲中的包公戲》是見於研究目錄的唯一一篇論文。但是,到文革前後,包公以及包公文藝的評論文章屢屢見於報刊,它們都認爲包拯是爲封建王朝效忠的清官,有很大的階級局限和歷史局限,把他視作「反動封建的官僚」來批判,〔註10〕甚至認爲清官比貪官更壞。這些觀點是特定時代的產物。

新時期開始,包公文學的研究出現了空前活躍的局面,據寧宗一、陸林《元雜劇研究概述》所列論文目錄,僅 1978 年到 1984 年,這方面的論文就有 20 篇。九十年代以後,像其它領域的研究一樣,包公文學研究更趨深入。

〔註10〕比如有李育中的《「包公案」裏的包公》,《羊城晚報》1964 年 7 月 25 日;傅繼馥的《從〈龍圖公案〉看「包公」形象的反動性》,《光明日報》1966 年 2月 20 日第 4 版;王雙君《略談「清官」包拯和「包公」形象的反動實質》,《光明日報》1966 年 1 月 9 日。

這一階段，研究論文的數量不是很多，但是卻開拓了研究的廣度與深度。在資料上也取得重大突破，陸續發現了一些新的文本，如上海古籍出版社出版的《海外孤本晚明戲劇選集三種》中的《大明天下春》，就存有明代包公戲《剔目記》的《包文拯坐水牢》一齣戲。又朱萬曙先生從《脈望館鈔校本元明雜劇》中，發現《認金梳孤兒尋母記》雜劇，也是一部以前沒有被注意的包公戲。〔註11〕

　　研究專著也陸續出版。在大陸，1995 年安徽大學朱萬曙的《包公故事源流考述》一書，則對各時代包公故事的源流做了完整的考述。〔註12〕2001 年復旦大學楊緒容以《百家公案》為題完成了博士論文，對《百家公案》的成書過程做了深入探討。中國政法大學徐忠明《包公故事——一個考察中國法律文化的視角》一書，從法律角度解讀包公文學的價值和意義。臺灣對包公研究也頗值得注意，主要成果有 1975 年齊曉楓的碩士論文《元代公案戲研究》。1989 年臺灣輔仁大學中文研究所翁文靜的《包公故事研究》，該文全面論述歷史記載、宋元話本、元雜劇、明詞話、清小說、傳奇裏的包公故事。1999 年臺灣輔仁大學中文研究所丁肇琴的《俗文學中的包公》，採用傳說學的方法論來探討包公在民間傳說中的形象，此論文整合眾多民間故事資料，並搜羅各地的包公傳說，在資料採集方面用力甚勤。其它涉及包公題材文學作品的論著尚多，茲不贅述。

　　海外對包公文學的譯介和研究成果也很多。早在十九世紀，《灰闌記》即在英、法、德等國流傳。特別是近幾十年來，包公文學的研究論文和專著發表了不少，還有兩位學者以包公文學作為博士論文題目：一是馬幼垣先生的《中國俗文學中的包公傳統》，發表於 1971 年，其中對包公形象的演變有相當深入的探討，並專門研究《龍圖公案》一書的特色、來源及構成。此外，馬氏尚有《明代公案小說的版本傳統——龍圖公案考》〔註13〕，《三現身故事與清風閘》及《史實與構想的邂逅——包公與文彥博》三篇散論（前兩篇收錄於《中國小說史集稿》），個別討論了史實與小說的關係。二是喬治·海登

〔註11〕　朱萬曙：《〈認金梳〉、〈剔目記〉與明代包公戲》，見包拯誕辰千年學術研討會論文。

〔註12〕　朱萬曙：《包公故事源流考述》，安徽文藝出版社，1995 年版。

〔註13〕　〔美〕馬幼垣：《明代公案小說的版本傳統——龍圖公案考》，《哈佛亞洲研究》卷 35,1975；中譯文載《中國古典小說研究專集》（2），臺灣聯經出版事業公司，1980 年版。

先生的《元代的包公戲》，發表於 1972 年。喬治・海登還撰有《中世紀中國戲曲的罪與罰：三齣包公戲》，出版於 1978 年。美國蘇珊・布萊德以《三俠五義探研及其與龍圖公案唱本的關係》為題作博士論文，1977 年賓夕法尼亞大學出版社出版。日本的包公文學研究相對要熱一些，大冢秀高先生有《公案から公案説集へ──「丙部小説之末流」の話本研究に占める位置》〔註 14〕和《包公説話と周新説話──公案小説生成史の一側面》〔註 15〕；根ケ山彻先生有《〈龙图公案〉編纂の意図》〔註 16〕、《明代における包公説話の展开》〔註 17〕和《〈三俠五义〉に見る包公説話の展开》〔註 18〕。

　　綜觀已有的包公研究成果，主要集中在三個方面：一、包公故事源流考述；二、包公與清官文化的爭論；三、公案小說與包公戲。

　　目前，學術界以傳播學的理論、方法研究文學剛剛起步。以「傳播」進行古代文學研究的著作有宋莉華的《明清時期的小說傳播》，陳大康《明代小說史》也有涉及。由於知識結構的局限，從事古典文學傳播研究的大多數學者對傳播學、社會學不甚熟悉，對傳播的把握多停留在經驗描述和版本源流考述的層面。傳播學是源於西方的學科，有完整的理論架構和獨立的研究方法。到目前為止，還沒有真正運用傳播理論、方法研究古典文學的典型範例。各位學者也沒有實現視界交融和對話，曹萌甚至在《文學傳播學的創建與中國古代文學傳播研究》一文中認為「文學傳播研究尚屬空白」。〔註 19〕大多數古代文學研究者對傳播的理解僅停留在傳統的版本源流層面，傳播是一個社會過程，其中有許多理論，最終都要落腳在傳播效果上，這就需要實證研究。

三、基本的理論與方法

　　方法論上，以傳播學的立場研究文學形象的形成演變與深入人心的過程，做文學和傳播學的交叉研究。傳播學的創始人之一拉斯韋爾提出 5W 傳播

〔註 14〕原文載《集刊東洋學》第 47 期。
〔註 15〕見《東方學》第六十六輯，昭和五八（1983）年七月發行。
〔註 16〕見《中國文學論集》第十四號，昭和六○（1985）年十二月發行。
〔註 17〕見《中國文學論集》第十四號，昭和六一（1986）年十二月發行。
〔註 18〕根ケ山徹：《〈三俠五义〉に見る包公説話の展開》，見於《九州島中國學會報》第二十六卷，昭和六二（1987）年五月發行。
〔註 19〕曹萌：《文學傳播學的創建與中國古典文學傳播研究》，《瀋陽師範大學學報》2004 年第 5 期。

模式，形成了控制分析、內容分析、媒介分析、受眾分析、效果分析五大研究領域，後來 R・佈雷多克在此基礎上，把傳播的情境和動機加入，提出了 7W 模式。[註20] 本研究正是借鑒了傳播研究的模式。

　　同時，包公文學的傳播有明顯的口頭創作傳統，呈現出一定的敘事程式。所以，論文在分析的時候借鑒了敘事理論和弗里的口頭程式理論。

[註20] 周慶山：《傳播學概論》，北京大學傳播社，2004 年版，第 47～48 頁。

第一編　包公文學傳播的環境

第一章　包公爲政的政治語境

　　包拯自三十九歲重登仕途直至六十四歲病逝，其間仕宦二十六年，任職多次變化，主要職掌過地方守臣、御史、諫官、三司官、監司官、軍政官等。職掌內容涉及地方和京師軍政，中央監察、諫諍、財政、軍政等。他去世前最後一年任主管軍政的樞密副使，相當副丞相。他在宋代的突出事跡是清廉剛正，主要表現在直言敢諫、公正嚴明、關心民眾、廉潔自律諸方面，由此贏得朝野人士的普遍尊敬，當時人便敬稱他爲「包公」。

　　包拯所處的宋仁宗時代，距宋開國已達半個多世紀，經過長期的和平建設，此時已呈現出「極盛」的景象。但與此同時，階級矛盾和民族矛盾也不斷積纍，局部地區已發展到比較尖銳的地步。爲緩和矛盾，穩定統治，一些有識之士紛紛提出改革主張。宋仁宗處事仁厚，所以當時士氣振作，人才蔚起，以至「名卿鉅公」湧現。在仁宗的幕僚中，包拯的地位、聲名不及文彥博、歐陽修等人，在改革的潮流中，其理論、實踐更不能與同時代的范仲淹以及稍後的王安石相提並論。但有關包公的民間傳說卻多於同時代的任何人，這些傳說的生成和演變和宋代的社會背景緊密相關。

一、包公時代的社會背景

　　宋代的社會經濟和思想文化成就，是中國歷史上獨樹一幟的時期。陳寅恪先生指出：「惟可一言蔽之曰，宋代學術之復興，或新宋學之建立是已。華夏民族之文化，歷數千載之演進，造極於趙宋之世。後漸衰微，終必復振。」〔註1〕葛兆光也說：後人多說「盛唐氣象」如何如何，其實，從生活的富庶程

〔註1〕陳寅恪：《鄧廣銘〈宋史職官志考證〉序》，《金明館叢稿二編》，三聯書店，2001 年版，第 277 頁。

度上來說是不錯的，從詩賦的精彩意義上來說也是不錯的，從人們接受各種文明的豁達上來說也是不錯的；但是，從思想的深刻方面來說卻恰恰相反。在思想平庸時代，不一定不出現文學的繁榮景象，也許恰恰也是一種有趣的「補償」而已。〔註2〕總體上說，唐宋之間，中國社會逐步顯示出了全面深刻的轉型，學者一般認爲「安史之亂」乃是起點。〔註3〕與此同時，它也是宋代社會經濟、政治法律和思想文化轉型的因緣。這一轉型可以概括如下：

（一）社會方面

唐代結束了門閥化的政治，宋代開始了平民化的政治。國學大師錢穆說：「唐末五代結束了中世，宋代開創了近代。」〔註4〕從中唐開始而在宋代穩定確立的文化轉向正是一種「近世化」過程。這個近世化的文化形態可以認爲是中世紀精神與近代工業文明的一個中間形態，其基本精神是突出世俗性、合理性、平民性。

（二）政治方面

伴隨貴族政治的衰落，對於皇權的「制衡」也隨之喪失。通過科舉考試進入權力系統的士人成了皇權的附庸，皇權專制得以強化，國家權威與秩序得到重建。〔註5〕

宋代，中國古代科舉制度發展到了黃金時期。科舉進士晉升很快，而且大多爲國家梁棟，宰相皆由此出。鄧廣銘先生說：「科舉制度在兩宋所發揮出來的進步作用，所收到的社會效益，都遠非唐代之所可比擬的。」〔註6〕《宋史》卷一五五《選舉志》評論說：「天聖初，宋興六十有二載，天下乂安。時取才唯進士、諸科爲最廣，名卿鉅公，皆由此選，而仁宗亦嚮用之，登上第者不數年，輒赫然顯貴矣。」〔註7〕「名卿鉅公」有范仲淹、歐陽修、包拯、

〔註2〕葛兆光：《中國思想史》第二卷，復旦大學出版社，2000年版，第115頁。

〔註3〕陳寅恪先生指出，「唐代之史可分爲前後二期，而以玄宗時安史之亂爲其分界線。」參見《金明館叢稿初編》，三聯書店2001年版，第266頁。關於這一問題的具體分析，陳寅恪先生自注，參見《隋唐制度源流略論稿‧唐代政治史述論稿》，三聯書店2001年版，第183～235頁。

〔註4〕錢穆：《宋明理學概述》，《錢賓四先生全集》第九冊，臺灣聯經出版事業公司，1988年版。

〔註5〕〔美〕包弼德：《唐宋轉型的反思》劉東主編：《中國學術》第三輯，商務印書館，2000年版，第63～87頁。

〔註6〕鄧廣銘：《北宋文化史述論序》，中國社會科學出版社，1992年版，第3頁。

〔註7〕〔元〕脫脫：《宋史》卷一百五十五，中華書局，1977年版，第3611頁。

司馬光、王安石及蘇軾等，這些人才的出現是宋代科舉制發展的成果，同時，他們比較集中地產生於仁宗時期，與當時良好的政治氛圍不無關係。蘇軾曾評論說：「仁宗皇帝在位四十二年，搜攬天下豪傑，不可勝數。既自以爲股肱心膂，敬用其言，以致太平，而其任重道遠者，又留以爲三世子孫百年之用，至於今賴之。孔子曰：「惟天爲大，惟堯則之。」天下未嘗一日無士，而仁宗之世，獨爲多士者，以其大也。賈誼歎細德之嶮微，知鳳鳥之不下，閔溝瀆之尋常，知吞舟之不容，傷時無是大者以容己也。故嘗竊論之。天下大器也，非力兼萬人，其孰能舉之！非仁宗之大，其孰能容此萬人之英乎！」〔註8〕元朝史臣綜論仁宗說：「在位四十二年之間，吏治若偷惰，而任事蔑殘刻之人；刑法似縱弛，而決獄多平允之士。國未嘗無弊幸，而不足以累治世之體；朝未嘗無小人，而不足以勝善類之氣。君臣上下惻怛之心，忠厚之政，有以培壅宋三百餘年之基。子孫一矯其所爲，馴致於亂。《傳》曰『爲人君，止於仁。』帝誠無愧焉！」〔註9〕

（三）經濟方面

隨著均田制的衰落，土地自由交易有了極大發展。隨著坊市制的破壞，商業活動的時間和空間有了很大的拓展。一句話，政府對於經濟的支配和控制漸次削弱。所以儘管宋初的戶口和墾田數量都在增長，但財政困難。

（四）是文化方面

宋王朝建立的頭幾十年裏，皇室採取偃武修文的姿態，政府對文人大量選拔與任用，集中士人修撰《太平御覽》、《冊府元龜》、《太平廣記》等大型類書。知識又一次恢復了莊嚴意義。而印刷術的發達，宋代公私刻書業的興盛使書籍得以大量流通，不但皇家秘閣和州縣學校藏書豐富，就是私家藏書也動輒上萬卷。陳寅恪先生在他的著名的《論韓愈》一文中所論：「綜括言之，唐代之史可分爲前後兩期，前期結束南北朝相承繼之舊局面，後期開啓趙宋以降之新局面，關於政治社會經濟者如此，關於學術文化者莫不如此。」〔註10〕

〔註8〕《蘇軾文集》卷十四《張文定公（方平）墓誌銘》，中華書局，1986年版，第444頁。
〔註9〕《宋史》卷十二，中華書局，1977年版，第251頁。
〔註10〕陳寅恪：《論韓愈》，《金明館叢稿初編》，三聯書店，2001年版，第332頁。

二、宋代權力下移與多聲道傳播

毋庸置疑，中華民族是一個具有強烈「歷史意識」的民族。但在實用理性的支配下，歷史敘事或多或少都存在著「經世致用」、「勸善懲惡」的功能，道德意識摻入歷史敘事中。換句話說，歷史敘事的權力操縱和意識形態無處不在，形成了獨有的「史官文化」。

這就不難理解吳奎《孝肅包公墓誌銘》中對包公守法持正，敢任事責的品質議論道：「蓋孔子所謂大臣者歟！」〔註11〕對於這種歷史敘事品格，葛兆光在《中國思想史》裏說：「沒有把『真實』當做它的終極追求，它把書寫歷史當做一種獎懲的權力，同時也把權力的認同當做獎懲的依據。」〔註12〕可以說，這種歷史敘事風格也是決定官方歷史學家「寫什麼？怎麼寫？」的合法性或正當性的終極理由。不管怎麼說，在中國古代史學傳統裏，倫理道德、政治權力與歷史敘事融為一體，形成相互支持的結構。

值得注意的是，到了宋代，這一切隨著商品經濟的發展，市民階層的壯大，貴族漸次退出政治舞臺，庶族地主階層通過科舉考試逐步進入官方權力系統，隨著官民之間流動的增強，以及印刷傳播的發展，信息傳播向社會下層轉移，公共教育的啓動發生了深刻的變化。由此，民眾文化程度有了提高，中國古代文化格局的面貌爲之一變。總體說來，就是文化權力的下移。〔註13〕其重要標誌就是瓦舍的興起。

商品經濟的繁榮，爲以娛樂爲消費的戲劇觀眾的產生提供了經濟條件，使演藝由宮廷走向民間，由上層社會官僚階層的消遣享樂、士大夫階層的逸情遣興轉向大眾性文化娛樂。勾欄演出不受時間限制和天氣影響，「不以風雨寒暑，諸棚看人，日日如是」。〔註14〕更具意義的是，以勾欄演藝爲中心的瓦舍之創設，爲演藝提供了固定的場所，從此，民間各路藝人彙聚於此，使得官方與民間、城市和鄉村長期分流的表演藝術終於迎來了交流匯合的契機。由於勾欄演藝與以往的御演性質不同，以謀生爲主要手段的勾欄藝人的表演

〔註11〕楊國宜校注：《包公集校注·附錄一》，黃山書社，1999年版，第279頁。

〔註12〕葛兆光：《中國思想史》第二卷，復旦大學出版社2000年版，第170頁。王德威：《想像中國的方法——歷史·小說·敘事》，三聯書店，1998年版，第303頁。

〔註13〕參見郭英德：《傳奇戲曲的興起與文化權力的下移》，《中國社會科學》1997年第2期。

〔註14〕鄧之誠：《東京夢華錄注》卷五，「京瓦伎藝」，中華書局，1982年版，第133頁。

才華得以充分展示和發揮，加上觀眾審美需求的刺激，促使勾欄戲班職業化分工，孟元老《東京夢華錄》卷五對此做了全面的記載：

> 崇、觀以來，在京瓦肆伎藝：張延叟、孟子書主張。小唱李師師、徐婆惜、封宜奴、孫三四等，誠其角者。嘌唱弟子：張七七、王京奴、左小四、安娘、毛團等。教坊減罷並溫習。……劉喬、河北子、帛遂、吳牛兒、達眼五、重明喬、駱駝兒、李敦等雜班外入。孫三神鬼，霍四究說《三分》。尹常賣《五代史》。文八娘叫果子。其餘不可勝數。不以風雨寒暑，諸棚看人，日日如是。教坊鈞容直，每遇旬休按樂，亦許人觀看。每遇內宴前一月，教坊內勾集弟子小兒，習隊舞作樂，雜劇節次。〔註15〕

勾欄演藝的商業性競爭，使劇本的需求量劇增，文人與民間藝人合作編劇的「書會」產生。商品意識的自覺，引起了演員、觀眾和編劇價值取向、審美趣味、思想觀念等系列變化，逐漸打破了長期以來「百戲雜陳」的局面。雜劇開始由滑稽說笑爲主向搬演完整故事轉變，迎來了我國民族戲劇形式的成熟和全面繁榮。這也改變了中國文學的結構，開始動搖以政治教化爲主要目的詩文的正統文學的地位，從此以後改變了文學以政治教化爲主的言說傳統。文學被視爲某一個歷史語境之中的文化成份，這意味了文學與一系列人文知識的合作與平衡。這時，文學傳播與宗教、哲學、道德倫理、歷史學觀念以及藝術之間形成了共謀——這是一個共同的意識形態結構。

眾所週知，在宋以前，文學形式主要爲詩詞散文，它們可以抒情，記事，議論，卻難以具體描摹和講述生動豐富的人物形象和曲折複雜的動人故事，因而它們較難深入民間社會，特別是深入不識字的細民中間。包拯生活的宋代就大不一樣了，城市的迅速發展與市民階層的日益壯大，呼喚市民文藝崛起與繁榮。中國文學史上極具影響的大事，便是用口語「說話」以及記錄說話的「話本」在宋代的出現，並自覺的成爲市井細民言說的一種文體。話本、戲曲致力於滿足市民階層的興趣愛好和利益願望，以其形式的通俗活潑，人物形象的鮮明生動，故事情節的曲折複雜，使其在公眾信息接受方面有過去文藝無法比擬的社會覆蓋面與歷史穿透力。宋代話本開闢了中國小說的新紀

〔註15〕鄧之誠：《東京夢華錄注》卷五，「京瓦伎藝」，中華書局，1982年版，第132～133頁。

元，是明清以來短篇白話小說和長篇講史話本的濫觴，從此，以往的傳播格局都打破了。

包公及其傳聞正是在這個「節骨眼兒」上搭乘上了民間言說傳播這趟「新幹線」，其它政績顯要的宋代官僚因種種原因就沒這麼幸運。〔註16〕歐陽修、范仲淹、蘇軾、王安石等在宋史上都聲名顯赫，論官職與政績，包公遠不如興利除弊、銳意改革的王安石，論文學才華，較之蘇軾、歐陽修、范仲淹等遠為遜色。〔註17〕為了更準確地描述包公和其它宋代官僚在正史和後世筆記中出現的頻率，筆者選取了《宋史》、《讀通鑑論》、《日知錄》、《續資治通鑑》、《廿二史札記》五種著作進行數據統計，結果如下（括號外為出現的次數，括號內為出現頻率在所選 9 人中所居位次）：

史料 ＼ 姓名	包公	歐陽修	富弼	文彥博	范仲淹	呂夷簡	蘇軾	王安石	司馬光
《宋史》	26(9)	83（5）	79(7)	104（3）	82（6）	52（8）	84（4）	145（1）	133（2）
《續資治通鑑》	13(9)	35（6）	47(4)	48（3）	30（7）	24（8）	36（5）	53（2）	66（1）
《讀通鑑論》	4(3)	2（4）	0(7)	0（7）	0（7）	1（5）	7（2）	13（1）	0（7）
《日知錄》	1(5)	3（4）	3(4)	1（5）	3（4）	0（6）	5（2）	7（1）	4（3）
《廿二史札記》	0(6)	5（1）	2(4)	4（3）	1（5）	3（3）	1（5）	4（2）	5（1）

從統計的結果看，包公在所選擇的五種文獻中的三種出現的頻率居於末位，這在一定程度上說明：和王安石、司馬光等相比，包公遠非正史、筆記中的主角。但卻沒有人能像包公這樣成為公眾人物，形成一種社會現象，這就不能不說是民間傳播的結果。也就是說，如果不借助民間傳播，再政績顯赫也無法成為公眾人物。政績是獲得知名度的必要條件，不是充分條件，是民間傳播選擇了包公，這也充分印證了民間傳播的巨大建構力量。

當通俗文學成了平頭百姓歷史敘事與歷史接受的一種有效方式時，包公遂成為俗文化價值建構的寵兒。這一文化樣式雖然「摻和」文化精英與鄉野草民的各種因素，然而，它的基本性格卻是民間性的，通俗性的。文化權力

〔註16〕元雜劇中包公戲達二十四種，元雜劇中數量上僅次於包公戲的宋代明臣戲就是東坡戲，僅三種：吳昌齡《花間四友東坡夢》；費君卿《蘇子瞻風雪貶黃州》；無名氏《蘇子瞻醉寫赤壁賦》。

〔註17〕史載包公唯一一首詩：「清心為治本，直道是身謀。秀幹終成棟，精鋼不作鉤。倉充鼠雀喜，草盡兔狐愁。史冊有遺訓，無貽來者羞。」

的下移，原本那種歷史話語「單聲道」的霸權敘述，成爲巴赫金所謂「多聲道」的眾聲喧嘩。〔註18〕換句話說，一向「沉默的大多數」的平頭百姓在唐宋社會文化轉型時開始以通俗文學樣式講起了自己的歷史。儘管這種方式的歷史敘事充滿了想像和虛構，但是，這種敘事至少是小民百姓對社會事物的一種觀察理解；一種集體記憶；一種思想、情感；一套全新的話語系統；一種傳播權力的實施乃至願望的表達。無論如何，那種原本「單一」的歷史敘事由此走向「雜多」，那種原本「一元」的霸權話語從此變成「多元」。

這種多聲道的話語從包公傳播角度看來，其意義如下：（1）表達了細民百姓對歷史敘事的選擇性闡釋；（2）包公的通俗文學是平頭百姓自覺主張話語權力的一條途徑。

三、帝師傳統、明君賢臣模式與包公傳播

余英時先生在說：「知識分子以『道』自重本來是歷史上一種普遍現象。……但是由於文化傳統的不同，中國古代知識分子以道自重和抗禮帝王的意識確是發展得最普遍，也最強烈。……爲了使『道』不受委屈，中國古代知識分子進行了客觀和主觀兩方面的努力。客觀方面他們要建立『道』尊於『勢』的觀念，使擁有政治權勢的人也不能不在『道』的面前低頭。」〔註19〕

宋代知識分子徹底擺脫了門閥貴族的制約，從心底升騰起一種規範、引導君主，對其耳提面命的強烈願望，使得秦漢以降「爲帝王師」的偉大精神重新閃現。

宋初，由南唐入宋的著名文學家、學者徐鉉認爲：「君之有臣也，所以教其不知，匡其不逮，扶危持顚，獻可替否，其任大矣。故君失之，臣得之，臣失之，君得之，上下相維，乃無敗事，非徒承其使令，供其喜怒而已。故曰師臣者王，友臣者霸。《書》曰：『能自得師者王，謂人莫己若者亡。』自三皇以來，莫不由斯而致者也。」〔註20〕王禹偁亦說：「噫，古之譯天下者，非己能之，必有師焉。力牧、廣成，皇之譯師也；伊尹、呂望，王之譯師也；管夷吾、舅犯，霸之譯師也；蕭、曹、子房，漢之譯師也。總而言之，周公、

〔註18〕有關巴赫金「複調理論」的研究，參見劉康：《對話的喧聲：巴赫金的文化轉型理論》，中國人民大學出版社 1995 年；董小英：《再登巴比倫塔：巴赫金與對話理論》，三聯書店，1994 年版。

〔註19〕余英時：《士與中國文化》，上海人民出版社，1987 年版，第 121 頁。

〔註20〕《師臣論》見《全宋文》卷二十一，巴蜀書社，1988 年版。

孔子，譯之最大者也，天下之人師之矣。」〔註21〕這都是明確教導君主要自覺地以士人爲師。

　　包公奏議中對仁宗皇帝的用人制度、法制改革、經濟政策、軍事改革、民族政策都直言切諫，閃耀著宋代士大夫以天下爲己任，當仁不讓的擔當精神，這正是帝師意識的表現。他對仁宗說：「自陛下嗣守神器，已逾二紀」，雖然也「孜孜求治」，但效果並不好，以至「時多疵癘，民未富庶，國廩罕蓄，邦計益削。」爲什麼出現這種情況呢？他認爲「蓋知人用人之道恐有所未盡爾」。〔註22〕《七事》疏集中指責了仁宗「不以是非」、「以朋黨爲意」、「頗惡才能之士」、「頗主先入之說」、「多有疑下之意」、「未能委任忠賢」、「多有竄逐之臣」等等。〔註23〕包拯甚至還指責仁宗「有私昵後宮之過」。〔註24〕

　　隨著士人主體精神的不斷高揚，到了北宋中葉，這種「帝師意識」更得到進一步的發展。王安石說：「余聞之也，先王所謂道德者，性命之理而已。其度數在於俎豆、鐘鼓、管絃之間，而常患乎難知，故爲之宮師，爲之學，以聚天下之士，期命辯說，誦歌弦舞，使之深知其意。……故舉其學之成者，以爲卿大夫，其次雖未成而不害其能至者，以爲士，此舜所謂庸之者也。若夫道隆而德駿者，又不止此，雖天子北面而問焉，而與之疊爲賓主，此舜所謂承之者也。」〔註25〕

　　宋儒極欲與君主建立一種如師如友一般的關係，而且絲毫也不掩飾這種企望。至少從這些宋代士人精神的代表者們對君主的態度來看，他們毫無疑問是以「師」的姿態向君主言說的。

　　宋儒的「帝師意識」絕不僅僅停留在口頭上，他們力圖在具體行爲中實現這一企望。這主要表現爲君主所作所爲之方方面面無不受到士人輿論監督與規範。例如，據《邵氏聞見錄》載：「伯溫嘗得老僧海妙者言：仁宗朝，因赴內道場，夜聞樂聲，久出雲霄間。帝忽來臨觀，久之，顧謂左右曰：『眾僧各賜紫羅一疋。』僧致謝，帝曰：『來日出東華門，以羅置懷中，勿令人見，恐臺諫有文字論列。』」〔註26〕

〔註21〕《譯對》、見《小畜集》卷十四。
〔註22〕楊國宜：《包公集校注》，黃山書社，1999年版，第153頁。
〔註23〕楊國宜：《包公集校注》，黃山書社，1999年版，第203～207頁。
〔註24〕楊國宜：《包公集校注》，黃山書社，1999年版，第170頁。
〔註25〕《虔州學記》，見蔡上翔《王荊公年譜考略》卷十一。
〔註26〕邵伯溫：《邵氏聞見錄》卷二，中華書局，1983年版。

　　宋代士人的帝師意識是特定歷史語境的產物，同時這種意識也恰恰成爲宋代文化學術的強大內在驅力。

　　除此以外，包拯能夠成爲包公，還有一個關鍵性和決定性的人物宋仁宗趙禎。歷史上由於犯顏直諫招至殺身滅門的不勝枚舉，連豁達大度、英明納諫的唐太宗，也曾有過加害魏徵的念頭。而宋仁宗對包拯卻始終信任不疑，君臣相得，三十五年，依如股肱，死則親奠，恩禮有加。上溯到比干、屈原，下至海瑞、于謙、袁崇煥，沒有幾位賢臣清官比他運氣好。包公的門人張田在《孝肅包公奏議集》中說：

> 仁宗皇帝臨御天下四十年，不自有其聖神明智之資，善容正人，延讜議，使其謀行忠入，有補於國，卒大任以股肱者，惟孝肅包公止爾。或曰：先朝任諫官御史多矣，不四三年，欲至侍從近列，然類弗遂大用，又多不得善名以去：獨孝肅之進，終無他客，而天下不得異議者，何哉？曰：包公一舉甲科，拜八品京官，令大邑。當是時，同中第者，雖下流庸人，猶數日月以望貴仕。公拂衣去養，十年亡宦，意其心無他，止知孝於隸而爲得也。已而還朝，天子器其才高行潔，處之當路。公上禪帝闕，下瘳民病，中塞國蠹，一本於大中至正之道，極乎是，必乎聽而後已。其心亦無他，止知忠於君而爲得也。他人或才不勝任，望不厭人，方且死黨背公，挾憾復怨，如鷙得搏，若虺肆毒，顛墜於憔悴泯滅之地，以甘其心，此眾所以多不得善名以去。公進無他客，而天下不得異議也。……雖然，愚謂非會仁宗皇帝至明上聖，有不可惑之聰，公欲必行其道於時，難矣乎！〔註27〕

明人李賢在《讀包公奏議》中講得更明白：

> 予讀包公奏議，乃知宋仁宗之賢，三代以下絕無而僅有者。其所以容受直言，蓋其天性之美，初非出於勉強，好名如唐太宗者。嗟夫，天下未嘗無包公也，第以仁宗爲難遇耳。包公奏議，仁宗賜之也。天下之士爲諫職者，果遇仁宗，則其奏議未必下包公也。若曰：有仁宗爲君，而無包公之奏議，尚何諫職之爲乎？〔註28〕

〔註27〕楊國宜：《包拯集校注‧附錄三》，黃山書社，1999年版，第329頁。
〔註28〕〔明〕程敏政：《明文衡》卷四十九《讀包公奏議》，文淵閣《四庫全書》本。

－19－

包公擢任陝西路轉運使，按照慣例在宋仁宗召見時，應賜給新的「金紫」官服履新。宋仁宗沒賜，包公也不提，便穿著原來服裝赴任了。可是別的轉運使晉見時，卻主動要求給予新的官服，對比之下，宋仁宗感到包公風格勝人一籌。在彈劾張佐時，包公在朝廷慷慨陳詞，情緒激動時，唾沫都濺到宋仁宗的臉上。仁宗也以「朝廷務存政體」爲由「特示含容，宜令誠諭知悉」。〔註29〕

宋仁宗銘記朝中有個包拯。包公降任池州知府時，宋仁宗得了精神病，神志不清，胡言亂語。池州特產治療精神病的名貴中藥石菖蒲，包公派專人精製一銀盒星夜送往京師，幫助宋仁宗恢復健康。宋仁宗特地下詔答謝和嘉獎，說「汝識遠言忠，身外心內，乃因時物，來效貢儀，深體誠勤，益增歡尙。」〔註30〕

宋仁宗年近半百，沒生太子，時包公遷諫議大夫、權御史中丞。奏曰：「東宮虛位日久，天下以爲憂，陛下持久不決，何也？」宋仁宗問包公：「卿欲誰立？」拯曰：「臣不才備位乞豫建太子者，爲宗廟萬世計也。陛下問臣欲誰立，是疑臣也。臣年六十且無子，非邀福者。」帝喜曰：「徐當議之」〔註31〕。包公一片忠誠，宋仁宗大爲感動。眼見是實，耳聽是虛，宋仁宗的直觀好感，使包公有了強大支柱。再說，由於宋仁宗能夠聽取不同聲音，所以謇諤之士，濟濟盈朝，互相扶持，包公也不是孤軍奮戰，宋仁宗也會聽到讚揚、保舉包公的意見，對包公更加信任不疑。

正因爲如此，君臣相得的敘說成爲包公文學演繹的大宗。《包龍圖公案詞話》八種《陳州糶米記》寫到仁宗皇帝欽賜包公黃羅御書，上面御筆親書八字：「御書到處，如朕親行。」在《斷曹國舅公案傳》中，皇帝萬分不願意包拯處置自己的內弟曹國舅，但他能夠充分認識到包拯對國家社稷的重要性，云：「若還死了包待制，社稷山河靠甚人？朝中若無包丞相，由（猶）如不見半朝臣。」皇帝賜與他御書金簡：

> 君王見他多清正，便將金簡賜他人。上寫趙王一行字，不論皇
> 親共國親，皇后嬪妃並宰相，犯了違條一例行。〔註32〕

〔註29〕楊國宜：《包拯集校注》，《彈張堯佐一》所附仁宗《答詔》，黃山書社，1999
　　　年版，第 176 頁。
〔註30〕李逸安點校：《歐陽修全集》卷八十五《賜知池州包拯進奉石菖蒲一銀合敕
　　　書》，中華書局，2001 年版，第 1240 頁。
〔註31〕楊國宜：《包拯集校注·附錄一》，黃山書社，1999 年版，第 272 頁。
〔註32〕朱一玄校點：《明成化說唱詞話叢刊》，中州古籍出版社，1997 年版，第 214 頁。

皇帝對包公的特殊恩寵。在明成化《包龍圖公案詞話》中作出了說明：包公
是國家的棟樑之才。陳州糶米之前，包公罷官爲僧，正處在人生的低谷，王
丞相卻對仁宗薦道：「要換陳州監糶米，除是包文拯一人。」爲什麼呢？因
爲「此人有安邦之志量，敢斷皇親國戚」。不僅僅是王丞相這樣想，仁宗皇
帝本人也非常信賴與仰仗包公。在《仁宗認母傳》中，仁宗說：「提起官家
趙主君，殿前不見包文拯，寡人便覺沒精神。」〔註33〕《張文貴傳》中仁宗
又云：「若還無了包丞相，一國山河靠甚人？若是此人身死了，社稷山河與
別人。」〔註34〕由此可見，包公文學中君臣相得言說的背後的文化傳統。

　　如果離開帝師傳統和明君賢臣模式，民間話語的言說將不會選擇包公，
這是我們理解包公傳播的社會文化背景。

〔註33〕 朱一玄校點：《明成化說唱詞話叢刊》，中州古籍出版社，1997 年版，第 142 頁。
〔註34〕 朱一玄校點：《明成化說唱詞話叢刊》，中州古籍出版社，1997 年版，第 224 頁。

第二章　包公的自我敘事與歷史敘事

　　雖說是傳播成就了包公，但傳播的發生絕不會空穴來風。包公身後之所以聲名不脛而走，家喻戶曉，其現實中的個人作為和最接近真相的自我敘事以及在一定程度上「建構」過的歷史敘事可說是包公文學傳播擴散的總源頭。文學敘事是包公傳播的展開，展開的過程中，訊息、文化中的人以及「真實」之間發生互動，從而使意義得以形成或使理解得以完成。具體說來，自我敘事中所承載的個人作為和歷史敘事中的「話語建構」，正好契合了民族文化發展中的許多集體無意識的文化母題，因而成為後世文學敘事主題選擇的誘因和受眾所關注的看點，得以在民間以各種形式充分傳播擴散，形成相互關聯的「文化群落」。其結果，是通過傳播，包公獲得了很高的知名度。

一、自我敘事中的包公

　　所謂包公的自我敘事，並非是指包公的自傳，也不是指包公詩文。因為，包公幾乎沒有留下什麼敘述自己身世的傳記與詩文作品可供研究，我們所說的自我敘事就是流傳至今的包公奏議諫稿。〔註1〕它是包公向皇帝陳述自己意見主張的文書，是作為官僚的包公參政的最主要方式。就此而言，包公是一個非常務實的上層官僚。後來的民間故事稱包公為文曲星，顯然是一種民間理解闡釋。

　　通過解讀包公的奏議，我們可以發現，所有這些文稿都是針對當時非常具體的政治問題和軍事問題提出來的，基本沒有一般意義的理論闡述，這和

<hr />

〔註1〕楊國宜：《包拯集校注》，黃山書社，1999年。包公留下的其它文字，只有「言志詩」一首和「家訓」一則。

宋代擅長議論的思潮反差很大。經過初步整理之後，筆者發現，文集主要涉及以下內容：

（一）包公奏議的內容

在《七事》疏中，包拯對「當今之要務」作了深刻的分析，指出有些不良現象影響了政治風氣。主要是：一、不問是非，忠奸不分；二、巧誣正人，斥為朋黨；三、才能之士，譏為求名；四、先入為主，邪說得逞；五、猜疑臣下，不識大體；六、大臣妒賢，君有疑沮；七、吹毛求疵，刑網太密。若不加以整頓，後果將越來越嚴重，難以挽救。不難看出，包拯已對北宋的政治形勢具有非常深入的瞭解，感到進行改革十分必要，於是以自己的實際言行加入了改革派的行列。上面所舉的一些話，大多屬於泛泛的原則議論。下面，讓我們從政治、經濟、軍事、法制等方面，比較具體地考察一下他是如何進行改革的。〔註2〕

1. 政治方面的改革

包拯對宋朝的政治腐敗進行了廣泛的揭露和深刻的批判。現存《包拯集》的一八七篇文章中，有五十五篇指名道姓地揭發了六十一名本朝人物。略加分類，可以歸納成五種現象：

（1）貪贓枉法、損公肥私的有王煥、閻士良、魏兼、張可久、崔端、張方平、趙承俊、周景、胡可觀等九人。

（2）慘虐不法、蠹政害民的有范宗傑、楊懷敏、任弁、石待舉、郭承祐、曹琰、王逵等七人。

（3）貪圖榮祿、無恥求進的有李綬、馬絳、呂昌齡、許懷德、魏及甫、唐叔夏、何澄、葉仲館、董之邵、李昭亮、丁度、張堯佐、張若谷等十三人。

（4）知識庸昧、才不堪任的有劉緯、潘師旦、令狐挺、張士安、席平、劉兼濟、蔣堂、李昭述、韓松、宋祁、郭志高、馬誥、范質、宋琪、李昉、張齊賢、宋庠、晏殊等十八人。

（5）恣橫姦邪、挾私逞忿的有頓士寧、李熙輔、廖詢、邊禹、張經、向綬、楊景宗、楊孜、李淑、丁謂、夏竦等十一人。

（6）無事生非、興妖惑眾的有紹宗、高繼安、冷青等三人。

〔註 2〕參見楊國宜：《包拯集校注》前言，黃山書社，1999 年。

這些人所犯過錯的性質和程度各不相同，有的是不稱職，有的是一般錯誤，有的是犯罪。分別看來屬於個人問題，不難處理；但聯繫起來看卻帶有相當的普遍性和擴展性，不容忽視。爲此，包拯又從積極方面提出了若干政治改革的意見：

（1）擇官人

包拯對仁宗奏曰：「臣聞王者之總治天下也，內則宰臣、百執事，外則按察之官、刺史、縣令而已。若中外各得其人，協心以濟，則陛下垂拱仰成，無爲無事矣！」〔註3〕治理國家最重要的是選拔官吏。在《論委託大臣》中，他說：「帝王之德，莫大於知人。」希望仁宗對中外臣僚的才與不才，要仔細考察。發現好的，「敢任天下之責者，即當委而付之；設或拱默取容，以徇一身之利者，亦當罷而去之」。指出「大抵今之居位者，挾姦佞則蔽善而背公，溺愛憎則賣直而嫁禍」，政風極爲不正，必須亟加整頓。「振舉紀律，杜絕萌漸，正是可爲之時」。只要選拔一批「廉直退讓有才之士，擇焉而用，置諸左右」，就可使政風大大改變，「向日之失立可矯正，而邪諂苟且忌刻奸險之徒當不令而去矣」〔註4〕。

（2）善用人

求賢才而用之，這似乎不成問題；但缺乏人才卻常常使當事人發出浩概歎。包拯認爲這種觀點不對，他說「今天下不患乏人，患在不用。用人之道，不必分文武之異，限高卑之差，在其人如何耳。」〔註5〕作爲國家最高統治者的皇帝，其責任就在「能知人，能官人」，「若知而不能用，用而不能盡其才，何以致理哉？」不僅不能致治，甚至還會產生不良的影響。如果不加選擇，「任而不擇，擇而不精，非止不能爲治，抑所以爲害矣。」〔註6〕要想人盡其才，做皇帝的應該讓臣下心情舒暢，大膽處理問題。充分信任是很必要的，「以四海之廣，不患無賢，而患在信用之不至爾」。特別是「頃歲以來，凡有才名之士，必遭險薄之輩假以他事中傷，殆乎屏棄，卒不得用」，若不特加信任，人才怎能出得來呢？〔註7〕而且，當時官府還設立了種種辦法，防範臣下的「循

〔註3〕楊國宜：《包拯集校注》，黃山書社，1999年版，第210頁。
〔註4〕楊國宜：《包拯集校注》，黃山書社，1999年版，第217頁。
〔註5〕楊國宜：《包拯集校注》，黃山書社，1999年版，第56頁。
〔註6〕楊國宜：《包拯集校注》，黃山書社，1999年版，第217頁。
〔註7〕楊國宜：《包拯集校注》，黃山書社，1999年版，第183頁。

私」，以至不少「科禁多有疑下之意」。例如，宰執大臣只許假日見客，臺諫官不得私謁，白官不許巡廳，等等。包拯認爲這些都是「不識大體」的「過防謬論」，不是帝王「推誠盡下」的美政，應予改革。〔註8〕還有一種不信任的風氣，是所謂「避形迹」。在處理政務時，爲了表示公道，避免嫌疑，防止中傷，帶來不良後果，雖屬分內之事，也不能參與。事實上，不參與是不可能的，至多只是形式而已。結果是「有才者，以形迹而不敢用；不才者，以形迹而不敢去；事有可爲者，以形迹而不爲；事有不可行者，以形迹而或行。」上下相蔽，習以爲常。政治風氣腐敗到了十分嚴重的程度。包拯再次請求仁宗加以改革，「斥去形迹之蔽，以廣公正之路」；只要「推誠委任，坦無疑貳，則中外協濟，政務修舉」，是完全有可能把國家治理好的。〔註9〕

（3）嚴考覈

政風的好壞與是否嚴格執行考覈制度有很大關係。宋朝政府中有審官院等機構專管其事。按原來的規定，官吏任內治績如何皆需勘驗，定出等第，作爲陞遷的依據。可是，包拯卻發現「近歲殊不選擇，但以年敍遷。」〔註10〕當時的審官院竟然「以到院先後爲限，未嘗較辨賢否，論次殿最，清濁一溷，流品不分，但以名次補闕而已。」把過去的好制度都拋棄了，「向來黜陟之狀，委而不顧，乃同虛設，豈不惜哉！」這樣的狀況必須改革，他認爲要加強「察群吏廉穢之狀：其治績尤著者，則必慰薦稱舉；貪懦不治者，則必體量按劾。別白善惡，悉以上聞，而審官院署名於籍，以爲沮勸之本。」只要做到了這樣，「則進者知勸，退者知懼」，政風一定會好轉的。〔註11〕

2. 經濟方面的改革

包拯曾擔任過三司戶部判官、京東轉運使、陝西轉運使、河北轉運使、三司戶部副使、權三司使、三司使等國家財政部門的官員，職責所在，因而針對當時存在的某些經濟問題，也提出過許多進行改革的意見和方案。

當時，政府最感頭痛的問題是由於冗兵、冗官、冗費而出現的財政困難。據《文獻通考》記載，太宗至道末歲入兩千萬緡，支出後尚餘大半。眞宗天禧末歲入一億五千萬緡，支出後仍然有餘。仁宗皇示祐初歲入一億兩千萬緡，

〔註 8〕楊國宜：《包拯集校注》，黃山書社，1999年版，第204頁。
〔註 9〕楊國宜：《包拯集校注》，黃山書社，1999年版，第152頁。
〔註10〕楊國宜：《包拯集校注》，黃山書社，1999年版，第222頁。
〔註11〕楊國宜：《包拯集校注》，黃山書社，1999年版，第225頁。

支出已感不足。包拯列舉數字指出：景德中在京歲入一千八百萬，支出一千五百萬，尚餘三百萬；慶曆八年在京歲入一千八百萬，支出兩千兩百萬，赤字很不小。如何解決這個問題呢？包拯認為「欲救其弊，當治其源，在乎減冗雜而節用度。」〔註12〕如果不顧百姓死活，大搞苛捐雜稅，增加人民負擔，勢必激化階級矛盾，造成社會動亂。因此，他提出了「薄賦斂，寬力役，救荒饉，三者不失。然後幼有所養，老有所終」的對策。〔註13〕這是帶有理想目標性的大綱，下面是一些具體的措施：

（1）薄賦斂

宋王朝為了獲得地主階級的廣泛支持，實行「與士大夫為治」的政策，從多方面給予優待，「恩逮於百官者惟恐其不足」，於是財政開支不斷增大，羊毛出在羊身上，又只好增收賦稅，「財取於萬民者不留其有餘」，廣大人民不堪重負，叫苦連天。當時的賦稅名目繁多，除夏秋二稅外，最令人難於應付的是「折變」。包拯認為，「祖宗之世，所輸之稅，只納本色」的辦法是好的，可是後來「用度日廣，所納並從折變，重率暴斂，日甚一日」〔註14〕。據他調查，陳州將夏稅應交之麥折成現錢，每斗納錢一百五十文，市價實只五十文。蠶鹽每斤折錢一百文，再折成小麥二斗五升，每斗納錢一百四十文，反覆折變結果蠶鹽每斤需納錢三百五十文。因此他請求：「今民取便送納現錢，或納本色，庶使京輔近地不濟人戶，稍獲蘇息。」〔註15〕僅《請免江淮兩浙折變》的奏疏就達四封之多，一再要求「權免諸般折變，祇令各納本色」〔註16〕。

（2）寬力役

百姓納稅時，官府常常命令「移此輸彼，移近輸遠」，有時不得不「往返千里，耗費十倍」，以致「怨苦悲歎，充塞道路。」包拯看到陳州遭災以後，便請求「將今年夏稅大小麥與免支移，只令就本州送納見錢」〔註17〕。後來發現河北沿邊地區「連年淹澇，民力重困」，當地官吏強迫人民「依自來體例，二稅一切折變支移。」結果造成「輸納不逮，流亡者甚眾」時，他又告訴當

〔註12〕楊國宜：《包拯集校注》，黃山書社，1999年版，第141頁。
〔註13〕楊國宜：《包拯集校注》，黃山書社，1999年版，第137頁。
〔註14〕楊國宜：《包拯集校注》，黃山書社，1999年版，第141頁。
〔註15〕楊國宜：《包拯集校注》，黃山書社，1999年版，第17頁。
〔註16〕楊國宜：《包拯集校注》，黃山書社，1999年版，第21頁。
〔註17〕楊國宜：《包拯集校注》，黃山書社，1999年版，第17頁。

地人民，「只令納本色，更不得一例折變及支移。」〔註18〕特別是「職役」更是一般百姓難以應付的沉重負擔。

（3）戒興作

爲了解決財政困難，包拯主張「節用度，若冗雜不減，用度不節，雖善爲計，亦不能救也。」具體說來，就要「省禁中奢侈之僭，節上下浮枉之費」，把那些「土木之工不急者悉罷之。」〔註19〕例如，上清宮被火焚之後，他就乘機上疏說：「風聞道路云，陛下存留道眾，似有繕修之意。未辨虛實，咸懷危懼。況天下多事，調發旁午，帑藏未實，邊鄙未寧，豈可先不急之務，重無名之率哉！」不能讓老百姓再吃大興土木工程的苦頭了。〔註20〕不僅如此，他甚至認爲黃河在商胡決口以後，是否立即堵口，也需要認眞考慮。因爲「頃歲之決，只以故道橫隴壅關，水勢不快，遂致潰溢。今若不先議開理水道，使之濬流，便欲修塞商胡，不惟必有後患，乃是重起八年科率之弊，虛困六路凋殘之民耳。」只有先把準備工作搞好，「積薪聚糧，豫爲具備」，「開淘舊道，水有所歸。」那時「商胡之塞，一舉可成。」〔註21〕總之，務求實效，不能勞民傷財。

3. 軍事方面的改革

任何國家政權的鞏固和穩定，都必須依靠一定的軍事力量。包拯曾說：「臣聞屯兵備邊，古今常制」〔註22〕，對這方面的問題很關心。何況他後來還擔任過樞密副使，主管過軍事工作。因此，他對當時軍事方面存在的問題，也提出過不少改革的意見。

（1）精選將帥

他發現：「河北沿邊卒驕將惰，糧匱器朽，主兵者非綺紈少年，即罷職老校，隱蔽欺誕，趨過目前，持張皇引惹之說，訓練有名無實，聞者可爲寒心。」後便請求仁宗注意軍事將領的選擇。他說：「將者，人之司命，而邦國安危所繫，擇之不可不審」，應該「精選其有實材者，擢面任之，其庸懦者，黜而去之。」〔註23〕至於將材的標準，則在一個「實」字。他認爲「審將之道，不

〔註18〕楊國宜：《包拯集校注》，黃山書社，1999年版，第242頁。
〔註19〕楊國宜：《包拯集校注》，黃山書社，1999年版，第141頁。
〔註20〕楊國宜：《包拯集校注》，黃山書社，1999年版，第2頁。
〔註21〕楊國宜：《包拯集校注》，黃山書社，1999年版，第187頁。
〔註22〕楊國宜：《包拯集校注》，黃山書社，1999年版，第235頁。
〔註23〕楊國宜：《包拯集校注》，黃山書社，1999年版，第116頁。

當限以名位，但辨其能之可否。苟得實材，則擢而用之，專而委之，必有成功。」〔註24〕重要的是實際能力，不要搞論資排輩。當然，還要進行必要的考察。他一再提醒仁宗：「河北沿邊將帥未甚得人，特乞精選」，任命時「必當考以應敵制勝之略，詢以安邊御眾之宜，觀辭氣之鑲奇、舉動之方重者，擢而用之。」發現「畏懦不勝任者，亦乞速賜移易。〔註25〕」要把眼光放遠一點，「即今邊任守將，當無事之時，俾蒞一郡，或無敗闕，若猝然用之禦寇，必先事而敗矣。」必要時還要破格用人，不要求全責備。「令於武臣中不以職位高下，但素有武藝才略，可為將領者，精選三數人，若先有微累，亦棄瑕錄用。」讓他們分守「沿邊要郡，訓練兵甲，大為之具，庶几上下熟其節制，緩急用之，則沛有餘力，而後患可弭矣。」〔註26〕

（2）裁減冗兵

鞏固政權需要保持一定數量的軍隊，養兵成了某些王朝的基本政策。然而，兵養多了又不免要增加軍費開支，帶來不少麻煩。據統計，太祖時有兵三十七萬，太宗時增至六十六萬，真宗時為九十一萬，仁宗時達到一百二十萬以上。兵多並不都有戰鬥力，糧餉供應更成了極大負擔。包拯驚呼：「天下之患，在乎三路，而河朔為患最甚。冗兵耗於上，公用蠹於下，內則致帑廩空竭，外則致生靈困敝。」〔註27〕河北地區的官府疲於供應，「僅有三二年之備，雖朝廷竭力應付，亦所不逮，日甚一日，恐數歲之後，必有不可救之患。」〔註28〕問題已嚴重到非改不可的時候了。他在當戶部副使的時候，曾向仁宗反映「河北屯兵無慮三十餘萬，而老弱者眾，緩急又不可用。當此艱食之際，供費寖廣，萬一糧儲不繼，勢必生變」。解決這個問題的辦法，只能是「揀退老病、冗弱，以寬物力。」冗兵裁去的好處很多，「老弱去，則精銳者勇；物力寬，則贍養者足。」一舉多得，又何樂而不為呢？〔註29〕

（3）訓練民兵

包拯裁兵的意見遭到某些人的反對，主要是說裁軍會削弱邊防的力量。他認真考慮以後又提出補充方案：「若謂邊兵不可全減，即乞將義勇鄉兵以代

〔註24〕楊國宜：《包拯集校注》，黃山書社，1999年版，第109頁。
〔註25〕楊國宜：《包拯集校注》，黃山書社，1999年版，第56頁。
〔註26〕楊國宜：《包拯集校注》，黃山書社，1999年版，第58頁。
〔註27〕楊國宜：《包拯集校注》，黃山書社，1999年版，第237頁。
〔註28〕楊國宜：《包拯集校注》，黃山書社，1999年版，第138頁。
〔註29〕楊國宜：《包拯集校注》，黃山書社，1999年版，第135頁。

其數。」這個辦法早些時候曾在河北沿邊州軍試行過，十八萬鄉兵分爲兩番，每人月支口糧九斗，鹽二斤，共支糧三十二萬餘石，鹽七十餘萬斤，僅爲河北一州之賦。戍兵一月之費，可供鄉兵一歲之用。事實表明訓練鄉兵，「計其費則甚寡，校其利則至博。」是很合算的。〔註30〕而且，「河朔之民皆稟氣勁悍，義勇奮發，矧又生習邊鄙之利害，素諳戎虜之情僞，他路校之不逮遠矣。」因此，他請求按戶丁多寡徵籍，並令富戶出錢帛補助籍丁之貧家。此法「一則供饋不費，二則群情樂爲」，「得兵可倍往歲，亦可以少抑兼併。」只要認眞加強訓練，一定會收到很好的效果。「河朔民兵既壯，而禁軍留實京師，則內外安矣。」〔註31〕

4. 法制方面的改革

如何治理國家，我國自古以來就有人治與法治兩種觀點。人治強調「爲政在人」，「人存政舉，人亡政息」。法治強調「法爲準繩」、「不殊貴賤，一斷於法」，長期爭論，未能統一。包拯也有許多自己的想法，概括起來說就是審愼立法，嚴格執法。主要有：

（1）治國之要，莫大於法

包拯認爲，治理國家離不開法，法令的地位和作用極其重要。他在《上殿箚子》中對仁宗說：「臣聞法令者，人主之大柄，而國家治亂安危之所繫焉，不可不愼。」唐文宗問宰臣李石：「天下何以易治？」李石說：「朝廷法令行則易治。」包拯大加讚賞說：「誠哉！治道之要，無大於此。」他認爲：「法令既行，紀律自正，則無不治之國，無不化之民，在陛下力行而已。」〔註32〕他把立法執法，看作整頓吏治、治理國家的必要手段，只要認眞堅持抓到底，必有好的結果。

（2）立法原則，公私兩便

他認爲，法令的制訂，應該以「於國有利，於民無害」爲原則。任何法令都不可能十全十美、面面俱到，讓各方面都滿意；施行的後果也可能前後不一致，「法有先利而後害者，有先害而後利者」，判斷的標準應該是實踐。改舊法行新法，「其間或有未便之事」，可以「從長商量損益，且令通行」，只

〔註30〕楊國宜：《包拯集校注》，黃山書社，1999 年版，第 236 頁。
〔註31〕楊國宜：《包拯集校注》，黃山書社，1999 年版，第 112 頁。
〔註32〕楊國宜：《包拯集校注》，黃山書社，1999 年版，第 97 頁。

要「公私未至大害」就不要否定，在施行中逐步完善。如果施行的結果不好，「公私為大不便」，當然也可以改回去。〔註33〕

（3）法令既立，不可輕改

包拯針對當時「制敕才下，未逾月而輒更；請奏方行，又隨時而追改」的不良現象，向仁宗反映說：「外議紛紜，深恐於體不便」，將會導致不良後果，「民知命令之不足信，則賞罰何以沮勸乎？」因此專門寫了《論詔令數改易》的奏章：「乞今後朝廷凡處置事宜，申明制度，不可不慎重」，經過認真研究討論，「可為經久之制，方許頒行」，「於後或小有異同，非蠹政害民者，不可數有更易。」這樣就可做到「法存劃一，國有常格」，老百姓知道法令可信。奉公守法，就便於治理了。〔註34〕

（4）拒走內線，止絕「內降」

也就是說上級官府，特別是皇帝個人不要亂批條子，干預司法部門的審判。一次，軍巡院的周景「盜用羅帛」，依法當絞。畏罪潛逃，後被捉獲，奉「聖旨」決杖十七，配黃州牢城，再次潛逃，再被捉獲，本應加罪，卻傳來「內降」，令免徒罪，只配到北作坊當工匠。包拯認為這種做法很不好，「刑罰一濫，則狡吏得以為奸，無所畏懼」，法之不行，自上犯之，執法應當從上級做起。因此，他請求仁宗「特降指揮，下三司子細根勘」，依原先的判決執行。〔註35〕後來，他發現「內降」之事頗多，「中外之入陰有交結，或冒陳勞效，以圖榮寵，或比緣罪犯，苟希富貴」，紛紛走內線，「因左右之容，假援中闈」，得到一紙內降，便可法外施恩，弄得主管部門「莫測寅緣」，只好執行。而「妨公害政，無甚於此」，影響自然極壞。於是，再次請求仁宗「特降指揮止絕」，讓主管部門「依公執奏，毋得阿徇，上累聖明」〔註36〕。

（5）實事求是，避免犁濫

對犯罪分子的處理要嚴，但也要實事求是，把案情搞清楚，要首先抓大案要案，不要「小過必察，而大罪不訶」，如果「大獄出入，未嘗按問，細故增減，即務舉劾」，必然寬枉至多〔註37〕。要糾正「體量部下官吏，頗傷煩碎」

〔註33〕楊國宜：《包拯集校注》，黃山書社，1999年版，第132頁。
〔註34〕楊國宜：《包拯集校注》，黃山書社，1999年版，第255頁。
〔註35〕楊國宜：《包拯集校注》，黃山書社，1999年版，第77頁。
〔註36〕楊國宜：《包拯集校注》，黃山書社，1999年版，第161頁。
〔註37〕楊國宜：《包拯集校注》，黃山書社，1999年版，第11頁。

的過火行為，如果「掎摭微累，不辨虛實，一例論奏」，「遂使天下官吏，各懷危懼」也是不好的。他認為「治平之世，明盛之君，必務德澤，罕用刑法」，「不宜通用重典，以傷德化。」〔註38〕應該給犯過某些錯誤的官吏以改過自新的機會，「情非重犯，咸許自新」，當然，確屬累犯不改，則應從嚴處置，「後或不悛，必置於法」。總之，對人的處理要注重德化，靠單純的處分是不行的，「務為苛捆，人不聊生，竊恐未覓國家之福也」〔註39〕。

包拯為政，打擊邪惡尤甚。他提出對待農民起義，以安撫的方式解決，而對引起農民起義的官吏，要嚴厲處罰。他以儒家的道，衡量大臣，並竭力彈劾不盡職者，如彈劾宋庠、張堯佐等。宋朝中晚期，沒出現外戚專權、禍國殃民的嚴重局面，包拯等人有一定的功勞。正是他們才保證了宋朝穩定，保證了宋代儒家文化的繁榮。包拯去世後，後人為他的遺像寫了一首贊詞：

> 龍圖包公，生平若何？肺肝冰雪，胸次山河。
>
> 報國盡忠，臨政無阿。杲杲清名，萬古不磨。〔註40〕

（二）包拯奏議的刊刻與傳播意義

《論語》云：「有德者必有言，有言者不必有德。」〔註41〕包拯去世後，其門人張田守廬州，從其嗣子處得見其生平奏議諫草，取其大者按內容性質分類編排，凡三十門，一百七十一篇，分成十卷，題為《孝肅包公奏議》，廣泛流傳。人們在誦讀的時候，仍然不斷為他的精神所感動。明朝胡儼在包拯奏議新版序言中說：「公在當時，為人峭直，其忠孝大節，議論風采，著於廟堂，聞於天下，傳之後世，載諸史冊者，章章矣。」「觀其敷奏詳明，諫諍剴切，舉刺不避乎權勢，犯顏不畏乎逆鱗；明當世之務，務引其君於當道，詞氣森嚴，確乎不拔，百世之下，使人讀之，奮迅其精神，發揚其志節，炳炳琅琅，光前振後，煥乎其不可掩也。」〔註42〕是很有代表性的。包公奏議的版本，自宋迄今歷時近千年，刊刻的次數很多。主要刊本如下：

〔註38〕楊國宜：《包拯集校注》，黃山書社，1999 年版，第 26 頁。

〔註39〕楊國宜：《包拯集校注》，黃山書社，1999 年版，第 27 頁。

〔註40〕《孝肅包公遺像贊》，楊國宜：《包拯集校注》，黃山書社，1999 年版，第 317 頁。

〔註41〕《論語‧憲問》，中華書局，1980 年版，第 146 頁。

〔註42〕楊國宜：《包拯集校注》，黃山書社，1999 年版，第 331 頁。

序號	刊刻者	刊本名稱	刊刻時間	刊者官階	序　跋
	張　田	《孝肅包公奏議集》初刊本	一○六五	盧州知州	
1	胡彥國	盧州郡學刊本	宋紹興二十七年（一一五七）	盧江帥	州學吳祗若跋
2	趙磻老	趙磻老盧州刊本	宋淳熙元年（一一七四）	合肥假守	趙磻老跋
3	方正	江西胡儼刊本	明正統元年（一四三六）	江西布政司右參政	胡儼序
4	張岫	張岫開封刊本	明成化二十年（一四八四）	開封知府	張岫序
5	－	合肥縣刻本	明弘治五年（一四九二）	－	－
6	朱載境	崇王朱載境刊本	明嘉靖二十二年（一五四三）	親藩崇王	朱載境序
7	胡松	雷逵盧州刊本	明嘉靖三十四年（一五五五）	循吏	胡松序
8	黃兆聖	黃兆聖刊本	明萬曆十六年（一五八八）	－	朱天應跋
9	戴熺	戴熺端州刊本	明萬曆甲寅（一六一四）	端州知州	戴熺跋
10	張純修	張純修《五名臣遺集》本	清康熙丁丑（一六九七）	－	張純修跋
11		《四庫全書》本	清乾隆四十二年（一七七七）		
12	張祥雲	盧州知府張祥雲刊本	清嘉慶癸亥（一八○三）	盧州知府	張祥雲跋
13	－	問經堂活字本	清道光二十年（一八四○）		
14	伍崇曜	伍崇曜粵雅堂刊本	清同治壬戌（一八六二）	－	
15	李翰章	李翰章省心閣刊本	清同治二年（一八六三）	按察使	李翰章序跋
16	張樹聲	張樹聲毓秀堂《盧陽三賢集》本	清光緒元年（一八七五）	－	張樹聲跋

儘管從序跋中不能全部知道近代以前刊刻者的具體官階，但卻可以斷定刊刻者均為在位官僚。再聯繫序跋中所言說的內容，包公奏議之所以能多次刊刻傳播，是由於後代官僚把包公作為儒家為官的範本。因此，包公的傳播是古代官文化的組成部分，並得到官僚階層的廣泛認同。閱讀和刊刻包拯奏議主要是服膺包公廉潔的士大夫階層，包公通過奏議的傳播也主要局限在官僚階層。

儒家的行政目的，如《孟子·告子下》所言：「是君臣父子兄弟去利，懷仁義以相接也，然而不王者，未之有也。何必曰利？」〔註43〕董仲舒因而有「正誼明道」不計功利之說。既然父子、兄弟、師生、友朋等關係中包含著基本的人性，那麼這些關係也就被順理成章地引入了行政。行政成為發掘與發揚人之善性的過程，只要君臣吏民全部在行政上表現出忠恕、信義、禮敬等，那麼這種行政本身就有了高度價值，令行禁止、富國強兵等反而退居其次了。而包公為政所獲得的口碑與儒家文化的需要相契合，是獲得傳播的首要原因。

就循吏的文化傳統，余英時認為，與酷吏相比較，循吏顯然具有政治和文化兩重功能。循吏首先是「吏」，自然也和一般的吏一樣，必須遵奉朝廷的法令以保證地方行政的正常運作。但是循吏的最大特色則在他同時又扮演了大傳統的「師」的角色。循吏在發揮「師」的功能時，他事實上已離開了「吏」的崗位，他所奉行的不復是朝廷法令，而是大傳統的中心教義。由於中國的大傳統並非寄身於有組織的宗教，所以它的傳播的任務才落到了俗世人物的循吏的肩上。循吏便是以「師儒」的身份從事「教化」工作的。循吏是大傳統教化傳播成績最為卓著的一型。這一目標，漢代並未完成，唐代亦無法實現，宋代士人庶幾近之。循吏本身所產生的直接社會影響也許是微弱的，他們所樹立的價值標準逐漸變成判斷「良吏」或「惡吏」的根據。〔註44〕從這個意義上講，包公奏議就是循吏潤物無聲、潛移默化的「教科書」。

二、歷史敘事中的包公

過去，我們更多的是把歷史敘事當作要去描寫的一組歷史事件的「鏡象」。隨著話語意識的增強，人們看到任何歷史敘事都同時具有兩個指向的符號系統：一方面指向歷史話語刻意描寫的一組「事件」，它構成了歷史敘事的再現層面；另一方面指向某種故事類型，為了揭示歷史的結構和連貫性，敘事者往往在無形中把那組「事件」故事化。這一指向構成了歷史敘事的表達層面。〔註45〕基於此，我們把包公的自我敘事和歷史敘事分開研究，前者以

〔註43〕楊伯峻：《孟子譯注》，中華書局，1960年版，第280頁。

〔註44〕余英時：《士與中國文化》，上海人民出版社，1987年版，第158、211～214頁。

〔註45〕在一定意義上，《三國志演義》正是歷史敘事的故事化與民間化，是民間爭奪話語權力的一次演示。

包公爲核心，像燃燒的火焰，熱量從中心向四周輻射；後者以內聚式圓形視角，像圓周上的探照燈一樣向包公聚焦。

（一）正史和筆記中的包公

作爲歷史敘事，流傳至今的包公史料主要有：（1）吳奎《宋故樞密副史孝肅包公墓誌銘》；（2）曾鞏《隆平集・孝肅包公傳》；（3）《仁宗實錄・包拯附傳》；（4）朱熹《五朝明臣言行錄・樞密包孝肅公》；（5）《宋史・包拯傳》；（6）歐陽修《論包拯除三司使上書》等。

綜觀有關包公的歷史敘事的內容，除上文已經論述到的君臣相得外，主要還有以下方面：

1. 事親至孝

吳奎《孝肅包公墓誌銘》載：「天聖五年進士甲科。初命大理評事，知建昌縣。時皇考刑部侍郎家居，皇妣亦年高，樂處鄉里，不欲遠去，公肯辭爲邑，得監和州稅。和鄰合肥，皇考妣亦不樂行，遣公之官。□□□□□□□□□□□□□□□□□□□□□□□□（遂解官）終養。積數年，皇考妣繼以耆終，公居喪毀瘠甚，廬墓終制。」〔註 46〕這是關於包公孝行的惟一記載。其它資料也都轉錄。如《宋史》云：「始舉進士，除大理評事，出知建昌縣。以父母皆老，辭不就。得監和州稅，父母又不欲行，拯即解官歸養。後數年，親繼亡，拯廬墓終喪，猶徘徊不忍去，里中父老數來勸勉。久之，赴調，知天長縣。」〔註 47〕孝道，乃是中國古代基本的社會倫理和政治倫理，這是「家國合一」制度結構的必然要求。孔子徵引《尚書》說：「孝乎惟孝，友於兄弟，施於有政。是亦爲政，奚其爲爲政？」〔註 48〕說得非常清楚。孝道的基本要求是「生養死葬」，精神內涵是「敬」，最高境界是「無違」，一言以蔽之，「善事父母」。鑒於父母年高而又無人奉養，包公不願（其實，也是不能）拋開父母出仕爲官，父母去世，居喪守制，也就成了人們讚美的孝行。可以說，「孝」是包公政治生涯和社會生活的一個突出特徵。

2. 剛直不阿

史傳的記載說，他既不苟合，也不以辭色假於人；性格嚴毅，平生不作

〔註 46〕楊國宜：《包拯集校注・附錄一》，黃山書社，1999 年版，第 297 頁。
〔註 47〕〔元〕脫脫：《宋史》卷三一六，中華書局，1977 年版，第 10315 頁。
〔註 48〕《論語・爲政》，中華書局，1980 年版，第 20～21 頁。

私書，不接受邀請，哪怕是故人親黨，也全都拒絕。〔註49〕《邵氏聞見錄》云：「司馬溫公言，昔與王介甫同爲郡牧，判官包孝肅爲使，時號清嚴。」〔註50〕當時，官場的案件經常不通過正常的渠道，不按正規的條文處理，而是拉關係說人情，進行幕後交易，謂之「通關節」。包拯卻不接受這一套。老百姓中流行一句諺語：「關節不到，有閻羅包老」，把他比作陰曹地府秉公執法的閻羅王。他守法持正，任何人都不可能改變他的節操。早在年少讀書時就謹愼與人交往，恐日後所累。《朱子語類》中記述有這樣一則故事：

> （朱熹）泛言交際之道云，先人曾有雜錄冊子，記李仲和之祖，同包孝肅同讀書一僧舍，每出入。必經由一富人門，二公未嘗往見之。一日富人俟其過門，邀之坐，二公託以它事不入，它日復召飯，意謹甚，李欲往，包公正色與語曰：「彼富人也，吾徒異日或守鄉郡，今妄與之交，豈不爲它日累乎？」竟不往，後十年，二公果相繼典鄉郡。先生因嗟歎前輩立己接人之嚴，蓋如此。〔註51〕

後來，他擔任開封府尹，更是立朝剛毅，一身正氣，不苟言笑。「人以包拯笑比黃河清」。因而胡作非爲的達官貴人都很怕他，「貴戚宦官爲之斂手，聞者憚之」，〔註52〕再也不敢橫行霸道、爲非作歹。社會風氣有了一定程度的好轉。

《宋史》云：「拯性峭直，惡吏苛刻，務敦厚，雖甚嫉惡，而未嘗不推以忠恕也。與人不苟合，不僞辭色悅人，平居無私書，故人、親黨皆絕之。雖貴，衣服、器用、飲食如布衣時。」《孝肅包公墓誌銘》載：「（嘉祐三年，除右諫議大夫，權御史中丞兼）理檢使。公之總風憲，法冠白（豸角）立，（峨）然有不可凌之勢。其所排擊，曲中理實，壞陰邪之機牙，（莫）敢妄發。」最後又議論道：「德行□躬，竭力於親，盡瘁於君。峻節高志，凌乎青雲。人或曲隨，我直其爲。人或善容，我抗其詞。自始至終，言行必一。」〔註53〕

〔註49〕《五朝名臣言行錄》卷八，參見楊國宜：《包拯集校注·附錄一》，黃山書社，1999年版，第293頁。

〔註50〕〔宋〕邵伯溫：《邵氏聞見錄》卷九，中華書局，1983年。

〔註51〕《朱子語類》卷一百二十九，引自楊國宜：《包拯集校注·附錄一》，黃山書社，1999年版，第291頁。

〔註52〕曾鞏：《孝肅包公傳》，引自楊國宜：《包拯集校注·附錄一》，黃山書社，1999年版，第267頁。

〔註53〕楊國宜：《包拯集校注·附錄一》，黃山書社，1999年版，第277頁。

最能生動體現包公性格的要數《曲洧舊聞》卷一中的記載：

> 張堯佐除宣徽使，以廷論未諧，遂止。久之，上以溫成故，欲
> 中前命。一日將御朝，溫成送至殿門，撫背曰：「官家今日不要忘了
> 宣徽使」。上曰：「得得。」既降旨，包拯乞對。大陳其不可，反覆
> 數百言。音吐憤激，唾濺帝面。帝卒爲罷之。溫成遣小黃門次第探
> 伺，知拯犯顏切直，迎拜謝過。帝舉袖拭面曰：「殿丞向前說話，直
> 唾我面。汝只管要宣徽使、宣徽使！豈不知包拯爲御史乎？」〔註54〕

包拯彈劾張貴妃（溫成）的伯父張堯佐，歷史上實有其事。張堯佐任三司使
時因失職遭到反對，仁宗不僅未將其撤職論罪，反而一下封他宣徽南院使、
淮康軍節度使、兼景靈宮使又同群牧制置使四個官職。聖旨一下「中外驚駭」。
身爲監察御史的包拯更是屢次上書反對，告誡仁宗「臣等累次論列，陛下欲
務保全，乃曲假寵榮，並領要職，求之前代則無例，訪以人情則不安……成
此過舉，俾天下竊議，謂陛下私於後宮，不獨於聖德有損，抑又事體不可之
至甚者也！」〔註55〕言語激烈，大有微詞，加之在宮中向仁宗「進對之時，
喧嘩失禮」，以至向來「樂聞之諫，容納是止」〔註56〕的仁宗皇帝這次也心中
惱怒：「若以常法，便當責降」，只是念及「朝廷務存政體，特示含容，宜令
誡諭知悉」。〔註57〕

3. 為官清廉

在訴訟的審理程序方面，包拯進行了大膽的改革。朱熹在《五朝名臣言
行錄》卷八云：

> 包孝肅公立朝剛嚴，聞者皆憚之。至於閭里童稚婦女，亦知其
> 名：貴戚宦官，爲之斂手。舊制，凡訴訟不得徑造庭下，府吏坐門，
> 先收狀牒，謂之「牌司」。公開正門，徑使至前，自言曲直，吏民不
> 敢欺。〔註58〕

〔註54〕　〔宋〕朱弁：《曲洧舊聞》卷一，引自楊國宜：《包拯集校注·附錄一》，黃山
　　　　書社，1999 年版，第 293 頁。
〔註55〕　楊國宜：《包拯集校注》，黃山書社，1999 年版，第 175 頁。
〔註56〕　張環：《孝肅包公祠堂記》，楊國宜《包公集校注·附錄二》，黃山書社，1999
　　　　年版，第 310 頁。
〔註57〕　楊國宜：《包拯集校注》，《彈張堯佐一》所附仁宗《答詔》，黃山書社，1999
　　　　年版，第 176 頁。
〔註58〕　朱熹《五朝名臣言行錄》卷八，引自楊國宜：《包拯集校注·附錄一》，黃山
　　　　書社，1999 年版，第 294 頁。

當時，封建的等級觀念非常嚴格，官民隔閡，不能處於平等的地位說話。「凡訴訟不得徑造庭下」，老百姓告狀，必須呈遞狀牒，府吏坐門，先收狀牒，謂之「牌司」，得到允許之後，才能來到庭下，跪在離官員很遠的地下申訴。包拯認為這樣的規定，不能直接瞭解案情，官民之間隔著屬吏，「吏緣為奸」，容易作弊。於是命令：大開正門，百姓得徑造庭下，自陳曲直。今天看來，包公此舉可縮短官民的距離，審案官不僅可以直接聽取雙方對案情的申訴，瞭解到真實的情況；而且能夠察言觀色，辨別真偽，判斷是非，作出的判決可能更加符合案情的實際。

包公為官清廉，史載「徙知端州，遷殿中丞。端土產硯，前守緣貢，率取數十倍以遺權貴。拯命制者才足貢數，歲滿不持一硯歸。」〔註59〕其「家訓」云：「後世子孫仕宦有犯贓者，不得放歸本家，死不得葬大塋。不從吾志，非吾子若孫也。」〔註60〕

4. 素少學問

《歐陽修奏議集》卷十五《論包拯除三司使上書》載：「拯性好剛，天資峭直，然素少學問，朝廷事體或有不思。」〔註61〕宋代王銍《默記》中記有這樣一個故事：

> 華州西嶽廟門裏有唐玄宗封西嶽御書碑。高數十丈，其字八分，幾尺餘。舊有碑樓，黃巢入關，人避於碑樓上，巢怒，並樓焚之，樓焚盡而碑字缺剝，十存二三。姚嗣宗知華陰縣，時包希仁初為陝西都轉運使，才入境，至華陰謁廟，縣官皆從行。希仁初不知焚碑之由，見損碑，顧謂嗣宗曰：「可惜好碑為何人燒了？」嗣宗作秦音對曰：「被賊燒了。」希仁曰：「縣官何用？」嗣宗曰：「縣裏只有弓手三四十人，奈何賊不得。」希仁大怒曰：「安有此理，若奈何不得，要縣官何用？且賊何人，至於不可捉也？」嗣宗曰：「卻道賊姓黃名巢。」希仁知其戲己，默然而去。〔註62〕

此文寫華陰知縣姚嗣宗對包拯的輕視與奚落，內容詳盡生動，其事符合情理，應該屬實。宋代的官僚階層多飽學之士，歐陽修既是文學家，又是史學

〔註59〕〔元〕脫脫等：《宋史》卷三一六，中華書局，1977年版，第10315頁。
〔註60〕楊國宜：《包拯集校注》，黃山書社，1999年版，第263頁。
〔註61〕楊國宜：《包公集校注·附錄二》，黃山書社，1999年版，第303頁。
〔註62〕〔宋〕王銍：《默記》卷中，中華書局，1981年版，第77頁。

家、經學家、金石學家，又是「宋學」的開創者之一。同時代的官僚范仲淹、
歐陽修、蘇軾、司馬光等都博學多才。和他們相比，包公的確有相當的差距。
但在這一點上，民間傳說卻正好相反，充分肯定了包公的詩才，成爲文曲星。

5. 朝廷事體或有不慮

據李燾《續資治通鑒長編》載：

> 涇卒以折支不給，出惡言，慢通判，相糾欲爲亂。其後，斬二
> 人，黥三人，亂意乃息。詔提舉在京諸司庫務胡宿置獄，劾三司吏
> 不明計度。三司使包拯護吏不遣。宿言：「涇卒悖慢，誠當罪，然折
> 支軍情所繫，積八十五日而不與，則三司豈得無罪，陛下以包拯近
> 臣，不欲與吏一體置對，可謂曲法申慈，而拯不知省懼，公拒制命，
> 如此則主威不行，綱紀益廢矣。」拯皇恐，遣吏就獄。〔註63〕

歐陽修《論包拯除三司使上書》中對包公奪官自任事議論道：

> 今拯並逐二臣，自居其位，使將來姦佞者得以爲說，而惑亂主
> 聽。今後言事者不爲人信，而無以自明，是則聖明用諫之功，一旦
> 由拯而壞。夫有所不取之謂廉，有所不爲之謂恥。近臣舉動，人所
> 儀法。使拯於此時有所不取而不爲，可以風天下以廉恥之節，而拯
> 取其所不宜取，爲其所不宜爲，豈惟自薄其身，亦所以開誘他時。
> 言事之臣，傾人以覬得，相習而成風，此之爲患，豈謂小哉！然拯
> 所恃者，惟以本無心耳。夫心者藏於中，而人所不見；迹者示於外，
> 而天下所瞻。今拯欲自信其不見之心，而外掩天下之迹，是猶手探
> 其物，口云不欲，雖欲自信，人誰信之，此臣所謂嫌疑之不可避也。
> 況如拯者，少有孝行，聞於鄉里，晚有直節，著在朝廷；但其學問
> 不深，思慮不熟，而處之乖當，其人亦可惜也。〔註64〕

筆記史料中記錄的包公故事，是當時的新聞。正如段寶林所說：「先以新聞傳
說，以眞人眞事爲主，後來常常把歷史上與該人物相似的事件都附會在他的
身上。不僅故事情節日益豐富曲折，而且人物性格也更加鮮明突出。」〔註65〕
從以下記載看來，包公的故事早在兩宋時就流傳甚廣了：

〔註63〕〔宋〕李燾：《續資治通鑒長編》卷一百九十嘉祐四年秋七月丙申條，上海古
　　　　籍出版社，1986年版，第1751頁。
〔註64〕〔宋〕李燾：《續資治通鑒長編》嘉祐四年三月己未條，上海古籍出版社，1986
　　　　年版，第1745頁。
〔註65〕段寶林：《中國民間文學概要》，北京大學出版社，1998年。

西羌於龍珂既歸朝，至闕下引見。謂押伴使曰：「平生聞包中丞拯，朝廷忠臣；某既歸漢，乞賜姓包。」神宗遂如其請，名順。其後熙河極罄忠心。〔註66〕

開封府有府尹題名（此府尹題名碑今存開封博物館——筆者按），……獨包孝肅公姓名爲人所指，指痕甚深。〔註67〕

宋僧人淨善（1174～？）文集《禪林寶訓》卷一也載，大覺璉和尚就曾援引包公斷案之事例來教育弟子，可見包公事跡流傳之廣：

明教曰：大覺璉和尚住育王，因二僧爭施利不已，主事莫能斷，大覺呼至，責之曰：「昔包公判開封。民有自陳以白金百兩寄我者亡矣，今還其家，其子不受，望公召其子還之。」公歎異，即召其子語之。其子辭曰：「先父存日，無白金私寄他室。」二人固讓久之，公不得已，責付在城寺觀修冥福，以薦亡者。予目睹其事，且塵勞中人，尚能疏財慕義如此。爾爲佛弟子，不識廉恥若是，遂依叢林法擯之。〔註68〕

在個人意見、態度和信念彙集成爲公眾意見的過程中，首先往往表現爲分散的公開言論。這些起初是分散的公開言論只有得到廣泛的傳播，並且引起普遍關注，形成「社會共鳴」，進而成爲社會上相當數量的公眾所持有的強烈的共同意見、態度和信念，就成爲輿論。也就是說，輿論是民間準大眾傳播、人際傳播和人們對意見環境認知三者作用的結果。〔註69〕包公爲官，聲明遠播，家喻戶曉，產生了廣泛的社會影響，爲民間歌謠諺語所傳唱，「雖里巷婦人稚子莫不知名」〔註70〕，形成了強大的社會輿論，樹立了良好的個人形象。

〔註66〕〔宋〕王鞏《甲申雜記》第二十章，《包拯集校注·附錄一》，黃山書社，1999年版，第300頁。

〔註67〕〔宋〕周密《癸辛雜識》，丁傳靖《宋人軼事彙編》，中華書局，1981年版，第415頁。

〔註68〕（日）高楠順次郎等：《大正新修大藏經·諸宗部》，第48冊，臺北新文豐出版公司，1990年版，第1016c；該案見錄於呂本中《呂氏童蒙訓》卷上。

〔註69〕傳統的政治學和輿論學認爲，輿論是一種「社會合意」（social consensus）。從更廣泛的意義上來說，輿論是一種社會控制的機制，這正是社會心理學的視點。當我們把輿論視爲社會控制機制的時候，只能把它作爲一種對個人和群體具有強大約束力的「力量」來探討它的形成過程、社會作用和客觀規律。

〔註70〕曾鞏：《隆平集·孝肅包公傳》，楊國宜：《包拯集校注·附錄一》，黃山書社，1999年版，第265頁。

可以這樣說，古往今來，輿論傳播都是民心民意的表達，都是爲政治家們極其關注的傳播活動。它既傳達時事，又表露輿情，更展示黎民百姓的生活萬象，從中能直接感觸庶人的喜怒哀樂，眞切體察眾生的悲歡離合。呂祖謙《呂氏家塾記》中載：

> 包孝肅在言路，極言時事，復爲京尹，令行禁止，至今天下皆呼「包待制」，又曰「包家」。市井小民及田野之人，凡徇私者，皆指笑之曰：「你一個包家」；見貪污者，曰：「你一個司馬家。」
> 〔註71〕

魏泰《東軒筆錄》卷十一又云：

> 嘉祐中，禁林諸公皆入兩府，是時包孝肅公拯爲三司使，宋景文公祁守鄭州，二公風力名次最著人望，而不見用。京師諺語曰：「撥隊爲參政，成群作副樞，麤他包省主，悶殺宋尚書」。明年，包亦爲樞密副使。〔註72〕

仁宗嘉祐中，士大夫相傳，「富公（弼）眞宰相，歐陽永叔（修）眞翰林學士，包老（拯）眞中丞（指御史中丞），胡公（瑗）眞先生（指侍講）。」這四位官員被稱爲「極天下之望」的「四眞」〔註73〕王楙《野客叢書》卷二十說：「包拯爲臺官，嚴毅不恕，朝列有過，必須彈擊。故言事無瑕疵者，曰沒包彈。」
〔註74〕

在歷史敘事中有「關節不到，有閻羅包老」，把包公比喻爲閻羅。而金人筆記中記錄了民間把包公和閻羅合二爲一的事實，包公成爲地地道道的陰司判官，並婦孺皆知。金代元好問《續夷堅志》「包女得嫁」條云：

> 世俗傳包希文以正直主東嶽速報司，山野小民，無不知者。庚子秋，太安界南徵兵掠一婦還，云是希文孫女，頗有姿色，倡家欲高價賣之，婦守死不行，主家利其財，捶楚備至，婦遂病。鄰里嗟惜而不能救。里中一女巫私謂人云：我能脫此婦，令適良人。即詣主家，閉門籲氣，屈伸良久，作神降之態，少之，瞑目咄吒，呼主

〔註71〕 《自警編》卷六引《呂氏家塾記》，引自《包拯集校注·附錄一》，黃山書社，1999 年版，第 294 頁。

〔註72〕 魏泰：《東軒筆錄》卷十，中華書局，1983 年版，第 126 頁。

〔註73〕 洪邁《容齋隨筆·五筆》卷三《嘉祐四眞》，引自《包拯集校注》，黃山書社，1999 年版，第 296 頁。

〔註74〕 王楙：《野客叢書》卷二十「杜撰」，文淵閣《四庫全書》本。

> 人者出，大罵之，主人具香火俯伏請罪，問何所觸尊神。巫又大罵
> 云：「我速報司也，汝何敢以我孫女為倡，限汝十日，不嫁之良家，
> 吾滅汝門矣！」主人百拜謝，不數日嫁之。〔註75〕

在開封知府任上，包拯親自處理一些民、刑事案件，懲治奸吏，理雪冤獄，明察秋毫。也引起巨大的社會反響：蘇轍說包拯在此任上，「以威嚴御下，名震都邑。」〔註76〕彭乘《墨客揮犀》卷十記載，包拯初知開封府，胥吏曾問其祖先之諱，包拯厲聲說道：「吾無所諱，惟諱吏之有贓污者。」胥吏「懼而引去。」《宋史・包拯傳》稱讚包公，「立朝剛毅，貴戚宦官為之斂手；聞者皆憚之」，「人以包拯笑比黃河清，童稚婦女，亦知其名，呼曰『包待制』。京師為之語曰：『關節不到，有閻羅包老。』吏民畏服，遠近稱之。」〔註77〕

（二）歷史敘事中的包公判案

包公在後世的文學形象傳播中，首先是以一個鐵面無私的判官面目出現的，為此甚至還穿梭於陰陽兩界。翻閱歷史文獻我們卻發現，在後世文學傳播中極力表現並推崇的判官的角色並不為歷史敘事所看重。因為對古代地方的行政長官來說，判案是行政職責的一部分，而且是分內的事。所以，儘管歷史上包公曾直接開庭放告，提高審判效率，審理的案件一定不少，但包公的廉潔自律、剛正嚴毅、整肅吏治、犯顏直諫、賑濟災民等卻成為歷史「宏大敘事」的首選。

胡適、趙景深等多數學者認為《宋史》中包公只有「割牛舌」一案。〔註78〕錢靜方先生也說：「宋之最能斷獄者曰包龍圖，幾於婦豎皆知。然包公所斷之案，見於史者，不過一事。餘皆小說家掠他人之美，而為包公所有也。」〔註79〕

《宋史・包拯傳》「割牛舌」一案：

> 有盜割人牛舌者，主來訴，拯曰：「第歸，殺而鬻之。」尋復
> 有來告私殺牛者，拯曰：「何為割牛舌而又告之？」盜驚服。

〔註75〕《續夷堅志》卷一，引自《包拯集校注・附錄一》，黃山書社，1999 年版，第299 頁。

〔註76〕蘇轍：《欒城後集》卷二三《歐陽文忠公神道碑》，上海古籍出版社，1987 年版，第843 頁。

〔註77〕又見司馬光《涑水紀聞》卷十，引自《包拯集校注》，黃山書社，1999 年版，第298 頁。

〔註78〕趙景深：《包公傳說》，《中國小說叢考》，齊魯書社，1980 年版，第481 頁。

〔註79〕錢靜方：《小說叢考・包公案考》，古典文學出版社出版，1957 年版，第84 頁。

有趣的是，「割牛舌」一案在《宋史》卷三百三十二中又歸到穆衍名下：

> 穆衍，字昌叔，河內人，徙河中。第進士，調華池令。民牛爲
> 仇家斷舌而不知何人，訟於縣，衍命殺之。明日，仇以私殺告，衍
> 曰：「斷牛舌者乃汝耶？」訊之具服。〔註80〕

此案在宋《折獄龜鑑》卷七，百回本《龍圖公案》中亦有記載，但《類說》
卷四十五引《聖宋掇遺》則說這是張詠之事。

即便是對《宋史》及其它筆記史料做更爲詳盡的搜集梳理，包公所審案
件和「割牛舌」一起也不過十五件而已。它們分別是：

1. 假皇子案

《包拯集》中的《論妖人冷清等事》共二章，〔註81〕此疏中包拯請求將
自稱皇子的冷清（一作冷青）及其教唆、策劃人高繼安處以極刑，記述甚爲
簡略。翻檢《續資治通鑑長編》，則知其事由如下：

> 先是醫家子冷青自稱皇子，言其母嘗得倖掖廷有娠而出生青，
> 都市聚觀，明逸捕得入府。叱明逸曰：「明逸安得不起」，明逸爲起，
> 既而以爲狂，送汝州，編管推官韓絳言：青留外惑眾，非所宜。朝
> 議欲遷之江南，翰林學士趙槩言：「青言不妄，不當流，若詐不當不
> 誅。」即詔槩與天章閣待制知諫院包拯追青窮治：蓋其母王氏嘗執
> 役宮禁，禁中火出之，嫁民冷緒者，始生女，後生青，青不調，漂
> 泊廬山數爲人言已實帝子。故浮屠號全大道者挾之入京師，欲自言
> 闕下，皆論不道誅死，明逸坐尹京師，無威望，又有婦人鄜氏以罪
> 繫獄而爲獄吏榜之墮足死，故與式舜元皆及於責，式丹徒人，絳億
> 子也。按：《實錄》云：青與其黨高繼安皆處死。據《明逸傳》云浮
> 屠全大道不知孰是。按何郯包拯奏議並稱高繼安。拯稱繼安乃放停
> 軍人。先因罪決配鼎州，尋卻入京託病放停專以幻術交結權貴，恐
> 繼安即全大道也。冷青醫家子。〔註82〕

在民間故事中有《包公審皇子》和《東京奇案》兩則傳說。另外宋王銍《默
記》卷下、《皇宋十朝綱要》卷十、《稽古錄》卷二十等均提及此案：

〔註80〕《宋史》卷三百三十二，中華書局，1977 年版，第 10691 頁（第 30 冊）。
〔註81〕參見楊國宜《包拯集校注》，黃山書社，1999 年版，第 147～148 頁。
〔註82〕李燾：《續資治通鑑長編》卷一百六十八，上海古籍出版社，1986 年版，第
　　　　1536 頁。

皇祐二年有狂人冷青言母王氏，本宮人，因禁中火，出外。已嘗得倖有娠，嫁冷緒而後生青。詣府自陳，並妄以英宗（涵芬樓本誤作神宗）與其母繡抱肚爲驗。知府錢明逸以狂人，置不問，止送汝州編管。推官韓絳上言，「青留外非便，宜按正其罪，以絕群疑」。翰林學士趙概亦言，「青果然，豈宜出外？若其妄言，則匹夫而希天子之位，法所當誅」。遂命概並包拯按得奸狀，……處死。錢明逸落翰林學士，以大龍圖知蔡州；府推張式、李舜元皆補外。世妄以宰相陳執中希溫成（仁宗的張貴妃，死後追冊爲溫仁皇后）旨爲此，故誅青時，京師昏霧四塞。殊不知執中已罷，是時宰相乃文富二賢相，處大事豈有誤哉？〔註83〕

2. 《宋史》中除卷三一六《宋史·包拯傳》的「割牛舌」案外，還有一則包拯審理的案件，即《宋史》卷三百一十一《呂公孺傳》中「百姓賣柴薪被劫奪、逐盜爲之所傷」案：

公孺字稚卿。任爲奉禮郎，賜進士出身，判吏部南曹。占對詳敏，仁宗以爲可用。知澤、潁、廬、常四州，提點福建、河北路刑獄，入爲開封府推官，民鬻薪爲盜所奪，逐之遭傷，尹包拯命笞盜。公孺曰：「盜而傷主，法不止笞。」執不從，拯善其守。及使三司，而公孺爲判官，事皆咨決之。判都水監，未幾，改陝西轉運使。〔註84〕

3. 包拯的同僚官吳奎所撰《宋故樞密副使孝肅包公墓誌銘》中，有五個包拯審理的案例，除割牛舌外，還有四個〔註85〕：

（1）包拯的從舅犯法案

宋江少虞撰《事實類苑》卷二十三：

王禹玉曰：包希仁知廬州，廬州即鄉里，親舊多乘勢擾官府，有從舅犯法，希仁撻之。自是親舊皆屏息。〔註86〕

司馬光《涑水紀聞》卷九對此事的說法是包拯把自己的從舅處死了。

〔註83〕 王銍：《默記》卷下，中華書局，1981年版，第54頁。錢靜方謂把斷後事屬包公，蓋因有冷清事，只是小說與史實有出入。錢靜方：《小說叢考·狸貓換主劇本考》，古典文學出版社，1957年版，第91頁。

〔註84〕 《宋史》卷三百一十一《呂公孺傳》，中華書局，1977年版，第10215頁。

〔註85〕 楊國宜：《包拯集校注·附錄一》，黃山書社，第273～280頁。

〔註86〕 〔宋〕江少虞：《事實類苑》卷二十三，文淵閣《四庫全書》本。

　　王禹玉曰：「包希仁知廬州，即鄉里也。親舊多乘勢擾官府，有從舅犯法，希仁戮之。自是親舊皆屏息。」〔註87〕

（2）貴臣拖欠他人貨物案

　　有訟貴臣逋物貨久不償者，公批狀，俾亟還。貴臣負（勢，拒不償，公當即傳貴臣至庭，與訟者）置對，貴臣窘甚，立償之。（按：括號內為程如峰補遺，楊國宜校正）

（3）宦官私占惠民河灘造亭案

　　中人有構亭榭盜跨惠民者，會（有）詔書廢墀便河壖廬舍，完復舊坊，中人自言地契如此。公命（出一一審驗，有偽增步數者，掘土）丈餘，得河壖表識，即毀撤，中人皆服，遂坐（奪）官。

（4）藏匿酒友金錢案

　　嘗有二人飲酒，一能飲，一不能飲。能飲者袖有金數兩，恐其醉而遺也，納諸不能飲酒者。（能飲者醒而索之，不能飲者拒之）曰：「無之。」金主訟之。詰問，不服。公密遣吏持牒為匿金者自通取諸其家。家人謂事覺，即付金於吏。俄而吏持金至，匿金者大驚，乃伏。

4. 從宋人筆記中得到包公斷案故事三則。

（1）「編民犯法當受杖脊案」，見於沈括《夢溪筆談》卷二十二，曰：

　　包孝肅尹京，號為明察。有編民犯法當杖脊，吏受賕，與之約曰：「今見尹，必付我責狀，汝第呼自辨，我與汝分此罪。汝決杖，我亦決杖。」既而包引囚問畢，果付吏責狀，囚如吏言，分辨不已。吏大聲訶之曰：「但受脊杖出去，何用多言！」包謂其市權，撻吏於庭，杖之七十，特寬囚罪，止從杖坐，以抑吏勢，不知乃為所賣，卒如素約。小人為奸，固難防也。孝肅天性峭嚴，未嘗有笑容，人謂「包希仁笑比黃河清」。〔註88〕

沈括著書是包拯死後二十多年的事。此條筆記對於故事的始末細節述說如此之詳，顯然未經史官「建構」，應該更接近包公的真相。

〔註87〕司馬光：《涑水紀聞》卷九，引自楊國宜《包拯集校注·附錄一》，黃山書社，1999年版，第293頁。

〔註88〕楊國宜：《包拯集校注·附錄一》，黃山書社，1999年版，第294頁。按：明張應俞《騙經》十五類「衙役騙」亦錄此案。

（2）「章惇誤踐老嫗案」，見於邵伯溫的《邵氏聞見錄》卷十三，曰：

　　　章惇者，郇公之疏族。舉進士，在京師館於郇公之第。私族父之妾爲人所掩，逾牆而出，誤踐街中一嫗，爲嫗所訟。時包公知開封府，不復深究，贖銅而已。〔註89〕

另外，王士禛《居易錄》卷七也收錄此案。

（3）「推讓白金案」，見於呂本中的《呂氏童蒙訓》卷上，曰：

　　　包孝肅公尹京時，民有自言「以白金百兩寄我者死矣。予其子，其子不肯受。願召其子予之。」尹召其子，其子辭曰：「亡父未嘗以白金委人也。」兩人相讓久之。公因言：「觀此事而言無好人者，亦可以少愧矣。」〔註90〕

5. 明清史料和方志今有包公斷案故事四則。

（1）《嘉靖池州府志》卷六有「池州浮江屍案」：

　　　至和二年，（包拯）坐失保任事，由刑部郎中左授兵部員外郎出守本（池）州，辨浮江屍，與瘞僧冤，時稱神明，爲治嚴而不刻，所至縮靡費以利民。明年，復其官，民多德之，立祠祀焉。〔註91〕

（2）清人陸心源的《宋史翼》卷一《王尙恭傳》載有「邑人復訟案」，稱：

　　　王尙恭知開封府陽武縣，時包拯爲尹，愛其才，邑人有訟事於府者，拯曰：「既經王宰決矣，何用復訴？」

（3）《宋史翼》卷十九《侍其瑋傳》記錄了「亡命卒剽竊錢物論死案」，說：

　　　侍其瑋改開封陽武軍主簿，政殊異，尹包拯材之，命攝右軍巡判官，有亡命卒，坐剽金論棄市，獄具，瑋視文案，疑有冤，得其情，白尹平之，因以不死。〔註92〕

〔註89〕〔宋〕邵伯溫：《邵氏聞見錄》卷十三，中華書局，1983 年版，第 137 頁。

〔註90〕呂本中：《呂氏童蒙訓》卷上，引自楊國宜：《包拯集校注・附錄一》，黃山書社，1999 年版，第 295 頁。

〔註91〕《嘉靖池州府志》卷六，引自楊國宜：《包拯集校注・附錄一》，黃山書社，1999 年版，第 293 頁。

〔註92〕楊國宜：《包拯集校注・附錄一》，黃山書社，1999 年版，第 295 頁。

（4）〔明〕彭大翼《山堂肆考》卷一百五十記錄了「包公處斬二國舅」
案。

　　宋仁宗朝有袁生者，名文正，潮州潮水縣人。幼習舉業，其妻
張氏貌美而賢，隨夫往東京赴試。至京城，道遇曹二國舅，馬上見
之，著牌軍請袁生夫婦入府，絞死袁生，投古井中，及將三歲兒打
死，逼張氏為妻，不從。被□去鄭州。袁生冤魂魂抱三歲兒赴包文
拯訴理。大國舅與其母邵夫人謀作書與弟，並將張氏殺死以絕後患，
書至鄭州，二國舅欲持刀殺張氏，不忍下手，令使女縛張氏投後園
井中，藉張公潛救得免殺之。往東京至包公處訴冤，包公將二國舅
處斬，訖大國舅願納還官詰入山修行，後得仙。〔註93〕

6. 擾亂救火秩序一則。

　　包孝肅公尹京，人莫敢犯者。一日，閭巷火作，救焚方急，有
無賴子相約乘變調公亟走，聲喏於前曰：「取水於甜水巷耶，於苦水
巷耶。」公勿省，亟命斬之，由是人益畏服。〔註94〕

　　歷史人物成為傳說，其文學形象總有一定的規律可循。他們的歷史面目
或多或少總要影響到其作為文學形象的特徵。包拯在後世的傳說和文學作品
中主要是以擅長斷案的清官面目出現的。但搜遍相關的史料筆記，包公案只
有 15 則，這和後世以「公案文學」面目出現的《百家公案》、《龍圖公案》的
規模相比，相差甚遠。儘管這樣，由於民間的選擇性注意的傳播規律的自發
支配，包公成為後世公案小說的主角。

〔註93〕 〔明〕彭大翼：《山堂肆考》卷一百五十「傔人」，文淵閣《四庫全書》本。
〔註94〕 《獨醒雜誌》卷一，引自楊國宜《包拯集校注‧附錄一》，黃山書社，1999
　　　　年版，第 296 頁。

第二編　文學史上包公的「多級」傳播

　　包公的文學敘事是包公在民間傳播的形式。包公文學包括包公戲，以包公爲判官的公案小說、俠義公案小說以及以包公爲主角的說唱文學。除此之外，一般文學中涉及包公，客觀上對包公的傳播擴散也起到了維持作用，也屬於廣義上的包公文學。包公在民間的傳播不是一次完成的，而是反覆「皴染」，像接力賽跑，火箭發射，形成典型的多級傳播。離開宋金、元、明、清四代的多種文學形式的多級傳播的步步強化，包公的成功傳播很難想像。

第三章　宋元話本與包公文學傳播之萌芽

　　唐代中期之後，以往的坊市制度漸次崩潰，〔註1〕城市經濟漸趨活躍，在瓦舍和勾欄裏講唱的作品，與日益興起的市民階層的生活密切相關，至南宋更加繁榮。〔註2〕伴隨這一局面，城市平民階層逐步壯大，他們的文化生活也日益繁榮。羅燁《醉翁談錄》錄有「小說」名目107種，現存34種。〔註3〕「說話」在宋代有四家。據宋代灌園耐得翁《都城紀勝》的「瓦舍眾伎」條記載：

　　　　「說話」有四家。一者小說，謂之銀字兒，如煙粉、靈怪、傳
　　　　奇、說公案（皆是樸刀杆棒及發跡變泰之事）、說鐵騎兒（謂士馬
　　　　金鼓之事）。說經，謂演說佛書。說參請，謂賓主參禪悟道等事。講
　　　　史書，講說前代書史文傳、興廢爭戰之事，最畏小說人，蓋小說者能
　　　　以一朝一代故事，頃刻間提破。合生與起令，隨令相似，各占一事。

〔註1〕對此問題的討論，參見姜伯勤：「從判文看唐代市籍制的終結」，《歷史研究》
　　　　1990年第3期；〔日〕加藤繁：《中國經濟史考證》「宋代都市的發展」，商務
　　　　印書館，1959年版，第263～337頁。
〔註2〕參見〔法〕謝和耐著，劉東譯：《蒙元入侵前夜的中國日常生活》，江蘇人民
　　　　出版社，1995年版。
〔註3〕參見石昌渝：《中國小說源流論》，三聯書店，1994年版，第231頁，第233
　　　　頁。另有學者指出：根據《醉翁談錄》、《也是園書目》和《寶文堂書目》的
　　　　記載，約有140篇話本小說，而《醉翁談錄》著錄108篇話本小說，現存宋
　　　　代話本35篇。參見歐陽代發：《話本小說史》，武漢出版社，1994年版，第
　　　　68～82頁。

《醉翁談錄‧舌耕敘引》列出了時人所謂的「公案」作品：

> 有靈怪、煙粉、傳奇，兼樸刀、杆棒、妖術、神仙，自然使席
> 上風生，不枉教坐間星拱⋯⋯此乃是靈怪之門庭⋯⋯此乃爲煙粉之
> 總龜⋯⋯此乃爲之傳奇：言石頭孫立、姜女尋夫、憂小十、驢垜兒、
> 大燒燈、商氏兒、三現身、火鍬籠、八角進、藥巴子、獨行虎、鐵
> 秤錘、河沙院、戴嗣宗、大朝國寺、聖手二郎、此謂之公案。〔註4〕

從這一背景我們可以看出，包公文學的最初形態是民間故事的口頭傳承。
當然，以說話開頭，包公文學具備了累積成長篇小說的最初條件——話本
系統。

一、瓦舍的創設及傳播意義

（一）唐代的坊市制與宋代的夜市

唐代都城長安「原爲隋代起建的新都大興城」〔註5〕，先制定規劃，修築
城牆，開闢街道，逐漸築成坊裏，採用嚴格而整齊的坊市制。坊是居民區，
市是交易區，坊、市分離。坊門的啓閉和開市罷市，以擊鼓爲號，入市交易
有固定時間。《唐會要》卷八十六「市」條載：「景龍元年十一月敕：諸非州
縣之所，不得置市。其市當以午時擊鼓二百下，而眾大會，日入前七刻，擊
鉦三百下，散。」〔註6〕並且不許夜間營業。黃昏後坊門鎖閉，禁人夜行。從
唐末至宋初，由於戰爭，坊牆遭受嚴重破壞，長期失修。

宋代建國後，由於商品經濟的發展，城市的商業區要求擴大，原來的市
在範圍上已不能勝任交易的要求，因此變坊爲市。坊市制廢除後，汴京一些
繁華的街道，商店林立，鱗次櫛比。由於商品交易的需要，交易的時間要求
延長，於是出現了繁華的夜市。《東京夢華錄》卷二「朱雀門外街巷」條云：
「街心市井，至夜尤盛。」〔註7〕「州橋夜市」條描寫州橋以南各種飲食店鋪
開張「直至三更」。〔註8〕北宋中期以後，汴京商業有了較大發展，夜市的時

〔註4〕鄧之誠：《東京夢華錄注》卷五，「京瓦伎藝」，中華書局，1982 年版，第 137
　　　頁。
〔註5〕楊寬：《中國古代都城制度史研究》，上海古籍出版社，1993 年版，第 218 頁。
〔註6〕王溥：《唐會要》下冊，中華書局，1955 年版，第 1581 頁。
〔註7〕鄧之誠：《東京夢華錄注》卷二，「朱雀門外街巷」，中華書局，1982 年版，第
　　　59 頁。
〔註8〕鄧之誠：《東京夢華錄注》卷二，「州橋夜市」，中華書局，1982 年版，第 65 頁。

間隨之延長。一些繁華的商業區完全取消了時間限制，出現了通宵達旦的交易盛況。《東京夢華錄》卷三「馬行街鋪席」條載：「夜市直至三更盡，才五更又復開張。如要鬧去處，通曉不絕。……冬月雖大風雪陰雨，亦有夜市……方有提瓶賣茶者，夜深方歸也。」〔註9〕

（二）瓦舍勾欄的創設與沿革

宋代商品經濟的發展，沖決了唐代城坊制坊市分離的格局，形成了坊市合一型的新市容面貌。坊市制的解體，反過來又促進了宋初通宵達旦商品交易的繁榮，同時爲市民文化娛樂的興盛提供了物質條件。一方面商品經濟的繁榮，爲市民的文化娛樂消遣提供了經濟來源；另一方面繁忙的商品交易沒有文化娛樂的精神調劑是不可想像的。可以說，文化娛樂活動與商品交易活動同時進行，相輔相成，因爲此時的文化娛樂本身也成爲一種商業性行爲。集演藝、市集爲一體的供市民常年冶遊的大型遊樂場——以勾欄爲中心的瓦舍，正是適應這種形勢而創設。

從漢隋臨時性露天演出到唐代經常性的寺院戲場，再到宋代固定性演藝場所——勾欄，源遠流長的口頭文學傳統獲得了全面繁榮，標誌我國市民文學的發展進入了一個飛躍、質變的新時代，從此以口頭傳統爲核心的市民文化在一定程度上左右了底層民眾的精神面貌。〔註10〕

關於瓦舍始設於何時，連南宋的耐得翁和吳自牧都「不知起於何時」，但據《東京夢華錄》卷五載，北宋崇寧、大觀年間，由張廷叟、孟子書主持汴京瓦舍伎藝來看，此時，瓦舍已經興盛起來，所以，瓦舍的創設必在此之前。〔註11〕日本學者加藤繁考證，宋代汴京城坊制度的廢止，是在仁宗朝的慶曆、

〔註9〕 鄧之誠：《東京夢華錄注》卷三，「馬行街鋪席」，中華書局，1982 年版，第112 頁。

〔註10〕 平民百姓當中，具有讀書能力的人很少。據統計，1900 年中國識字率約百分之一。如此情況下，大多數人民用看戲或者聽說唱的方式來接觸通俗文學的內容。他們主要在祭祀等儀式中，與宗教活動連貫接受。元明以前娛樂時間原來有定期的，一般在歲時節令、喜慶婚喪、祭神祀日。到了元明娛樂時間相當靈活，頗爲頻繁。

〔註11〕 可以斷言，瓦舍的創設必定是當時社會城坊制的解體之後的事。關於城坊制的廢弛，學界有不同看法。「根據後周時有關東京修牆、拓寬道路、允許道旁居民種樹、掘井、修蓋涼棚諸事判斷，居民已面街而居，臨街設肆，坊牆實際上已不復存在，起碼說主要街道兩旁是如此。當然，坊牆的完全廢止還有一個相當長的過程。」周寶珠《宋代東京研究》，河南大學出版社，1994 年版，第 251 頁。

皇祐年間。〔註12〕瓦舍勾欄創設後，各大、中城市逐漸仿傚。

從北宋覆滅、宋室南渡、南宋定都臨安重設瓦舍的史料來看，地處南方的臨安市肆原來並沒有瓦舍勾欄的設置。南宋潛說友《咸淳臨安志》卷十九載：

> 故老云：紹興和議後，楊和王爲殿前都指揮使，從軍士多西北人，故於諸軍寨左右，營創瓦舍，招集伎樂，以爲暇日娛戲之地。
> 其後修內司又於城中建五瓦以處遊藝。〔註13〕

廖奔《中國古代劇場史》云：「或許瓦舍勾欄在汴京興起時還是一種新生事物，沒有來得及向其它地域擴散。但從仁宗中期到宋室南遷，也經歷了數十年時間，從情理上推，至少在汴京周圍地區的城市應該已經有瓦舍勾欄的建造，因爲一方面，汴京的經濟文化中心地位，使之成爲全國風習傚仿之源，另一方面，出土文物提供的資料也證明，北宋晚期至少在東京汴梁 到西京洛陽之間已形成一個雜劇傳播區域，在這個區域中的市鎮不可能沒有瓦舍勾欄的建設。」〔註14〕

元代統一全國後，從文獻資料記載來看，隨著北曲雜劇風行大江南北，瓦舍勾欄也遍及全國各地。

（三）瓦舍勾欄的規模、分佈與文化傳播特質

據《東京夢華錄》載，北宋汴京瓦舍著名的有桑家瓦、中瓦、裏瓦、朱家橋瓦、新門瓦、州西瓦、保康瓦、州北瓦、宋門外瓦九處，而以東角樓一帶的瓦舍最爲集中。其中州西瓦「南自汴河岸，北抵梁門大街，亞其裏瓦，約一里有餘」。〔註15〕同書卷二「東角樓街巷」條又載：

> 街南桑家瓦子，近北則中瓦，次裏瓦。其中大小勾欄五十餘座。
> 內中瓦子蓮花棚、牡丹棚、裏瓦子夜叉棚、象棚最大，可容數千人。
> 〔註16〕

〔註12〕（日）加藤繁：《宋代都市的發展》，《中國經濟史考證》卷一，吳傑譯，商務印書館，1959年。

〔註13〕《宋元方志叢刊》第4冊，中華書局，1990年版，第549頁。

〔註14〕廖奔：《中國古代劇場史》，中州古籍出版社，1997年版，第43頁。

〔註15〕鄧之誠：《東京夢華錄注》卷五，「京瓦伎藝」，中華書局，1982年版，第83頁。

〔註16〕鄧之誠：《東京夢華錄注》卷二，「東角樓街巷」，中華書局，1982年版，第66頁。

南宋臨安的瓦舍，在數量上遠遠超過了汴京，但宋人記載不一，大致有三個數字：《西湖老人繁勝錄》「瓦市」條載，城內外有 24 處瓦舍。《咸淳臨安志》卷十九「瓦子」條載，城內有瓦舍 17 處。《夢粱錄》卷十九「瓦舍」條載：「其杭之瓦舍，城內外合計有十七處。」〔註17〕《武林舊事》卷六「瓦子勾欄」條載有 23 處。可能周密記載比較準確。《繁勝錄》謂其中「惟北瓦大，有勾欄一十三座」。〔註18〕

元代的瓦舍勾欄除了大都之外，保定、石家莊、邢臺、平陽、洛陽、汴京、東平、武昌、揚州、金陵、松江、杭州等地，都有大小勾欄演出雜劇。元夏庭芝《青樓集志》云：「內而京師，外而郡邑，皆有所謂勾欄者。闋憂萃而隸樂，觀者揮金與之。」〔註19〕據廖奔鉤沉推測得出結論：「元代瓦舍勾欄的分佈地域是極其廣泛的，黃河與長江的中下游地區都有其蹤跡，而主要集中地帶則是從大都到江浙的運河沿岸城鎮。」〔註20〕

瓦舍文化是一種泛戲劇文化。廖奔認爲：「汴京的瓦舍勾欄興起於北宋仁宗中期到神宗前期的幾十年間。」〔註21〕如果這一考證可信，那麼瓦舍勾欄自創設之日起，應有勾欄演劇無疑，可惜未見文獻記載。孟元老《東京夢華錄》自序爲紹興十七年丁卯，書中所記乃崇寧、大觀時京瓦伎藝演出情況。該書卷五「京瓦伎藝」條所載瓦舍勾欄演藝有小唱、嘌唱、雜劇、傀儡、上索、雜手伎、鍵杖踢弄、講史、小說、舞旋、相撲、掉刀蠻牌、影戲、弄蟲蟻、諸宮調、商謎、合生、說諢話、雜班、叫果子等，《都城紀勝》、《繁勝錄》、《夢粱錄》、《武林舊事》等筆記所記南宋都城臨安瓦舍「百戲伎藝」的名目就更多，眞可謂「百戲雜陳」。

話本中對此也有描寫：《宋四公大鬧禁魂張》寫到閒漢趙正騙到衣服以後，「便把王秀許多衣裳著了，再入城裏，去桑家瓦里，閒走一回，買酒買點心吃了，走出瓦子外面來。」《鬧樊樓多情周勝仙》中包大尹差人捉盜墓賊朱眞，「當時搜捉朱眞不見，卻在桑家瓦里看要」。

〔註17〕 孟元老等：《東京夢華錄》（外四種），上海古典文學出版社，1956 年版，第298 頁。

〔註18〕 《西湖老人繁勝錄》，《東京夢華錄》（外四種），上海古典文學出版社，1956 年版，第 123 頁。

〔註19〕 夏庭芝：《青樓集志》，《中國古典戲曲論著集成》第 2 冊，中國戲劇出版社，1959 年版，第 7 頁。

〔註20〕 廖奔：《中國古代劇場史》，中州古籍出版社 1997 年版，第 45 頁。

〔註21〕 廖奔：《中國古代劇場史》，中州古籍出版社，1997 年版，第 42 頁。

圖 3-1　河南溫縣宋墓雜劇磚雕

　　瓦舍勾欄對口傳文學的發展興盛至關重要。魏晉以來荒誕不經的志怪小說，六朝以後的佛教俗講，因傳播媒介的變革演繹爲新的小說形式宋元話本，這是文學領域的一場革命。鄭振鐸先生在五十年代論述中國小說傳統時說：

> 　　宋朝的小說是市民文學，是在瓦市裏講唱的，是眞正出於民間爲廣大市民所喜歡的東西，不同於唐朝的傳奇。瓦子好像現代的廟會，是個易聚易散的地方，以講史、小說爲主要演唱的東西，這些都是第二人稱的。〔註22〕

郎瑛《七修類稿》卷二十二云：「小說起宋仁宗，蓋時太平盛久，國家閒暇，日欲進一奇怪之事以娛之，故小說得勝。」這種文化背景既培養了人們津津矚目於人世情態和人生細微曲折遭際的興趣，也爲小說、戲曲把這些現實人生閱歷搬上舞臺進行傳神描摹準備了題材。可以說，在這種準備完成以前，中國的小說、戲劇是不可能突破其初級形態而完成向戲曲形態過渡的。

　　吳晟認爲：瓦舍勾欄的觀眾以商人、官吏、軍士爲主要對象，總體來看，瓦舍勾欄的觀眾主要是城市平民。〔註23〕鄉民偶而也會進城逛逛瓦舍勾欄，聽聽戲文，不過並不常去。農村鄉民聽戲的主要途徑是迎神賽社的說唱類表演。這些活動，北宋以後頗爲繁榮。〔註24〕

〔註22〕鄭振鐸：《中國古典文學中的小說傳統》，《古典文學論文集》，上海古籍出版社，1984 年版，第 308 頁。
〔註23〕吳晟：《瓦舍文化與宋元戲劇》，中國社會科學出版社，2001 年版，第 113 頁。
〔註24〕有關的詳盡討論，參見車文胡：《賽社獻藝：中國古代殘曲生成與生存的基本方式》，胡豈主編：《戲史辨》第二輯，中國戲劇出版杜，2001 年版，第 54～91 頁。

可以說，包公事跡和所產生的社會影響伴隨著瓦舍勾欄說話、演劇的興起，從而自然地成爲其採擷演說的素材。這也許是歷史的巧合，但事實的確如此。

二、宋金元話本小說中的包公

在宋金元時代，包公故事就以話本形式在民間社會流傳。包公說話已經不同於歷史敘事中的筆記和民間傳說。他是有意爲小說，口耳相傳，書會才人參與編撰，其目的是爲了講給聽眾聽，得到他們的肯定，並讓他們慷慨解囊。鄭振鐸說：「這些都是常見的案件，都是社會上所有的眞實的新聞，都是保存於判牘、公文裏的故事，而被說話人取來加以烘染而成爲小說的。」〔註25〕作爲一種商業行爲，決定了「說話」在內容上要生動曲折，形式上要適宜於勾欄演出。因此，「說話」比起民間傳說又有巨大發展，故事趨於精彩，篇幅也有所增長，一般具有完整的故事情節，而且人物形象也更加豐滿。可以說包公「說話」是包公從歷史人物演變到文學形象的開端。跟以往的傳說形態的自發傳播相比，「說話」中的包公第一次有了文學形象的品格。下層文人開始自覺參與包公傳播，儘管鑲嵌入「說話」的包公還只是概念化的判官形象，但從此，包公傳播的面貌開始煥然一新。

根據黃岩柏的統計，名目可考的宋元「公案」小說共有 16 篇。按照他的分析，我們可以認定，其中 8 篇屬於宋代。〔註26〕參考其它研究，筆者基本認定屬於宋元包公斷案故事話本有《紅綃密約張生負李氏娘》、《合同文字記》、《三現身包龍圖斷冤》、《鬧樊樓多情周勝仙》、《宋四公大鬧禁魂張》、《金剛感應事跡》第三十六篇等六篇。〔註27〕

（一）《紅綃密約張生負李氏娘》

《紅綃密約張生負李氏娘》，見於《醉翁談錄》卷一。其中包公的形象極其簡略，倒是張生與李氏的戀愛和私奔被繪聲繪色地加以描寫。三年後，張

〔註25〕鄭振鐸：《中國文學研究》，人民文學出版社，2000 年版，第 472 頁。

〔註26〕參見黃岩柏：《中國公案小說史》，遼寧人民出版社，1991 年版，第 114～117頁。

〔註27〕參見譚正璧《話本與古劇》卷上《話本之部》，上海古典文學出版社，1956年版；孫楷第：《滄州集》之《三言二拍源流考》，中華書局，1965 年版；胡士瑩：《話本小說概論》，中華書局 1980 年版；程毅中：《宋元小說研究》，江蘇古籍出版社，1999 年版；《宋元小說家話本集》，齊魯書社，2002 年版等。

生與李氏生計艱難，張生求告於父母而不能容。適有妓女越英救濟他並向他求婚，張生遂負心於李氏，與越英結為夫婦。後李氏找來，與越英都指責張生負心。小說寫到：

> 於是三人共爭，以彩雲為證，遂告於包公待制之廳，各有供狀。
>
> 果是張資負心，張資責娶李氏為正室，其越英為偏室。

其實包拯從未在浙江做過官（秀州治所在今浙江嘉興），所以，早在南宋，包公已成為清官的象徵，與歷史上的包拯距離越來越大。案件一看便知就裏，審理也基本談不上，包公的形象局限於判官角色的擔當，沒有完整展開故事情節。

李劍國先生在《宋代志怪傳奇敍錄》中說：「可見這一故事必是流傳於民間，而由民間文人敷寫成傳。雖屬文言傳奇，實與話本小說精神相通。……《醉翁談錄》甲集卷一《小說開闢》著錄傳奇類話本中有《鴛鴦燈》一本，說明此傳在南宋已由說話人改編為話本，同時還改編為南戲，《宋元戲文輯佚》輯《張資鴛鴦燈》佚曲十八支，張生曰張資，殆是話本戲曲增飾，《醉翁談錄》本即據此而改。明熊龍峰刊小說四種之《張生彩鸞燈傳》及《古今小說》卷二三《張舜美元宵得麗女》，其入話亦演此傳，但未敍負心事，張生不作張資，然觀其文，蓋據《醉翁談錄》。徐應秋《玉芝堂談薈》卷六《御溝題葉》曾載此事事略，殆亦據《醉翁談錄》。清俞樾《茶香室三抄》卷二三《鴛鴦燈傳》乃據《歲時廣記》述其梗概。」〔註28〕

（二）《合同文字記》

見於明洪楩編《清平山堂話本》，明晁瑮《寶文堂書目》有著錄，胡士瑩《話本小說概論》斷定其為早期的宋人話本。認為「文字風格，又極樸陋幼稚，情節安排也很簡略粗疏」。這應該是最早的包公斷案的故事之一。〔註29〕

嚴格說來，《合同文字記》作為公案小說，並不很充分。小說所要強調描寫的是安柱的孝義精神，而不是包公。包公只是在小說臨近結尾，作為判定是非的判官出場。在裁判中除了「大怒」和「收監問罪」之外，沒有什麼值得讚歎的「智慧」蘊涵其中，與雜劇和淩濛初的小說相比，頗有差距。文中，包公因劉大夫婦隱瞞合同文字而大怒，欲拷打劉大，引發出劉安柱請求赦免的孝義之心：

〔註28〕 李劍國：《宋代志怪傳奇敍錄》，南開大學出版社，1997 年版，第 225 頁。
〔註29〕 胡士瑩：《話本小說概論》中華書局，1980 年版，第 210 頁。

　　安柱道：「相公可憐伯伯年老，無兒無女。望相公可憐見。」
包公公言：「將晚伯母收監問罪。」安柱道：「望相公只問孩兒之罪，
不干伯父伯婆主事。」包相公交將老劉打三十下。安柱「告相公寧
可打安柱，不可打伯父。告相公只要明白家事，安柱日後不忘相公
之恩。」〔註30〕

這個話本「孳乳」出了數個同名故事。元代無名氏《包待制智賺合同文字》
雜劇，情節比諸此篇詳盡，似出其後。晚明淩濛初《拍案驚奇》卷三十三「張
員外義撫螟蛉子，包龍圖智賺合同文」，乃是根據雜劇改寫。程毅中指出：明
代萬曆二十二年（1594 年）與耕堂刻本安遇時編《全補包龍圖判百家公案》
第二十七回《判明合同文字》全錄本篇，稍有改動。萬曆三十四年（1606 年）
萬卷樓刻本李春芳編《海剛峰先生居官公案傳》第四十二回「判明合同文約」
又錄入此篇。〔註31〕

（三）《三現身包龍圖斷冤》

　　見《警世通言》第十三卷。羅燁《醉翁談錄》甲集卷一《舌耕敘引》《小
說開闢》條記有《三現身》條目，當為此故事。胡士瑩先生說，《武林舊事》
卷十《宋官本雜劇段數》中有《三獻身》；金院本也有《三獻身》，疑與此同
題材。……從本篇地名、官職、文字風格，以及神化包公的手法，推斷為南
宋人的作品。〔註32〕

　　在《三現身包龍圖斷冤》中包公作為以判案著稱的藝術形象，這時已經
開始出現了，而且溝通人神，日間斷人，夜間斷鬼。文中這樣寫道：

　　那包爺自小聰明正直，做知縣時，便能剖人間曖昧之情，斷天
下狐疑之獄。包爺初任，因斷了這件公事，名聞天下。至今人說包
龍圖「日間斷人，夜間斷鬼」。〔註33〕

該篇開啓了包公審判的神判傳統，具有解謎的聰明才能。包公作了知縣，到
任三日，未曾理事，夜間得其一夢，夢見自己坐堂，堂上貼一聯對子：「要知
三更事，撥開火下水。」次日陞堂，即將對聯貼出，募人解說。迎兒的丈夫
王興，綽號為王酒酒，好吃酒賭錢，為了賞銀出首，對包公講了嶽廟速報司

〔註30〕程毅中：《宋元小說家話本集》（上），齊魯書社，2002 年版，第 348 頁。
〔註31〕程毅中：《宋元小說家話本集》（上），齊魯書社，2000 年版，第 343 頁。
〔註32〕胡士瑩：《話本小說概論》，中華書局，1980 年版，第 225 頁。
〔註33〕程毅中：《宋元小說家話本集》（上），齊魯書社，2002 年版，第 64 頁。

判官的言語。原來，迎兒與押司娘東嶽廟燒香，押司顯靈，說自己已爲判官，並給了迎兒一幅紙，上書：

> 大女子，小女子，前人耕來後人餌。要知三更事，撥開火下水。
>
> 來年二三月，句已當解此。

包公解開了謎團：「大女子，小女子」，女之子，乃外孫，是說外郎姓孫，分明是大孫押司、小孫押司。「前人耕來後人餌」，餌者食也，是說你白得他的老婆，享用他的家業。「要知三更事，撥開火下水」，大孫押司死於三更時分；要知死的根由，撥開火下之水。那迎兒見家長在竈下，披髮吐舌，眼中流血，此乃勒死之狀，頭上套著井欄，井者水也，竈者火也，水在火下，你家竈必砌在井上，死者之屍，必在井中。「來年二三月」，正是今日。「句已當解此」，句已兩字，合來乃是個包字，是說我包某今日到此爲官，解其語意，與他雪冤。小孫押司夫婦認罪伏法。

（四）《宋四公大鬧禁魂張》

見於《古今小說》卷三十六。《寶文堂書目》著錄，題作《趙正侯興》。胡士瑩認爲該故事在南宋時已經在瓦子勾欄中普遍講說，「話本的寫定在元代無疑」。〔註34〕

在《宋四公大鬧禁魂張》中，包公只在最後出場，他也沒有參與案件的直接審理，但小說通過滕大尹任上賊盜猖獗，尋釁滋事和包公做了府尹後盜賊懼怕如鳥獸散等，側面烘托包公的秉公執法、鐵面無私和不畏強暴：

> 這一班賊盜，公然在東京做事，飲美酒，宿名娼，沒人奈何得
> 他。那時節東京擾亂，家家戶戶，不得太平。直待包龍圖相公做了
> 府尹，這一班盜賊，方才懼怕，各散去訖，地方始得寧靜。有詩爲
> 證，詩云：只因貪吝惹非殃，引到東京盜賊狂。虧殺龍圖包大尹，
> 始知官好民自安。〔註35〕

（五）《鬧樊樓多情周勝仙》

見於《醒世恒言》第十四卷。《鬧樊樓多情周勝仙》也是包公話本。胡士瑩認爲「《龍圖公案》卷六《紅牙球》的情節就是從本篇變化而來。……可以斷爲宋人手筆。」〔註36〕話本寫還魂的勝仙去樊樓找范二郎，卻被二郎以爲

〔註34〕胡士瑩：《話本小說概論》，中華書局，1980年版，第294頁。

〔註35〕程毅中：《宋元小說家話本集》（上），齊魯書社，2002年版，第171～172頁。

〔註36〕胡士瑩：《話本小說概論》，中華書局，1980年版，第232頁。

是鬼，將她打死。此案訴到開封府包大尹衙中。話本中包大尹普通人一個，最後遲遲不能結案，後來盜墓賊朱真的娘因賣貴重飾品洩了底，觀察捉了朱真，解上開封府：

> 開封府包大尹看了解狀，也理會不下，權將范二郎送獄司監候，一面相屍，一面下文書行使臣房審實。做公的一面差人去墳上掘起看時，只有空棺材。問管墳的張一、張二，說道：「十一月間，雪下時，夜間『聽得狗子叫。次早開門看，只見狗子死在雪裏，更不知別項因依。」把文書呈大尹。大尹焦躁，限三日要捉上見賊人。展個兩三限，並無下落。〔註37〕

包大尹並未親自審理，而是送獄司勘問。案件由周勝仙的靈魂操縱，她人死了，愛情不變，其魂靈還專門到監獄中安慰范二郎，一面又向五道將軍求情。當案薛孔目初擬朱真盜墳當斬，范二郎誤傷人命免死，刺配牢城營，未曾呈案，其夜夢見一神如五道將軍之狀，怒責薛孔目道：「范二郎有何罪過，擬他刺配？快與他出脫了。」於是，薛孔目醒來大驚，改擬范二郎打鬼，與人命不同，事屬怪異，宜徑行釋放。小說寫道：「包大尹看了，都依擬。」

這一話本敘述了一個動人的愛情故事，僅三次簡單地寫到包公。第一次是周勝仙被范二郎失手打死，地方將范押到開封府，「包大尹看了解狀，也理會不下，權將范二郎送獄司監候，一面相屍，一面下文書行使臣下」；第二次是衙役驗過周勝仙空棺後呈上文書「大尹暴躁，限三日要捉上件賊人」；第三次是薛孔目受五道將軍呵責後，將范二郎擬議釋放，「包大尹看了，都依擬。」從這三次描寫中可見，包公沒有直接參與斷案。

（六）《金剛感應事跡》第三十六篇

《永樂大典》第七千五百四十三卷裏所收的《金剛感應事跡》，專講念《金剛經》靈驗的故事，共三十九篇。其中第三十六篇屬說經的話本。〔註38〕

> 霍參軍誦持《金剛經》，忽見廳下地烈（裂），湧出包龍圖，稱我是速報司。參軍問速報司曰：「報惡不報善？善者受飢寒，惡者豐衣飯；清者難度日，濁者多榮變；孝順多辛苦，五逆人愛見。速報司曰：『唯當靈不靈，唯當現不現。』既靈須顯靈，既現須教現。願賜一明言，免使閻浮眾生怨。」包龍圖答曰：「吾掌速報司，非是不

〔註37〕程毅中：《宋元小說家話本集》（上），齊魯書社，2002年版，第254頁。
〔註38〕《永樂大典》第七千五百四十三卷「金剛感應事跡」。

報惡，非是不報善。善者暫時貧，惡者權飽暖。濁逆曲惡輩，報案盡抄名。第一抄名姓，二除福祿神，三教絕後代，四遭禍星臨，五使狂心計，六被惡人侵，七須壽命短，八報病纏身，九遭水火厄，十被王法刑。如此十苦難，盡是十惡人。參軍休問我，照鑒甚分明。一朝天地見，萬禍一齊臨。」詩曰：

　　　湛湛青天不可欺，未曾舉意早先知。善惡到頭終有報，只爭來速與來遲。

包公死後爲東嶽速報司，見於元好問《續夷堅志》卷一《包女得嫁》，說是「山野小民無不知者」。這篇講《金剛經》應驗的故事，則把說公案裏的包公搬到說經裏來了。它採用了說唱的形式，近似詩話體的話本，結尾這首詩常見於後世的小說、詞話和戲曲，是民間廣爲流傳的。

小　結

　　（1）早期話本小說是包公進入文學敘事的開端，敘述視角基本是編輯性全知視角。〔註39〕在話本敘事策略上，和文學發展的脈絡一致，先以簡單紀事爲主，人物還是從屬的、功能性的。在讀者面前，包拯面目模糊，缺乏個性特徵，完全是個概念化的判官。結構上是個「尾巴式人物」，算不得典型的清官。

　　（2）早期話本小說中，包公所審案件的內容多是社會上發生過的眞實的新聞或者是保存於判牘公文裏的案件，經過說話人採擷加以鋪演而形成。這一階段，包公的傳播擴散具有自發的性質，包公故事角色功能不強，沒有一個明顯系統。

　　（3）由於坊市制的崩潰，瓦舍勾欄的興起，說唱演劇的客觀需要使包公的輿論傳播具有了文學品質，成爲勾欄瓦舍的演出的固定題材——公案。從此以後，小說題材的模式化有了基礎，這爲包公進一步傳播擴散做了題材準備。

〔註39〕弗里德曼（N・Friedman）在《小說中的視角》一文中將視角分爲八種不同類型：（1）編輯性的全知；（2）中性的全知；（3）第一人稱見證人敘述；（4）第一人稱主人公敘述；（5）多重選擇性的全知；（6）選擇性的全知；（7）戲劇方式；（8）攝像方式。參見申丹：《敘述學與小說文體學研究》，北京大學出版社，2001年版，第192～197頁。

第四章　包公戲與包公傳播之發軔

一、包公戲的規模〔註1〕

　　宋元南戲裏就已經有了「包公戲」，到了元代雜劇裏更多，且流行很廣，全國務大小劇種，除掉少數兄弟民族以外，或多或少地都上演過「包公戲」。戲曲興起以後成為中國民間最受歡迎的通俗文藝品種，一般小民特別是婦女沒有條件念書，他們的知識、修養大多從看戲中來，而戲曲演出又寓教於樂，老百姓喜聞樂見。清代劉繼莊《廣陽雜記》卷二說：「余觀世之小人，未有不好歌唱看戲者。」包公戲的普及更是如此。

（一）宋金雜劇（院本）中的包公戲

　　宋官本雜劇名目，《武林舊事》記280種，王國維認為「此項官本雜劇，雖著錄於宋末，然其中實有北宋之戲曲，不可不知也」，「然則此二百八十本，與其視為南宋之作，不若視為兩宋之作為妥也」。〔註2〕譚正璧《宋官本雜劇段數內容考》認為其中可以確定為北宋之作有不少。〔註3〕這個目錄不可能是當時很完全的目錄無疑，只包括宮廷所演出的一小部分節目，至於瓦舍勾欄所演出的許多劇目都沒有包括進去。

〔註1〕參閱趙景深主編、邵曾祺編著《元明北雜劇總目考略》、楊國宜《包拯集校注》和郭精銳等編著的《車王府曲本提要》等。

〔註2〕王國維：《宋元戲曲史》，華東師範大學出版社，1995年版，第66～67頁。

〔註3〕譚正璧著、譚尋補正：《話本與古劇》，上海古籍出版社，1985年版，第171～190頁。

金院本名目，《南村輟耕錄》卷二十五載 690 餘種，陶宗儀說：「金有院本、雜劇、諸宮調；院本、雜劇，其實一也。國朝院本、雜劇，始釐而二之。」〔註4〕金院本的角色有副淨、副末、引戲、末泥和裝孤五人，與宋雜劇角色幾乎完全相同。以《官本雜劇段數》與《院本名目》對照，其所錄劇目有部分相同，其餘則非宮廷演出的劇目，王國維在考《宋官本雜劇段數》和《院本名目》所用曲名後指出，宋金雜劇、院本「不皆純正之戲劇」，其中「實綜合種種之雜戲」，〔註5〕「實綜合當時所有之遊戲技藝，尚非純粹之戲劇也」。〔註6〕錢南揚據《永樂大典目錄》（卷 13965～13991）、《南詞敘錄》「宋元舊篇」、《宦門子弟錯立身》、《太霞新奏》、沈璟集劇名「因緣簿令」套下附記、《癸辛雜識》、《山中白雲詞》、《四友齋叢說》、《九宮正始》、《九宮十三攝譜》、《傳奇彙考標目》、《李氏海澄樓藏書目錄》諸文獻，錄得宋元戲文共 238 本。〔註7〕劉念茲輯得宋元戲文（南戲）劇目 244 個。今依據各類文獻輯錄宋金雜劇院本中的包公戲如下：

（1）《三獻身》（佚），宋周密《武林舊事》卷十《官本雜劇段數》有《三獻身》。「獻」，疑為「現」之訛。宋羅燁《醉翁談錄》卷一《小說開闢》公案類有《三現身》今不存。

（2）金院本《刁包待制》（佚），元陶宗儀《南村輟耕錄》著錄。《輟耕錄》曰：「院本雜劇，其實一也。」差別只是在金稱「院本」，在元曰「雜劇」而已。金院本名目《打略拴搐》之《孤下家門》有《刁包待制》。本事未詳。

（3）《燒花新水》，譚正璧先生《話本與古劇》一書中的《宋官本雜劇段數內容考》一文，對宋末元初周密《武林舊事》書中載錄的 280 目宋官本雜劇段數的故事進行考證。認為其中《燒花新水》的故事主角為包公。〔註8〕

（二）宋元南戲中的包公戲

（1）蕭天瑞撰《小孫屠》，全名《遭弔盆沒興小孫屠》，原題「古杭書會編撰」。有《永樂大典戲文三種》（卷 13991）、《古本戲曲叢刊》初集影印本、

〔註4〕陶宗儀：《南村輟耕錄》卷二十五，文灝點校，文化藝術出版社，1998 年版，第 346 頁。

〔註5〕王國維：《宋元戲曲史》，華東師範大學出版社，1995 年版，第 65～66 頁。

〔註6〕王國維：《宋元戲曲史》，華東師範大學出版社，1995 年版，第 72 頁。

〔註7〕錢南揚：《戲文概論》，上海古籍出版社，1981 年版，第 73～82 頁。

〔註8〕參見譚正璧：《話本與古劇》，上海古籍出版社，1985 年版，117～190 頁。

錢南揚《永樂大典戲文三種校注》本。錢南揚《永樂大典戲文三種校注‧前言》雲：《錄鬼簿》蕭德祥小傳稱其「有南戲文」，弔詞亦贊其「戲文南曲衡方脈」「既是書會中人，又擅長戲文，其名下所著錄的《小孫屠》當即此戲。」〔註9〕

（2）無名氏撰《王月英月下留鞋記》（佚），明徐渭《南詞敘錄‧宋元舊篇》著錄。《九宮正始》錄其曲六支，見錢南揚《宋元戲文輯佚》。本事見後曾瑞《王月英月夜留鞋記》雜劇。

（3）無名氏撰《包待制判斷盆兒鬼》（佚），《永樂大典‧戲文十八》著錄。本事見後元代無名氏同名雜劇。

（4）無名氏撰《包待制陳州糶米》（佚），宋元南戲《宦門子弟錯立身》中《鵲踏枝》詠傳奇名曲有《包待制陳州糶米》。本事見後元代無名氏同名雜劇。

（5）無名氏撰《神奴兒》（佚），明沈璟《南九宮譜‧黃鐘賺》集戲文名云：「開封府，神奴兒幼小爲厲魂，爲逢何正。」本事見後元代無名氏《神奴兒鬼鬧開封府》雜劇。

（6）無名氏撰《林招得》（佚），《南詞敘錄‧宋元舊篇》著錄。僅存殘曲二支，見錢南揚《宋元戲文輯佚》。元代雜劇有關漢卿撰《錢大尹智勘緋衣夢》故事相同，人物姓名各異，《林招得》當本此而易錢大尹爲包拯。清代有《花架良願龍圖寶卷》，一名《林招得寶卷》，內容大同小異。近代的戲劇《血手印》和《賣水記》故事即來源於此。

（7）無名氏撰《高文舉》（佚），明沈自晉《南詞新譜》收《高文舉》殘曲三支，爲今本明傳奇《高文舉珍珠記》所無。明祁彪佳《遠山堂曲品》謂：「俗本有《高文舉》，此傳之稍近於理。初尤疑其爲古曲，追後半散雜，遂不足觀。」所疑古曲者，當指此劇。本事詳下《高文舉珍珠記》。

（三）元代雜劇中包公戲的種類和規模

據元曲專家估計，元雜劇名目約有五百三十多種，〔註10〕今存本162種，其中以公案故事作爲題材的約十分之一以上，現存的公案劇目只有十九種（其中清官良吏張鼎、李圭、錢可、張商英等人至多在一兩齣雜劇出現），有關包公故事最多，占十三種，可見包公在當時的傳播規模。

〔註 9〕 錢南揚：《永樂大典戲文三種校注》，中華書局，1979 年版，第 71 頁。
〔註10〕 莊一拂：《古典戲曲存目彙考》，上海古籍出版社，1982 年。

圖 4-1《元曲選‧包待制智斬魯齋郎》 明萬曆吳興臧氏刊《元曲選‧灰闌記》插圖

1. 元雜劇中有今存包公雜劇十三種

（1）關漢卿《包待制三勘蝴蝶夢》，天一閣本《錄鬼簿》、《正音譜》著錄。有《新續古今名家雜劇》本，明萬曆四十四年脈望館校《古名家雜劇》本，《元曲選》本。此劇歷演不衰，京劇有寧淩改編《包待制三勘蝴蝶夢》五場，粵劇有陳瑤改編本，越劇有《蝴蝶夢》，評劇有《包待制三勘蝴蝶夢》。

（2）關漢卿《包待制智斬魯齋郎》，有《新續古名家雜劇》本，明萬曆44年脈望館校《古名家雜劇》本，《元曲選》本。

（3）鄭廷玉《包龍圖智勘後庭花》，《錄鬼簿》《正音譜》著錄。有脈望館《古名家雜劇》本，《元曲選》本。明代著名戲曲家沈璟據此改編爲《桃符記》傳奇。明呂天成《曲品‧新傳奇品》：「《桃符》，即《後庭花》劇而敷衍之者。宛有情致，時所盛傳。舊聞亦有南戲，今不存。」〔註11〕

（4）李行道《包待制智勘灰闌記》，有《元曲選》本。此事有所本，東漢應劭《風俗通義》載，前漢時穎川有富室兄弟同居。其婦俱懷孕。長婦胎傷匿之，弟婦生男，奪爲己子，論爭三年不決。郡守黃霸使人抱兒於庭中，乃令娣姐竟取之，既而長婦持之甚猛，弟婦恐慌有所傷，情極悽愴，霸乃叱

〔註11〕中國戲曲研究院編：《中國古典戲曲論著集成》第 6 冊，中國戲劇出版社，1959 年版，第 229 頁。

長婦曰：」汝貪家財，固欲得兒，寧慮或有所傷乎？此事審矣。即還弟婦兒，長婦乃服罪。」〔註12〕

（5）武漢臣《包待制智賺生金閣》，《錄鬼薄續編》著錄。有脈望館《古今雜劇選》本，《元曲選》本。明代欣欣客有《袁文正還魂記》傳奇，《遠山堂曲品》謂：「《還魂》，內傳包文拯勘曹國舅，似從元劇《生金閣》、《魯齋郎》諸曲生發者。」〔註13〕明成化詞話有《包龍圖斷曹國舅公案傳》或源於此劇，其中增曹較寬厚，包拯赦之，曹出家，即後來民間傳說八仙之一的曹國舅。《龍圖公案·獅兒巷》、《百斷公案》第四十九回《當場判放曹國舅》，均源於此。

（6）陳登善《陳州糶米》，宋元南戲有同名劇，已佚。明葉碧川《瓦盆記》傳奇曾採用部分關目，劇本不存，不得其詳。明成化詞話《包待制陳州糶米記》鋪陳雜劇中故事，寫得淋漓酣暢。安徽池州攤戲《陳州糶米記》底本故事與詞話基本一致。福建古老劇種莆仙戲、梨園戲都有此劇目。京劇《包龍圖陳州私訪》，除突出包公秉公執法的精神之外，特別增加了「牧訪范仲淹」一場，頗有新意。吉劇《包公趕驢》由元雜劇《陳州糶米》第三折包公微服私訪路遇妓女粉蓮並爲之趕驢的情節生發，突出了包公的風趣幽默和外諧內莊的性格。《打鑾駕》是由《陳州糶米》故事生發出來的。

（7）無名氏《包待制智賺合同文字》，明洪楩編《清平山堂話本》所輯宋元話本有《合同文字記》一篇，當爲雜劇所本。《百家公案》第二十七回拯判合同文字，凌濛初編輯《初刻拍案驚奇》有「張員外撫螟蛉子，包龍圖智賺合同文」，當由雜劇改編。清代演爲《合同記寶卷》。

（8）無名氏《鯁直張千替殺妻》有《元刊古今雜劇三十種》本，《元曲選外編》排印本。

（9）無名氏《神奴兒大鬧開封府》，有《元曲選本》。宋元南戲有《神奴兒大鬧開封府》，已佚。

（10）曾瑞《王月英元夜留鞋記》，有脈望館《古今雜劇選》本，《元曲選》本。宋話本《綠窗新話》有《郭華買脂慕粉郎》。金院本《衝撞引首》類有《憨郭郎》，元邾經有《胭脂女子鬼推門》雜劇，各劇原作均不存，當爲同

〔註12〕〔宋〕鄭克：《折獄龜鑒》卷六「黃霸」，文淵閣《四庫全書》本。
〔註13〕中國戲曲研究院編：《中國古典戲曲論著集成》第6冊，中國戲劇出版社，1959年版，第118頁。

一故事。到宋元南戲《王月英月下留鞋記》、元雜劇《王月英元夜留鞋記》始捏合爲包公戲，南戲劇本今不存。《百家公案》第六十二回《汴京判就胭脂記》，係演述元雜劇故事。明傳奇有徐霖《留鞋記》和童養忠《胭脂記》，徐本今佚，童本今存，有文林閣刊本，《古本戲曲叢刊》初集影印本。莆仙戲《郭華》，存「胭脂鋪」，「相國寺」兩場，梨園戲存「上京赴考」，「月英祝壽」、「買胭脂」、「相國寺」、「月英悶」、「包公判」六場。故事情節與《胭脂記》基本相同。興化七子班舊寫本《郭華》，莆仙戲今存「郭華赴試」、「脂胭鋪」、「相國寺」、「包公斷案」、「義女佳婿」、「登第團圓」六齣。

（11）無名氏《玎玎璫璫盆兒鬼》，《永樂大典》、《正音譜》、《錄鬼簿續編》著錄。有脈望館《古名家雜劇》本，《元曲選》本。宋元南戲有《包待制判斷盆兒鬼》，今佚。小說《龍圖公案》有《烏盆子》，《百家公案》第八十七回有《瓦盆子叫屈之異》。明成化本詞話有《包龍圖斷歪烏盆記》，事又見小說《三俠五義》第五回、鼓詞《烏盆告狀包公案》、鼓詞《包公親審烏盆記》、閩南歌仔《最新包公審尿壺》。和雜劇相比，包公任職地點和當事雙方的人名上有變化，故事框架完全相同。另外崑腔、弋腔、高腔、徽劇、湘劇、桂劇、河北梆子等地方戲均有此劇。

（12）無名氏《金水橋陳琳抱妝盒》，孫季昌《集雜劇名》散曲，《正音譜》著錄。有《元曲選》本。題目正名「李美人御園拾彈丸，金水橋陳琳抱妝盒」。今京劇《狸貓換太子》是根據演石玉昆所著《三俠五義》第一至第四十二回改編，有的情節吸收了元人雜劇《金水橋陳林抱妝盒》明人（著者不詳）傳奇《金丸記》以及清人（石子斐）傳奇《正昭陽》等。京劇中另有傳統劇目《遇皇后·打龍袍》，正淨、老旦並重，以唱工爲主，今世演者大都以裘盛戎，李多奎爲圭臬。

（13）無名氏《小張屠焚兒救母》。

2. 元雜劇中佚失包公戲十一種

（1）汪澤民撰《糊突包待制》，《錄鬼薄》、《太和正音譜》著錄。

（2）汪澤民撰《包待制七勘貨郎末》，寶敦樓舊藏增補本《傳奇彙考標目》著錄。本事未詳。

（3）蕭德祥撰《包待制三勘蝴蝶夢》，曹本、《說集》本、曹棟亭本《錄鬼薄》著錄。劇情應與今存《元曲選》本無名氏《蝴蝶夢》相類。

（4）無名氏撰《包待制智賺三件寶》，《正音譜》，《錄鬼簿續編》著錄。
題目作：「宋仁宗御斷六花王，包待制智賺三件寶。」劇情不詳，可能爲詞話
《張文貴傳》所本。

（5）無名氏撰《風雪包待制》，《正音譜》著錄。劇情不詳。清姚燮《今
樂考證》著錄。明朱權《太和正音譜》、《元曲選目》、《曲錄》均著錄此劇略
名。本事無考。

（6）無名氏撰《包待制勘雙丁》，《太和正音譜》著錄。劇情不詳。故事
源於宋代鄭克《折獄龜鑒》卷五「察奸」中張詠判案故事，元雜劇始歸於包
公名下。《百家公案》第七十六、七十七回收錄，《龍圖公案・白塔寺》、《雙
釘記寶卷》、歌仔《最新弔金龜歌》、鼓詞《弔金龜》、福州評話《雙釘判》題
材一脈相承。清代唐英《雙釘案》（一名《釣金龜》）傳奇，將釣金龜故事加
入勘釘故事之中，有《古柏堂傳奇五種》刊本。

（7）張鳴善撰《包待制判斷煙花鬼》，明藍格抄本《錄鬼薄》、《正音譜》
著錄。劇情不詳。《太和正音譜》作《煙花鬼》。

（8）彭伯成撰《灰欄記》，孟稱舜本《錄鬼薄》著錄。劇情當與李行道
《灰闌記》相同。

（9）李行甫撰《灰欄記》，藍格抄本，《錄鬼薄》著錄。題目作「張海棠
屈死下陰牢」，可知劇情與李行道《灰闌記》有異。後者張海棠冤獄被包公昭
雪，生命猶存；而前者則說「屈死」於牢獄。曹棟亭本《錄鬼薄》錄爲《包
待制智勘灰欄記》。

（10）陳登善《開倉糶米》。

（11）汪元亨《仁宗認母》。

（四）明代傳奇中的包公戲

（1）鄭汝耿撰《陳可中剔目記》（佚），《南詞敘錄》「本朝」著錄。祁彪
佳《遠山堂曲品》著錄，署鄭汝耿撰。鄭汝耿。字號籍里及生平事跡，今不
可考，明嘉靖以前人。《遠山堂曲品》云：「《剔目》，此龍圖公案中一事耳，
包公按曹大本，反被禁於水牢。此段可以裂眥。」〔註14〕明范濂《雲間據目
抄》卷二《記風俗》云：「倭亂後，每年鄉鎮二三月間，迎神賽會，地方惡少
喜事之人，先期聚眾，搬演雜劇故事。如《曹大本收租》、《小秦王跳澗》之

〔註14〕中國戲曲研究院編《中國古典戲曲論著集成》第 6 冊，中國戲劇出版社，1959
　　　年版，第 119 頁。

類，皆野史所載，俚鄙可笑者。」〔註15〕今傳閩南七子班下南內棚頭傳統劇目之一有《劉大本》，最接近原作。另外，《包文拯坐水牢》，在中土失傳多年，後經俄李福清教授1983年在奧地利維也納圖書館發現。該劇出自《陳可中剔目記》。〔註16〕滇劇《包公坐水牢》情節完整，共分十三場，從包公喬裝出京私訪，至以虎頭鍘鍘死曹大本為止。

（2）無名氏撰《高文舉珍珠記》，一名《珍珠米欄記》，有明萬曆間金陵文林閣刊本，《古本戲曲叢刊》二集影印本。

（3）無名氏撰《觀世音魚籃記》，有文林閣刊本，《古本戲曲叢刊》二集影印本，李漁閱定清初刊《傳奇八種》本，全名《新刻全像觀音魚籃記》，《祈氏讀書目錄》、《鳴野山房目錄》有著錄。《魚籃記》的本事，根據孫楷第的意見，當係民間傳說。〔註17〕

（4）鄭國軒《牡丹記》（已佚），寫「金牡丹為魚妖所混。」本事詳前《觀音魚籃記》。《遠山堂曲品》：「《牡丹》，鄭國軒。金牡丹為魚妖所混，幾不可辨，此境地之最惡者。」

（5）沈璟撰《桃符記》，有馬彥祥藏清乾隆間抄本，《古本戲曲叢刊》初集影印本。本事詳前元鄭廷玉《包待制智勘後庭花》雜劇。

（6）童養中撰《胭脂記》，是根據元雜劇宋元南戲《王月英月下留鞋記》改編的劇目。有文林閣刊本，《古本戲曲叢刊》初集影印本（如右圖），海寧朱希祖過錄許之衡校本。本事詳前元曾瑞《王月英元夜留鞋記》雜劇。

（7）欣欣客撰《袁文正還魂記》，有文林閣刊本，《古本戲曲叢刊》二集影印本。本事詳前元武漢臣《包待制智賺生金閣》雜劇。

（8）徐霖撰《留鞋記》（佚），《金陵瑣事》載。本事詳前元曾瑞《王月英元夜留鞋記》雜劇。

（9）謝天瑞撰《劍丹記》，一名《八黑記》有明萬曆廣慶堂刊本。

（10）葉碧川撰《瓦盆記》（佚），《遠山堂曲品》著錄。本事詳前元無名氏《包待制判斷盆兒鬼》雜劇。

（11）姚茂良《金丸記》，據元雜劇《抱妝盒》改編。

〔註15〕范濂：《雲間據目抄》卷二，《筆記小說大觀》第6冊，江蘇廣陵古籍刻印社，1995年版，第734頁。
〔註16〕李福清：《海外孤本晚明戲劇選集》，上海古籍出版社，1993年版，第626～632頁。
〔註17〕孫楷第：《滄州後集》，中華書局，1985年版，第76頁。

（12）無名氏《釵釧記》，與《許公異政錄‧斷閻自珍抑蘭英》、《百家公案》二十三回《獲學丈開國材獄》、七十八回《兩家願指腹爲婚》、《龍圖公案‧包袱》、南戲《林招得》、《皇明諸司廉明公案‧韓按院賺贓獲賊》內容類似，說唱文學承襲此題材的僅有《花枷兩（良）願寶卷》。

（13）《賣水記》（佚），未見著錄。清人《昆弋雅調》收《生祭李彥貴》一齣，彥貴即林招得易名。明清選集《詞林一枝》、《八能奏錦》、《青昆徽池雅調》均有其殘曲。本事詳前宋元南戲《林招得》。《賣水記》爲弋腔代表之一，一名《火焰駒》，梆子腔系統各劇種均有此劇，秦腔《火焰駒》十四場，內容爲宋時北狄反，李彥榮掛帥出征，因糧草不濟降番，父李緩遭王強誣告入獄，弟李彥貴賣水奉母，彥貴本與黃桂英指腹爲婚，父黃璋悔婚，桂英不從，命裨約彥貴花園贈金，王良撞見報璋，璋命王良殺裨誣彥貴入獄問斬。馬販艾謙騎火焰駒入番報信，彥榮領兵劫法場，救彥貴，並獲王強通敵密書，爲國除奸。彥貴與桂英成婚。

（14）洪教授的《包待制捉旋風》（佚）。

（五）明代雜劇中的包公戲

（1）明無名氏撰《認金梳孤兒尋母記》，脈望館鈔校本，劇本結尾有下場詩曰：「一統乾坤禮樂興，刀裏山河拱大明。八方共樂昇平世，四海民安享太平。」此下場詩中提到了「大明」的國號，這是有關時間最明顯的證據。

（六）清代傳奇中的包公戲

由於明代統治者實行嚴厲的文化專制政策，規定「凡樂人搬做雜劇戲文，不許妝扮歷代帝王后妃、忠臣烈士、先聖先賢像，違者杖一百」〔註18〕，戲劇轉而以男女愛情爲主要內容，包公戲的發展受到抑制。然而，明末通俗小說《龍圖公案》一問世，即在民間廣爲流傳，並成爲清代戲劇和後來的京劇及其各地方劇種大量包公戲的創作源泉。僅以京劇爲例，在陶君起所編的《京劇劇目初探》一書中就載有三十餘種包公戲，其可見包公戲在清代發展盛況之一斑。清初的包公戲主要有以下幾種：

（1）李玉《長生像》（佚），《今樂考證》著錄。

（2）李玉《五高風》，有傳抄本。

（3）朱佐朝撰《乾坤嘯》，有抄本，《古本戲曲叢刊》三集影印本。根據

〔註18〕《明會典》卷一百四十二，刑部十七「搬做雜劇」，文淵閣《四庫全書》本。

《曲海總目提要》的說法：「事無根據，全係捏造。文彥博、包拯隨意點人。」
又講：所述乃是明代的「事情」，據此，學者認爲：「作品雖託宋名，實寫明
事。」

（4）朱佐朝撰《瑞霓羅》（佚），《今樂考證》、《新傳奇品》等著錄，《曲
海總目提要》有此本。清車王府曲本有《瑞霓羅總講》，八場。敍浮平王本明
娶妻陳氏，有女名桂英。王與奎文吉爲結盟兄弟。王父母雙亡，賴奎周濟，
販布度日。奎子榮將赴京考試。包拯、王宴林等爲仁宗慶壽，仁宗命呂蒙正
主考，包拯兼點科場。奎文吉長子榮應考王本明陪同，辭別父、母、弟。仁
宗命大放花燈，與民同樂，眾仙慶壽畢，迴天宮。僊人降瑞霓羅以報奎好善
之德。無故事情節，重在喜慶，爲宮廷演戲特點。

（5）朱佐朝等四人合撰《四奇觀》，有程硯秋原藏抄本。《曲海總目提要》
敍其梗概：演包拯斷酒、色、財、氣四案，因名《四奇觀》，關於它們的來源，《曲
海總目提要》說：「按《龍圖公案》中並無此四段事，係作者捏合。」〔註19〕

（6）石子斐撰《正朝陽》，有雍正甲辰沈潤生舊抄本，《古本戲曲叢刊》
五集影印本。

（7）唐英撰《雙釘案》，一名《釣金龜》，有《古柏堂傳奇五種》刊本。

（8）程子偉《雪香園》（佚），未見著錄。《曲海總目提要》有此本。

（9）無名氏《瓊林宴》，有抄本，現藏日本東京大學。據清代民間藝人
說唱筆錄的《龍圖耳錄》及由《耳錄》改寫的小說《三俠五義》均有此故事，
關目大致相同，人物姓名多所更易。

（10）無名氏《雙蝴蝶》（佚），未見著錄。《曲海總目提要》有此本。本
事見前《瓊林宴》。

（11）無名氏《普天樂》（清蒙古車王府藏曲本）

（12）《斷烏盆》（佚），未見著錄。《曲海總目提要》有此本。本事詳前
元無名氏《包待制判斷盆兒鬼》雜劇。

（13）《紫珍鼎》（佚），未見著錄。《曲海總目提要》有此本。演包公洗
皮匠周二橋殺魏錦妻洪氏之冤一事。錢靜方謂該書久已失傳。〔註20〕

（14）《狀元香》（佚），清姚燮《今樂考證》著錄。

〔註19〕董康：《曲海總目提要》，人民文學出版社，1959年版，第26頁。
〔註20〕錢靜方：《小說叢考·紫珍鼎傳奇考》，古典文學出版社，1957年版，第86
　　　　頁。

（15）《龍圖案》（佚），《今樂考證》著錄。本事不詳。

（16）《龍圖賺》（佚），《今樂考證》著錄。本事不詳。

（七）清代地方戲曲中的包公戲

清乾隆年間，李斗《揚州畫舫錄》在提到花部時說：「兩淮鹽務例蓄花、雅兩部以備大戲：雅部即崑山腔；花部爲京腔、秦腔、弋陽腔、梆子腔、羅羅腔、二黃調，統謂之亂彈。」〔註 21〕乾隆、嘉慶時期的戲劇家焦循對此則予以了更深人的闡述，他指出：「『花部』者，其曲文俚質，共稱爲『亂彈』者，也乃余獨好之。蓋吳音（指崑山腔）繁縟，其曲雖極諧於律，而聽者使未睹本文，無不茫然不知所謂。」「花部原本於元劇，其事多忠、孝、節、義足以動人；其詞直質，雖婦孺亦能解；其音慷慨，血氣爲之動蕩！」面對同一戲班或不同戲班的「遞相演唱」，廣大農民等勞動群眾「郭外各村，於二、八月間，遞相演唱，農叟漁夫，聚以爲歡，由來久矣」。〔註 22〕在這些演唱劇目中，就有深受群眾歡迎的秦腔《賽琵琶》。

據鄭振鐸《中國戲曲的選本》統計，京劇的包公戲有以下十四種：《烏盆計》（一名《奇冤報》，有清蒙古車王府藏曲本）、《探陰山》（一名《鬧五殿》），《柳林池》（一名《三官堂》）、《鍘美案》（一名《明公斷》）、《鍘包勉》、《雙包案》、《打鑾駕》、《五花洞》，《瓊林宴》（一名《打棍出箱》）、《黑驢告狀》（《瓊林宴》後本）、《斷太后》、《打龍袍》、《狸貓換太子》。除此之外京劇中的包公戲有：《鍘判官》、《斷後》、《瓊林宴》、《五花洞》、《雙釘記》、《鐵蓮花》、《血手印》、《行路哭靈》、《九頭案》、《碧塵珠》、《神虎報》、《搖錢樹》、《賣花三娘子》、《花蝴蝶》、《三俠五義》等。

以曾白融主編的《京劇劇目辭典》中包公戲劇目來說，其內容涉及包公且有包公角色的即有一百三十六本。這一百多本包公戲當中，有象《鍘判官》（共八本），《三俠五義》（共八本）那樣的連臺本戲，更有多達三十六本的巨製《狸貓換太子》，已故演員金少山、裘盛戎、李多奎都曾擅演此劇。這證明了包公戲從宋、元以迄明、清，進入民國，始終是最受民眾歡迎的劇目。

〔註 21〕李斗：《揚州畫舫錄》卷五《新城北錄下》；《歷代史料筆記叢刊》，中華書局，1960 年版，第 107 頁。

〔註 22〕中國戲曲研究院編《中國古典戲曲論著集成》第 8 冊，中國戲劇出版社，1959 年版，第 225 頁。

在清代秦腔包公戲的劇目中出現了被譽爲「江湖十八本」之第一本的《鍘美案》，又名《秦香蓮》、《鍘陳世美》、《琵琶詞》等。在秦腔《鍘美案》等戲的影響下，當時的很多劇種都上演此劇，或單折，或全本，結合本劇種之長，各具特色。如河北梆子就有《琵琶詞》、《殺廟》、《鍘美》、《賣胭脂》等。道光四年，京師的《慶昇平班戲目》即已有《鍘美案》一劇。同治三年《都門紀略》記有當時演員奎官、半大個兒擅演包拯。〔註23〕京劇中此劇另有《秦香蓮》、《明公斷》之名。

《鍘美案》一劇首先源於《賽琵琶》，而後則繼承了花部亂彈《明公斷》。焦循在《花部農譚》中記載說：

> 花部中有劇名《賽琵琶》，余最喜之。爲陳世美棄妻事。陳有父、母、兒、女。入京赴試，登第，贅爲郡馬，遂棄其故妻，並不顧其父母。於是父母死。妻生事、死葬，一如《琵琶記》之趙氏；已而挈其兒女入都，陳不以爲妻，並不以爲兒女。皆一時豔羨郡馬之貴所致。蓋既爲郡馬，則斷不容有妻，有兒女也。妻在都，彈琵琶乞食，即唱其爲夫所棄之事，爲王丞相所知。適陳生日，王往祝，曰：「有女子善彈琵琶，當呼來爲君壽。」至，則故妻也。陳彷徨，強斥去之，乃與王相詬，王盡退其禮物，令從人送旅店與夫人、公子，陰謂其妻曰：「爾夫不便於廣眾中認爾，余當於昏夜送汝去，當納也。」果以王相命，其閽人不敢拒。陳亦念故，乃終以郡主故，仍強不納。妻跪曰：「妾當他去，死生唯命；兒女則君所生，乞收養之耳。」陳意亦愴然動，再三思之，竟大詈，使門者撝之出。念妻在非便，即夜遣客往旅店，刺殺妻及兒女，幸先知之，店主人縱之去，匿於三官堂神廟中，妻乃解衣裙覆其兒女，自縊求死。三官神救之，且授兵法焉。時西夏用兵，以軍功，妻及兒女皆得顯秩。王丞相廉知陳遣客殺妻事，甚不平，竟以陳有前妻欺君事劾之，下諸獄。適妻率兒女以功歸，上以獄事若干件令決之，陳世美在焉，妻乃及據臬比高坐堂上，陳因服縲紲至，匍匐堂下，見是其故妻，慚怍無所容。妻乃數其罪，責讓之，洋洋千餘言。說者謂《西廂》拷紅一齣，紅責老夫人爲大快，然未有快於《賽琵琶女審》一齣者

也。……忽聆此快，真久病頓蘇，奇癢得搔，心融意暢，莫可名言。

　　《琵琶記》無此也。〔註24〕

如果再追溯到北宋末年的說唱文學《蔡中郎棄妻》和元末明初高明的《琵琶記》及明萬曆年間以後的《百家公案》，那麼，我們可以認為，《鍘美案》一劇的形成和發展大約經過了近千年的歷史。到了清代，《鍘》劇以其獨具的特色很快傳到了長城內外、大江南北，「在我國現存三百三十多個地方戲曲劇種中，秦腔《鍘美案》幾乎都有移植。不少場次，成為許多劇種中的傳統節目」。「評劇、越劇、滇劇、川劇也用《秦香蓮》之名。漢劇、粵劇、泗州戲叫《琵琶詞》，粵劇又名《三官堂》，為江湖十八本之一。淮劇改名《琵琶壽》。」〔註25〕京劇、評劇、淮劇、滇劇、豫劇、晉劇、河北梆子、川劇都有此劇。

圖4-2　清代花部劇《探陰山》（上海《圖畫日報》

〔註24〕中國戲曲研究院編《中國古典戲曲論著集成》第8冊，中國戲劇出版社，1959年版，第230頁。

〔註25〕焦文彬主編：《秦腔史稿》，陝西人民出版社，1987年版，第476、487、508頁。

　　有關秦腔的包公戲，除了上文論述的《鍘美案》之外，當推被列為秦腔「三打一破」之首的《打鑾駕》，〔註26〕此外，這類劇目還有：《黑驢告狀》、《鍘趙王》、《五花洞》、《雙釘記》（別名《釣金龜》）、《鍘判官》、《鍘國舅》（別名《包公審鬼》）、《探陰山》、《八件衣》、《九頭案》、《王世寬大鬧相國寺》、《龍鳳臺》、《鉗子山》、《節孝祠》、《抱琵琶》（別名《三官堂》）、《鍘郭槐》（別名《狸貓換太子》）、《赤桑鎮》（別名《鍘包勉》）、《乾坤鞘》、《閉風簪》、《鯉魚峽》、《平妖傳》、《天仙帕》、《捉老虎》、《華亭相會》、《水火二蓮花》、《月光袋》（別名《陰陽扇》）、《白狗爭妻》（別名《告狀審妖》）、《梅鹿鏡》、《血手印》、《扯鋪草》、《鐵蓮花》、《瓊林宴》等幾十齣。〔註27〕

　　道光年間形成的河北梆子對秦腔等劇種的包公戲既有繼承，也有發展，表現在劇目上則有：《打鑾駕》、《陰陽報》、《包跪嫂》、《雙釘記》、《斷臺》、《打御街》、《烏盆記》等近二十齣。歌頌包拯、抨擊陳世美等為非作歹之人是河北梆子劇目的一個重要方面。〔註28〕如包拯在《秦香蓮》中有「國王家女兒不害羞，來到我開封府堂賣風流！慢說你去搬國太，宋王爺他到來我也情面不留」等精彩唱段，唱出了包拯清正剛直、鐵面無私的優秀品質。

　　在中國戲劇文化史上，「東柳」指的是流行在山東及河南、河北、蘇北的又一重要劇種——柳子戲。清代柳子戲戲目存有包公戲：《龍寶寺》、《打棍出箱》、《魚籃記》、《錯斷顏查散》（與京劇《探陰山》不全一樣）、《小拉墓》等。其中以《錯斷顏查散》影響最大。

　　乾隆五十五年，徽班進京，此後，他們的演出得到了京師各族人民的廣泛認同和支持，遂有三慶、四喜、春臺、和春「四大徽班」久盛不衰的喜人局面。與此同時，四大徽班在其發展過程中，不斷汲取其它劇種之長，繼續發揮自身的優勢，在演出中成長，在觀摩中吸收，在競爭中提高，在前進中融合，包公戲也廣為傳唱。例如，早在乾隆年間，北京的高腔戲中就有以包拯為主要角色的「黑淨」戲《斷後》；同時，戲劇家焦循在其《花部農譚》中也記有當時的常演劇目《釣金龜》、《賽琵琶》等。《京都三慶班京調》列出五

〔註26〕焦文彬主編：《秦腔史稿》，陝西人民出版社，1987年版，第476、487、508頁。

〔註27〕陝西省藝術研究所編：《秦腔劇目初考》，陝西人民出版社，1984年版，第284～406頁。

〔註28〕馬龍文、毛達志：《河北梆子簡史》，中國戲劇出版社，1982年版，第123、124頁。

種附圖的劇目，《鍘美案》就是其一，春臺班上演的《鍘判官》則屬當時「日新月異」、「足以號召一時」的新劇目。清代地方戲中的包公戲還有《奇冤報》、《血手記》、《神虎報》、《八件衣》、《殺馬房》、《瓦盆記》等。〔註29〕

主要地方戲共有包公戲劇目一覽

劇種＼劇目	漢劇	徽劇	湘劇	滇劇	淮劇	晉劇	秦腔	豫劇	河北梆子	同州梆子	淮北梆子	評劇	越劇	崑腔	川劇	黃梅戲	楚劇	粵劇	潮州戲
《鍘美案》	○	○	○	○	○	○	○	○	○	○			○		○		○	○	
《血手印》	○	○	○	○	○	○	○	○	○	○					○	○			
《狸貓換太子》	○						○	○			○				○				
《鍘趙王》	○		○				○				○				○				
《鍘包勉》							○	○			○				○				○
《烏盆計》		○	○											○					
《雙包案》	○																		
《打棍出箱》						○													
《釣金龜》	○	○	○				○								○				
《鐵蓮花》	○						○						○						
《探陰山》							○	○											
《九頭案》							○	○											
《打鑾駕》	○		○				○	○											

（八）清代木偶戲中的包公戲

清代是木偶戲獲得全國性發展的時期。清代全國流行的木偶樣式主要有三種：杖頭木偶、布袋木偶和提線木偶。杖頭木偶由演員手舉杖竿操縱，分佈在黑龍江、遼寧、陝西、河南、糊北、江蘇、四川、湖南、廣東、廣西以及北京、上海等地。布袋木偶是一種最爲簡單的木偶，僅由木偶頭和布袋樣的衣服組成，演出時演員用一隻手的手指和手掌操縱，俗稱「掌中戲」，道具簡陋易挪移，一擔即可挑起。分佈於河北、河南、湖北，四川、湖南等地。

〔註29〕參見王政堯：《清代戲劇文化史論》，北京大學出版社，2005 年版，第 146～148 頁。

其中也有比較複雜的，例如福建晉江布袋木偶，製作精細，雕刻精美，有的偶頭眼睛、嘴巴可以活動，還有手腳，操縱也困難得多。提線木偶是用線懸弔操縱的木偶，在陝西、福建、浙江、江蘇、廣東、湖南等地都有它的蹤影。

　　清代北方幾省流行的扁擔戲是形式最爲簡陋的木偶戲，由一人肩挑戲具四處趕場演出，北京人稱之爲」苟利子」，清人富察敦崇《燕京歲時記》說：「苟利子，即傀儡子。」清人佚名《一歲貨聲》云：

> 耍傀儡子，一人挑擔鳴鑼，前囊後籠。耍時以肩杖支起前囊，上有木雕小臺閣，下垂藍布。人籠皆在其中。籠內作偶人鳴鑼銜哨，連耍帶唱。有八大出之名：《香山還願》、《鍘美案》、《高老莊》、《五鬼捉劉氏》、《武大郎乍屍》、《賣豆腐》、《王小兒打虎》、《李翠蓮》。
> 〔註30〕

二、元代包公戲形成的社會背景與受眾心理

　　毫無疑問，元代是包公戲的巔峰，包公戲在元代的繁榮是有著深刻的社會心理基礎的。英國學者麥奎爾認爲：「受眾的行爲，在很大程度上由個人的需求和興趣來加以解釋。」〔註31〕需要是人的生理和社會要求的反映，是人類一切行爲的內驅力，在現實性上具有無限的豐富性和多樣性。當需要的意向、強度或理想的方式指向一定的對象，並激起人的活動時，就構成人類活動的動機。動機是行爲的出發點。這就是使用滿足模式。如圖：

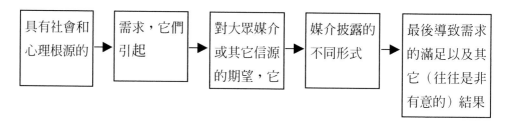

使用與滿足模式的構成要素

〔註30〕引自廖奔，劉彥君：《中國戲曲發展史》第四卷，山西教育出版社，2003年版，第209頁。

〔註31〕〔英〕丹尼斯·麥奎爾：《大眾傳播模式論》，上海譯文出版社，1987年版，第102頁。

「飛蛾投火身須喪，蝙蝠投竿命必傾。爲人切莫用欺心，舉頭三尺有神明。若還作惡無報應，天下凶徒人吃人。」〔註 32〕我們民族文化有超驗正義的傳統，通過呼喚亡靈等先驗方式判案，和鬼神信仰一樣，鑲嵌在民族道德倫理體系中，維持並照看著社會秩序，寄託著細民百姓的正義訴求。〔註 33〕但這種道德倫理的控制手段在元代受到空前挑戰，正是需要的驅使，從元代開始，戲劇中的包公就成爲一個「超驗正義」〔註 34〕的化身。

首先，蒙元貴族的入侵所帶來的封建帝制的崩毀與傳統文化斷裂爲史家所公認。科舉取士制度的廢止更給以儒業立身的知識階層以致命的打擊，整個中原陷入由強權和貪欲主宰的世界，社會公平和正義遭到空前踐踏。元代法制不修、無法可守，「惟以判例慣例爲典制，而無系統精密之律文」。〔註 35〕《元史・刑法志》稱：「元興，其初未有法守，百司斷理獄訟，循用金律，頗傷嚴刻。」《元史紀事本末》中記載王惲在上政事書中說：「今國家有天下六十餘年，小大之法，尚無定議。」〔註 36〕直到成宗大德三年，鄭介夫在上書時仍然提出此問題，並更詳細地講述了元代社會因無律可循所造成的混亂無序：「今天下所奉以行者，有例可援，無法可守，官吏因得以並緣爲欺」、「今

〔註 32〕洪楩《清平山堂話本》卷四「錯認屍」，上海古籍出版社，1987 年版，第 109 頁。

〔註 33〕美國學者梅爾文・德弗勒在《大眾傳播理論》一書中提出了「文化規範論」來解釋大眾傳播對社會文化的影響。按照德弗勒自己的解釋，「文化規範論的主要內容是大眾媒介通過有選擇地表現以及突出某種主題，在其受傳者中造成一種印象，即有關其突出的命題的一般文化規範是以某種特殊的方式構成或確定的；由於個人涉及某命題或情景的行爲通常受著文化規範（或者說一個行爲者所理解的規範）的指引，這樣媒介就間接地影響到了行動」。他的意思是說，大眾媒介通過有選擇地提供信息或突出某些問題，使受傳者體會到或認識什麼是社會上所贊同或認可的價值、信仰與行爲規範，從而迫使受傳者根據公認的規範行事，採取社會文化規範認可的行爲。按：下文中筆者認爲元代包公戲的上演是準大眾傳播行爲。

〔註 34〕語出《超驗正義──憲政的宗教之維》，（美）卡爾・J・弗里德里希，三聯書店，1997 年版，第 10 頁。J・羅爾斯在《正義論》中則說「正義是社會制度的首要價值，正義否認爲了一些人分享更大利益而剝奪另一些人的自由是正當的，不承認許多人享受的較大利益能絆絆有餘地補償強加於少數人的犧牲。所以，在一個正義的社會裏平等的公民自由是確定不移的，由正義所保障的權利決不受制於政治的交易或社會利益的權衡。」見 J・羅爾斯：《正義論》，中國社會科學出版社，1988 年版，第 1～2 頁。

〔註 35〕蒙思明：《元代社會階級制度》，中華書局，1980 年版，第 36 頁。

〔註 36〕〔明〕陳邦瞻：《元史紀事本末》，中華書局，1979 年版，第 83 頁。

者號令不常，有同兒戲，或一年二年前後不同，或綸音初降隨即泯沒，遂致民間有『一緊、二慢、三休』之謠。」〔註37〕《元史》卷八十一《選舉一》即記：至正七年，被蘇天爵所糾劾的貪奸官吏多達九百四十九人。究其原因，概在於「仕進有多歧，銓衡無定制」。

法令的粗疏，勢必帶來官吏的乘機取巧、貪贓枉法。有元一代，貪官污吏層出不窮。據《元史·成宗紀》載：僅大德七年一年內，「七道奉使宣撫所罷贓官污吏凡一萬八千四百七十三人，贓四萬五千八百六十五錠；審冤獄五千一百七十六事。」有勢力的贓官還不在內。而元代內外官吏的總數也不過兩萬六千，這幾乎到了無官不貪的地步。除去貪官污吏，元代社會中還有一特殊階層——權豪勢要。權豪勢要的形成同元代寬鬆的法律和黑暗的吏治有關，由於其行爲得不到法律約束，因而他們往往同官吏們朋比爲奸，強佔地田，霸人妻女，而且貪贓枉法，行賄權貴，甚至殘害百姓，逼死人命。更有爲霸一方的權豪，甚至操縱婚嫁。《元史》卷一百五十九就記：「河南劉萬戶貪淫暴決，郡中婚嫁，必先賂之，得所請而後行，咸呼之爲翁。」〔註38〕

蒙古滅金，科舉廢止近八十年，官吏選拔自此喪失規範，由吏入官成爲步入仕途的主要通道，以至出現「僥倖之門多，而方正之路塞。官冗於上，吏肆於下，言事者屢疏論列，而朝廷訖莫正之」。〔註39〕「吏道雜而多端」的混亂局面。鑽營賄買，夤緣攀附者一登要津即「縱情破律、以公濟私」。〔註40〕

在蒙元統治下，不同民族在適用法律的寬嚴上也不平等。當時法律規定：「諸蒙古人因爭及乘醉毆死漢人者，斷罰出征，並全徵燒埋銀。」又：「諸蒙古人與漢人爭，毆漢人，漢人勿還報，許述於有司。」〔註41〕這種規定無疑就爲貴族子弟胡作非爲提供了法律保障。這些「權豪勢要」，「膽有天來大。他爲臣不守法，將官府敢欺壓，將妻女敢奪拿，將百姓敢席踏。赤緊的他官職大的武稀詫」。〔註42〕《蝴蝶夢》中皇親葛彪說打死人「只當房檐上揭片瓦

〔註37〕〔明〕陳邦瞻：《元史紀事本末》，中華書局，1979年版，第87頁。
〔註38〕〔明〕宋濂等：《元史》卷一百五十九，中華書局，1976年版，第3742頁。
〔註39〕〔明〕宋濂等：《元史》卷八十五，中華書局，1976年版，第2120頁。
〔註40〕〔明〕宋濂等：《元史》卷八十一，中華書局，1976年版，第2033頁。
〔註41〕〔明〕宋濂等：《元史》卷一百五，中華書局，1976年版，第2675頁。
〔註42〕吳白匋：《古代包公戲選》《包待制智斬魯齋郎》，黃山書社，1994年版，第40頁。

相似」，便把衝撞了他馬頭的王老漢打死。《陳州糶米》中的小衙內上場時是這樣自我介紹的：

> ……俺是劉衙內的孩兒，叫作劉得中，這個是我妹夫楊金吾，俺兩個全仗俺父親的虎威，拿粗夾細，揣歪捏怪，幫閒鑽懶，放習撒潑，那一個不知我的名兒。見了人家好器玩好古董，不論金銀寶貝，但是值錢的，我和俺父親的性兒一般，就白拿白要，白搶白奪，若不與我呵，就踢就打……一交別番倒，剁上幾腳，揀著好東西揣著就跑。隨他在那衙門內興詞告狀，我若怕他，我就是癩蝦蟆養的。
>
> 〔註43〕

《生金閣》中龐衙內的上場詩云：

> 「花花太歲爲第一，浪子喪門世無對，聞著名兒腦也疼，只我有權有勢龐衙內。」接著又表白說：「我是權豪勢要之家，累代簪纓之子，我嫌官小不做，馬瘦不騎，打死人不償命，若打死一個人，如同捏殺個蒼蠅相似。」〔註44〕

《魯齋郎》中的魯齋郎，是又一個無惡不作，「每天價飛鷹走犬，街市閒行」的「權豪勢要」。他見銀匠李四的妻子生得風流，便明目張膽地占爲己有。後來他又看上孔目張珪的老婆，竟令張自己將老婆送上門去，蠻橫跋扈到了荒唐的地步。

王國維曾經指出：元劇「關目之拙劣，所不問也；思想之卑陋，所不諱也；人物之矛盾，所不顧也。彼但摹寫其胸中之感想，與時代之情狀，而眞摯之理，與秀傑之氣，時流露於其間。」〔註45〕元雜劇僅僅是借這些故事的「殼」表達民間對社會及歷史的一種觀察，一種集體記憶，一種思想、情感、願望，它所追求的是情感眞實，並不以再現歷史眞實和營造生動曲折的故事爲旨歸。

漂泊無依的中原民眾不禁懷戀傷悼那逝而不返的王道樂土和古樸敦厚的民風，與民眾命運息息相通的書會才人積極地尋覓可賴以寄託幽思、抒泄鬱悶的精神載體，包公故事便自然地進入他們的視野，叩動他們的心靈，

〔註43〕吳白匋：《古代包公戲選》《包待制陳州糶米》，黃山書社，1994年版，第111頁。

〔註44〕吳白匋：《古代包公戲選》《包待制智賺生金閣》，黃山書社，1994年版，第74頁。

〔註45〕王國維：《宋元戲曲史》，華東師範大學出版社，1995年版，第98頁。

借前代之傳聞，抒胸中之塊壘，激蕩成一股按捺不住的創作衝動。包公在元雜劇中成為超驗正義的化身，社會秩序的看護者，純粹是社會心理作用的結果。

《包待制智勘後庭花》第三折云：「你侯門似海，利害有天來大，則這包龍圖怕也不怕。」〔註46〕《包待制智勘灰闌記》第四折也云：「權豪勢要之家，聞老夫之名，盡皆斂手；兇暴姦邪之輩，見老夫之影，無不寒心。」或如《陳州糶米》第二折所云：「如今朝裏朝外權豪勢要之家，聞待制大名，誰不驚懼。」在《智斬魯齋郎》劇裏，包公設了一條妙計斬了花花太歲魯齋郎。《智賺生金閣》中為民除去了「若打死一個人如同捏殺個蒼蠅」似的龐衙內，因此「我和那權豪勢要每結下些山海也似冤仇：曾把個魯齋郎斬市曹，曾把個葛監軍下獄囚，剩吃了些眾人每毒咒。」〔註47〕一旦小民遭受迫害，權貴們以身試法，「我從來不劣方頭，恰便似火上澆油，我偏和那有勢力的官人每卯酉」。〔註48〕所以，在《陳州糶米》劇中，不但將倚勢橫行、無惡不作的劉衙內的女婿楊金吾判為死刑，還命小別古再親自用紫金錘將劉衙內打死。當劉衙內手持皇帝赦書趕到陳州時，包待制毫不留情地連劉衙內也拿下治罪。這樣的結局顯然是表達了人民的幻想。

當政治黑暗，社會動亂，特權不法，姦臣弄權，貪官污吏、土豪劣紳、惡霸、流氓、惡棍胡作非為，平民大眾的生命安全沒有保障時，民眾便渴望出現一個「威德無加，神鬼皆驚嚇」〔註49〕的鐵面無私的耿介官吏，不畏權豪勢要，懲治頻頻製造冤案的貪官污吏。這種依賴感，便積澱為對包公等清官的崇拜心理，增加了伸冤雪恥的信心，「俺將這瓦盆兒親提到南衙內，直告那龍圖待制，便不拿的他，下地獄且由他。但的見青天恁時節可也快活殺你！」〔註50〕也因此，宋元雜劇誇張了包拯的權力和超凡力量。

最值得注意的是，包公在元代傳播的文化意義在於處於蒙元統治下的漢族知識分子集體無意識的民族認同。蒙元草原游牧文化入侵中原農耕文化後，兩種異質文化產生劇烈衝突，中原社會政治秩序和經濟結構遭到嚴

〔註46〕吳白匋：《古代包公戲選》《包待制智勘後庭花》，黃山書社，1994 年版，第217 頁。
〔註47〕吳白匋：《古代包公戲選》《包待制陳州糶米》，黃山書社，1994 年版，第 129 頁。
〔註48〕吳白匋：《古代包公戲選》《包待制陳州糶米》，黃山書社，1994 年版，第 132 頁。
〔註49〕吳白匋：《古代包公戲選》《盯盯璫璫盆兒鬼》，黃山書社，1994 年版，第 329 頁。
〔註50〕吳白匋：《古代包公戲選》《盯盯璫璫盆兒鬼》，黃山書社，1994 年版，第 321 頁。

重破壞。蒙古統治者在征服其它民族的過程中，大肆殺掠、屠城、強佔民田爲牧場，變俘虜爲「驅口」，嚴重地破壞了早已進入高度發展的封建社會中原地區的社會政治秩序和經濟結構。據《建炎以來朝野雜記》載：「舊制，凡攻城邑，敵以矢石相加者，即爲拒命，既克，必殺之。」如蒙古人在攻打金國的過程中，從1213年冬到1214年春，前後三個月間，「凡破九十餘郡，所破無不殘滅，兩河、山東數千里，人民殺戮幾盡，金帛子女牛羊畜席卷而去，屋廬焚毀，城郭坵墟矣。」〔註51〕漢民族傳統也面臨割斷的危險。

正是在這種政治、經濟和文化背景下，距離政治中心汴京最近的包公故事及其傳說和梁山聚義的傳聞進入以儒業立身的邊緣化的知識階層的視野。所以，在某種意義上說，「包公戲」和「水滸戲」的興起是漢民族文化的典型記憶，是一種民族心理的文化依賴。〔註52〕通過對東京故事的回憶，旨在「復原」一個文化場景。這就是爲什麼包公戲基本把判案的地點都鎖定在汴京，就是包公判案的小說也是如此。《三遂平妖傳》第一回介紹北宋東京道：「話說大宋仁宗皇帝朝間，東京開封府汴州花錦也似城池，城中有三十六里御街，二十八座城門；有三十六花柳巷，七十二座管絃樓，若還有答閒田地，不是栽花蹴氣球。」〔註53〕

當然，包公之所以能進入邊緣化的知識階層的視野，還在於其事跡宋金時期有在民間廣泛流傳的群眾基礎。本文第一編已詳細論及包公的節操剛正、秉公執法，在當世即享譽朝野。

〔註51〕　〔宋〕李心傳：《建炎以來朝野雜記》乙集卷二十《韃靼歎塞》，中華書局，2000年版，第941頁。

〔註52〕　按：元雜劇宋人戲中的水滸戲有六種。（1）《爭報恩三虎下山》，作者無名氏。（2）《同樂院燕青博魚》，作者李文蔚。（3）《黑旋風雙獻功》，作者高文秀。（4）《梁山泊李逵負荊》，作者康進之。（5）《都孔目風雨還牢末》，作者李致遠。（6）《魯智深喜賞黃花峪》，作者無名氏。這個數量占元雜劇宋朝戲的近七分之一。包公戲占元雜劇宋朝戲的近四分之一。李文蔚寫的元雜劇《同樂院燕青博魚》在第一折裏，有一個六國朝的曲子寫出了元代人對當時社會的看法。他說「我不梁山泊尋東路，我則拖著你去開封府的南衙」。從中可以看出包公和水滸戲實際都是當時人對社會正義的訴求。要麼像梁山泊好漢一樣，俠肝義膽，走體制外的道路；要麼在體制內寄希望於像包公那樣的清官，平雪冤獄，使天理昭昭。

〔註53〕　〔明〕羅貫中：《三遂平妖傳》，北京大學出版社，1983年版，第1頁。

三、包公戲傳播之議程設置

（一）宋代進奏院狀報的運作與輿論傳播

宋初的進奏院負責官員稱之為「進奏知後官」。進奏官除了代各自州鎮將領向朝廷轉呈公文、奏章及軍情動態外，當然也必須把京城所發生的事情，尤其是朝廷發佈的政治新聞、官員任命事項以及中央政府罷黜官吏的公告等內容收集整理後，以「進奏院狀報」的形式向州鎮將領彙報，它們就是宋初的「進奏院狀報」。由於宋王朝擔心「進奏院狀報」的傳遞耽誤政令和泄露國家秘密，所以對宋初進奏院體制的活動進行了改革，形成了具有宋代特色的進奏院及其編寫進奏院狀報的運作體制。

不僅如此，宋代民間報紙的興起也大大推進了信息傳播的大眾化。據《靖康要錄》卷十一載：「欽宗靖康二年（1127）二月十三日，……淩晨有賣朝報者，並所在各有大榜揭於通衢，云金人許推擇趙氏賢者。其實奸偽之徒假此以結百官，使畢集也」。〔註54〕據史料記載，宋高宗趙構於公元 1127 年陰曆五月改欽宗趙恒的「靖康」年號為「建炎」，即史稱「南宋時期」的開始。而上述文獻記載的「靖康二年二月十三日，也就是「建炎」元年的二月十三日。就在前一天，金人攻人北宋都城開封，所以才有第二天朝報中稱「金人許推擇趙氏賢者」的最新報導，才有原來在暗中流傳的假託「朝報」之名出版的民間報紙，敢於在大街上公開出賣。這時的開封，金人向未建立起正常秩序，北宋王朝實際上已失去了控制，所以民間報人看準這個機會，正式推出了公開出版發行的民辦「朝報」，這標誌著民辦報紙衝破了朝廷法律的束縛，走向了完全的社會化、公開化、經營化和普及化，這也是民間報紙區別於朝廷官報的一個鮮明特徵。

（二）特殊的元代大眾傳播

方漢奇先生認為元代的封建統治者入主中原後，中斷了兩宋時期確立的中央邸報發佈制度。在元代，不存在由中樞部門統一發佈的封建政府官報。〔註55〕黃卓明先生則認為元代蒙古族貴族的文化和經濟遠比宋代落後，保存著游牧部落的狀態。而且在整個元朝統治時期，對漢族及其它少數民族的廣大人民，進行比較殘酷的鎮壓。蒙元王朝統治者雖然也對漢族封建地主加以

〔註54〕《靖康要錄》卷十一，中華書局《叢書集成初編》本，1985 年版，第 175 頁。
〔註55〕方漢奇：《中國新聞事業通史》，中國人民大學出版社，1992 年版，第 113～118 頁。

籠絡，給他們官做，但以蒙古族的大小貴族爲主。……正是在如上所述的情況下，作爲體現文化較爲發達的一個方面的原始形態報紙，在元初一度殘存之後就中斷了。〔註56〕

　　筆者認爲，對漢族人口占絕大多數的蒙元政權，市井細民和漢族官僚在信息嚴重不對稱的背景下，仕進無門的儒生創作搬演的元雜劇在一定程度上成爲了準大眾傳播媒介，而且對社會輿論發揮了「議程設置的功能」。

　　加拿大傳播學家麥克盧漢從傳播媒介的功能角度提出的「媒介即訊息」的論斷，「一切傳播媒介都在徹底地改造我們，它們在私人生活、政治、經濟、美學、心理、道德、倫理和社會各方面影響是如此普遍深入，以至我們的一切都與之接觸，受其影響，爲其改變。媒介即訊息。」〔註57〕麥克盧漢強調媒介形式遠比媒介內容重要，因爲眞正在影響人類行爲、支配歷史進程、制約社會變遷的並不是媒介所能傳播的實際訊息，而是作爲一種現實存在的媒介本體。他指出：「所謂媒介即訊息只不過是說，任何媒介（即人的任何延伸）對個人和社會的任何影響，都是新的尺度的產生，我們的任何一種延伸都要在我們的事務中引進一種新的尺度……對人的組合與行動的尺度和形態，媒介正是發揮著塑造和控制的作用。」〔註58〕我們在考察新媒介元雜劇對社會結構的影響時，應該看到它發揮的不僅僅是載體作用，而且更是由此而產生的對人的「塑造和控製作用」，它長期搬演潛移默化的改變了漢隋以降的門閥士族傳統，塑造了人性，影響形成新的價值觀念，並建構了市井文化的「小傳統」。

（三）元雜劇與「媒介的議程設置」

　　美國傳播學界興起於 20 世紀 60 年代的「議程設置論」基於一個基本的假設：大眾傳播媒介的傳播活動，左右著社會公眾考慮和議論哪些問題，把有些問題確立爲社會公眾的議題。「媒介的議程設置功能就是指媒介的這樣一種能力：通過反覆播出某類新聞報導，強化該話題在公眾心目中的重要程度。」〔註59〕簡單地講便是「我不能決定你怎麼想，但我，可以決定你想什麼」。由於傳媒對信息是經過選擇的，並且通過報導量、報導方式、報導周期等方面

〔註56〕黃卓明：《中國古代報紙探源》，人民日報出版社，1983 年版，第 74 頁。
〔註57〕李彬：《傳播學引論》，新華出版社，1993 年版，第 161～162 頁。
〔註58〕（加）麥克盧漢：《理解媒介》，商務印書館，2000 年版，第 33～34 頁。
〔註59〕（美）沃納·賽佛林、小詹姆斯·坦卡德：《傳播理論——起源、方法與應用》，華夏出版社，2000 年版，第 246 頁。

的「把關」，形成了媒介的議題或議事日程。很顯然，媒介並不是也不可能是平等地對待每一個事實，其選擇的結果是將某些事實突現出來，使其顯得更重要。〔註60〕

如圖4-3是D·麥奎爾和S·溫達爾關於「議程設置功能」假說的示意圖。圖中左側的X1、X2、X3……代表現實生活中的各種「議題」，中間的粗黑線段表示傳播媒介對這些「議題」的報導量，右邊大小不一的X代表公眾對這些「議題」及其重要性的認知。在理解該圖時必須把傳媒提示「議題」在先、公眾的認知在後這一時間要素考慮在內，否則便不能反映兩者之間的因果關係。

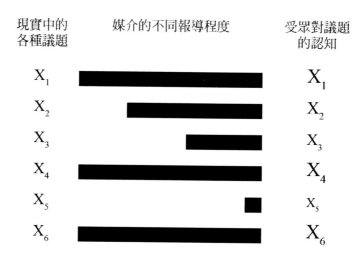

現實中的   媒介的不同報導程度   受眾對議題
各種議題   的認知

圖 4-3　議程設置假說示意圖

從傳播媒介的演進上看，在民間，視聽傳播的雜劇替代語言傳播的「報狀」的功能成為意識形態，支配了大多數人的視聽，並且和蒙元游牧文化的審美趣味相契合。蒙元的民族性格使他們對娛樂性的歌舞、雜劇特別感興趣，為此組建了規模龐大的教坊樂部。正如劉楨所言：「馬背民族的鐵蹄踏破了千年冰封的漢族河山，也踏裂了戲劇噴發的那根神經，於是成熟的戲劇形式雜劇誕生了。」〔註61〕原來處於邊緣的雜劇進入了意識形態的中心。

〔註60〕參見張詠華：《大眾傳播社會學》，330～331頁，上海外語教育出版社，1998年；張國良：《現代大眾傳播學》，四川人民出版社，1998年版，第244～246頁。
〔註61〕劉楨：《勾欄人生》，河南人民出版社，2000年版，第90～91頁。

哈貝馬斯在《公共領域的結構轉型》（1968）中指出，大眾傳播的出現，諸如小規模的報紙和獨立的出版社等，拓展了公共領域，雖然這一領域只限於少數有地位的受過良好教育的知識分子，但哈貝馬斯認爲它具有重要意義，因爲在不同權威和家庭等私人領域的公共領域中，通過理性的討論和爭辯可以形成一種「公共見解」，進而形成一種他所說的「公共性原則」。筆者認爲，中國在宋元以後，包公戲演出活動的劇場則類似於這樣一個「公共領域」，通過雜劇的搬演以及人際之間的頻繁傳播，使劇作者個人見解在民眾的批判論爭中逐漸上升爲「公共見解」，而蒙元統治階層對漢民族傳統的相對陌生使這一行爲有了生存的空間。

元雜劇作爲新媒介在官方和民間媒介普遍「缺失」（不同於「失語」）的背景下，承擔起了準大眾傳播媒介的部分職能。而且，雜劇不排斥文盲，幾乎「聚集」了社會的各個階層。英尼斯指出，傳播媒介是人類文明的本質所在，歷史就是由每個時代占主導地位的媒介形式所引領的。媒介決定了某一歷史時期所發生的事件以及哪些事件是具有歷史意義的。〔註62〕正是由於「作爲我們感知延伸」的元雜劇對民間意識形態的控制，「改變了我們感知的比率」，包公戲以其規模的龐大，內容的寫實，市井意識形態的話語操持，清官形象的塑造，從而上升爲「公共知識」，衝上了傳播的風口浪尖，獲得了廣泛的社會認同。它改寫了過去包公文學傳播的有限規模以及和準大眾媒介疏離的歷史，掀起了包公文學傳播的第一個高潮，對包公傳播具有劃時代的意義。同時元雜劇作爲包公文學傳播中的一級傳播，其新媒介的參與規模，振聾發聵的聲音，產生了足以穿越歷史隧道的聲響，是包公在其它文學種類中進一步擴散的基石。

四、元明清三代戲劇中包公媒介形象的演變

所謂媒介，按美國著名傳播學家施拉姆的見解，「媒介就是插入傳播過程之中，用以擴大並延伸信息傳送的工具。」〔註63〕媒介是先於文學對傳播發揮作用的要素。搬演是一種全新的文學傳播媒介，它的臉譜、唱腔、樂器、

〔註62〕斯蒂芬・李特約翰：《人類傳播理論》，史安斌譯，清華大學出版社，2004年版，第354頁。按：明代以後，統治階級認識到傳奇的倫理教化的傳播效用，從而加強了對傳奇劇目內容的控制。

〔註63〕威爾伯・施拉姆、威廉・波特：《傳播學概論》，陳亮等譯，新華出版社，1984年版，第144頁。

舞臺以及演出動機等對包公戲的傳播發揮了至關重要的作用。戲劇不光扮演了媒介的作用，包公戲中包公的媒介形象也值得關注。

下面就元明清三代包公媒介形象的演變作一梳理：

1. 元代包公的媒介形象

序號	包公的媒介形象	性質	包公形象形成的各種要素
一、包待制三勘蝴蝶夢	全劇的中心人物是由正旦扮演的悲劇主人公王母，這是一個具有強烈倫理精神和反抗意識的崇高的母親形象。包公的形象就不夠鮮明： 1. 包待制葫蘆提 2. 打得皮開肉綻損肌膚，鮮血模糊，恰似活地獄。 3. 龍圖閣待制學士，開封府尹	殺人	1. 葛彪打死王老先生，只當揭一張瓦 2. 咚咚衙鼓響，公吏兩邊排；閻王生死殿，東嶽攝魂臺 3. 燈油錢也無，冤苦錢也無，俺吃著死囚的衣飯，有鈔將此來使
二、包待制智斬魯齋郎	〔得勝令〕今日個天理竟如何？黎庶盡謳歌。再不言宋天子英明甚，只說他包龍圖智慧多。魯齋郎哥哥，自惹下亡身禍，我捨了個嬌娥，早光尋安樂窩 包公收留李四、張珪的兒女，教導讀書中舉，並將魯齋郎改爲「魚齊即」奏聞皇帝，押赴市曹斬首：如今，包公帶著二家孩子巡香，巧遇張珪，二家團圓，二女相互婚配	強搶人妻	張珪幼習儒業，進身爲吏。小小的孔目張珪聽到李四苦訴後也曾倚權仗勢、氣粗膽壯地說：「誰欺負你來？我便著人拿去。誰不知我張珪的名兒！」而一旦聽說是魯齋郎所爲，頓時篩糠掩口：哎喲，嚇殺我也。這言語你再也休提！只因爲他啓官職大的忒稀詫！ 1. 咚咚衙鼓響，公吏兩邊捧；閻王生死殿，東嶽攝魂臺 2. 齋郎爲臣不守法，將官府敢欺壓，將妻女敢奪拿，將百姓敢踏
三、包待制智賺生金閣	包公派婁青去請衙內飲酒，趁機拿獲衙內，贓證面前，衙內一款招認。龐勤霸妻、殺人、奪寶，押赴市曹斬首示眾，家財分給福童和幼奴；福童年幼爲母報仇，將來擢用；幼奴貞節，加封賢德夫人；郭成特賜進士出身 1. 包公：宰相官僚，請受了千鍾祿，怎不的秉忠心佐聖朝 2. 郭成：千難萬難得見南衙包待制，你本天上一座殺人星；除了日間剖斷陽	奪妻殺人	1. 龐衙內佔了郭成「生金閣」，又要霸佔其妻子李幼奴，後又鍘下郭成的頭，打死人命，如同捏死蒼蠅。 2. 牒城隍提冤鬼

	間事。到得晚間還要斷陰靈。只願老爺懷中高揣軒轅鏡，照察我這悲悲痛痛、酸酸楚楚、說無休、訴不盡的含冤負屈情。		
四：包待制陳州糶米	1. 包龍圖鐵面沒人情 2. 包公：我和那權豪每結下些山海也似冤仇 3. 包公清廉正直，不愛民財。一日三頓，則吃那落解粥 4. 一個包龍圖暗暗的私行，諕的些官吏每兢兢打戰。 聽知聖人差包待制來了，兄弟，這老兒不好惹，動不動先斬後聞。這一來，則怕我們露出馬腳來了。我們如今去十里長亭接老包走一遭去。（詩云：）老包姓兒紗，蕩他活的少，若是不容咱，我每則一跑。（同下）（張千背劍上）（正末騎馬做聽科）（張千云：）自家張千的便是。我跟著這包待制大人，上五南路探訪回來，如今又與了勢劍金牌，往陳州糶米去。他在這後面，我可在前面，離的較遠。你不知這個大人清廉正直，不愛民財。雖然錢物不要，你可吃些東西也好，他但是到的府州縣道，下馬升廳，那官人里老安排的東西，他看也不看。一日三頓，則吃那落解粥	貪污殺人	1. 權豪勢要劉衙內，打死人不償命，如同房上揭張瓦 2. 雖然是輸贏無定，也須知報應分明 3. 做官的要了錢便糊塗，不要錢方清正
五：包待制智勘灰闌記	包公畫一灰闌，叫壽郎站在中間，大妻與海棠互拽壽郎，海棠不忍，大妻用力拽出，包公察知海棠是壽郎生母。包公考訊令史，供出通姦、謀殺、霸產真情。遂即下斷；蘇順革職，永不敘用；證人杖八十，流三百里；公人杖一百，發配遠惡地面充軍；姦夫姦婦押赴市曹，剮一百二十刀處死；壽郎、家財付與海棠，張林同居。 1. 為老夫立心清正，持操堅剛，每皇皇於國家，恥營營於財利；唯與忠孝之人交接，不共讒佞之士往還：敕賜勢劍金牌，體察濫官污吏，與百姓申冤理枉，容老夫先斬後奏。以此權豪勢要之家，聞老夫之名，盡皆斂手；兇暴姦邪之輩，見老夫之影，無不寒心	通姦謀財害命	1. 人的黑眼珠子，見這白銀子，沒個不要的 2. 蘇順：雖則居官，律令不曉；但要白銀，官事便了 3. 狼虎般捧著袛從，神鬼般設著六曹。 4. 颼颼的棍棒拷，烘烘的脊背上著，撲撲的精神亂，悠悠的魂魄消 5. 界牌外結繩為欄，屏牆邊畫地成獄。官僚整肅，戒石上鐫御製一通；人從禁嚴，廳階下書「低聲」二字。綠槐陰裏，列二十四面鵲尾長枷；慈政堂前，擺數百餘根狼牙大棍

	2. 張林：包待制是一輪明鏡懸在上面，問的事就如親見一般 3. 海棠：爺爺息雷霆之怒，罷虎狼之威		6. 律意雖遠，人情可推
六、包待制智勘後庭花	洛陽秀才劉天義投宿客店，遇見翠鸞鬼魂，作「後庭花」詩唱和。趙忠不見母女，委託包公追查。包公拘拿王慶，王婆發現「後庭花」詩，扭著天義也來具狀。包公拷問王慶，查出李順屍體；審問天義，順著桃符發現翠鸞屍體，拘拿小二。審出真相，報告趙忠。趙忠下斷：包公加官三級，王婆賞銀千兩，天義免罪進取功名，翠鸞建墳營葬，小二與王慶押赴市曹處決 1. 莫說百姓人家，便是官宦賢達，綽見了包龍圖影兒也怕 2. 他則待明明將計策施，不承望暗暗的天地知。今日個勘成了因奸致命一凶賊，還報了這負屈銜冤兩怨鬼 3. 這言語表出人凶吉，這桃符泄漏春消息；怎瞞那掌東嶽速報司，和這判南衙包待制	殺人	1. 包公：你去將那店小二，一步一棍打將來 2. 準備下六問三推 當趙廉訪請包公審理此案，並說明翠鸞失蹤可能是夫人違條犯法時，包公首先考慮到的是「勢」的懸殊 相公道「老夫人違條犯法」，怎敢就教他帶鎖披枷？你侯門深似海，利害有天來大，則這包龍圖怕也不怕，老夫怎敢共夫人做兩事家？接著包公說這案子「小官職小斷不的」趙廉訪同意包公的看法，就給他勢劍銅鍘，限他三日內結案
七、神奴兒大鬧開封府	包公犒賞邊軍回京，複審案件，發現其中的曖昧情弊，此時何正到庭作證，神奴兒的鬼魂上堂訴說情由。包公下斷：縣官杖一百，罷職；臘梅押赴市曹明正典刑；德義杖八十；何正重賞花銀十兩；家私與陳氏執業；超度神奴兒昇天 1. 憑著我紙兒寫著這一一的犯由，懷兒裏揣著這重重的痛苦，只待他包龍圖來到南衙府，拼的個接馬頭一氣兒叫道有二千聲屈 2. 清耿耿無私曲的待制爺爺 3. 我老龍圖就似那一輪明鏡不容塵 4. 湛湛青天不可欺，舉頭三尺有神明 5. 〔收江南〕呀！誰著你個逆風兒點火落的這身燒身，便不念自家骨肉自家親，也須知舉頭三尺有靈神。今日到南衙來勘問，才見得我老龍圖就似那一輪明鏡不容塵	謀財害命	1. 一壁廂說與廂長，一壁廂報與坊正。 2. 告到官府，三推六問，弔拷繃扒，不怕不招。 3. 官人清似水，外郎白似麵。水麵打一和，糊塗做一片。 4. 一個個都吞聲兒就牢獄，一任俺冤仇似海，怎當的官法如爐（云：）一行人聽我下斷：本處官吏，不知法律，錯勘平人，各杖一百，永不敘用，王臘梅不顧人倫，……（詞云：）則為這攪家潑婦心愚魯，故要分居滅上祖。若非是包龍圖割斷不容情，怎結束神奴兒大鬧開封府。

八、王月英月下留鞋記	每公審問兩造，各執一詞，只得拒二人收監；吩咐公人以鞋帕為誘餌沿街叫賣，月英母親問及鞋的來歷，即被公人捉到府衙來見包公，進而拷問月英殺人之事，月英供出真情。包公帶領公人往相國寺檢驗屍首，救活郭華，判合兩人成婚 1. 包公：因為老夫廉潔清正，奉公守法，聖人敕賜勢劍金牌，看老夫先斬後奏 2. 從來三尺貴持平，莫把愚民苦用刑。人命關天非細事，舉頭豈可沒神明	殺人	1. 人間私語，天聞若雷。暗室虧心，神目如電 2. 咚咚衙鼓響，書吏兩邊排。閻王生死殿，東嶽攝魂臺 3. 打退堂鼓 4. 禁不的這弔拷與繃扒
九、認金梳孤兒尋母記	十五年之後，安禮夢見城隍告知身世，與王氏去河州尋母，再往東京告御狀。包公受理案件，前往河州調查，假意邀請陳雄喝酒，趁機拿獲。回到察院，包公拷問被告，招供明白。陳雄故殺，依律處死；安禮侍奉姆姆、王氏與母親，入朝勾當 1. 包公：數載居官有政聲，全憑文翰理刑名。與民除害無私弊，方顯官表至誠。耿直無私，不懼權要 2. 大人清耿耿掌王條，端的是絲毫也不差。與窮民做主，清廉不受私	通姦殺人	1. 權豪勢要之家，打死人不償命。不到大處，報他不得 2. 在生正直無私曲，死後為神立廟堂。善有善報，惡有惡報，不是不報時辰未到。善惡到頭終有報，只爭來早共來遲。 3. 上有青天，報應昭彰
十、小孫屠	梅香鬼魂告訴瓊梅與邦傑謀殺的真情。包公勘問案件，瓊梅、邦傑一款成招，押赴市曹凌遲 包公：第二十一齣包公唱道：「日間判陽夜判陰，管取人人無屈，定教個個無冤。」判斷甚嚴明，受人間陰府幽冥。負屈銜冤，從公決斷，心無私曲明如鏡。……日判陽間夜判陰，管取人人無屈，定教個個無冤	通姦殺人	1. 必達：小生多將些金珠，去官司上下使了，與娘子落籍從良。必貴：買賣歸來汗衫濕，算來方覺養家難 2. 公吏人排列兩邊，不由我心驚膽戰。 3. 怎推這鐵鎖沉枷麻槌撒子？受盡熬煎。假若使心似鐵，這官法如爐燒煉 4. 拷得我魂飛魄散，打得我肉爛皮穿 5. 休要順人情，依法自行遣

　　我們可以看到元雜劇對包公闡釋的民間立場。無論如何，包公是封建官僚，是統治集團統治秩序的維護者。但元雜劇中，包公卻與權豪勢要尖銳對立。《陳州糶米》中包公說：「我和那權豪勢要每結下山海也似冤仇」，還說「那權豪勢要是俺敵頭」，「他便是打家的強賊。俺便是看家的惡狗。他待要些錢和物，怎當的這狗兒緊追逐」。包公決心與貪官污吏鬥爭到底，要「和那有勢

力的官人每卯酉」。他的正直無私，嚇得那些「權豪勢要之家，聞老夫之名，盡皆斂手，兒暴姦邪之輩，見老夫之影，無不寒心」，起到了很好的威懾作用。在對權豪勢要的鬥爭中，包公堅決站在被欺侮的弱勢群體的立場上，一定程度上超越了忠奸鬥爭的範圍。

作爲一個清官，包公還堅持爲民伸冤。他認爲「與百姓伸冤理枉」是分內之事。〔註64〕《盆兒鬼》中包公說：「因老夫秉性正直，歷任廉能，有十分爲國之心，無半點於家之念，謝聖恩可憐，加拜龍圖閣待制，正授南衙開封府尹之職，勅賜勢劍金牌，容老夫先斬後奏，專一體察濫官污吏，與百姓伸冤理枉。」〔註65〕他智斬魯齋郎是爲了「與民分憂」。他處罰小衙內劉得中與楊金吾也是爲了「與那陳州百姓每分憂」。包公對人民的關心使他深受百姓的愛戴，陳州百姓們聽說包待制來陳州糶米，莫不頂禮膜拜，歡喜相告：「俺有做主的來了！」趙廉訪使家人李順被王慶殺害前喊出：「見放著開封府執法的包龍圖，必有個目前見血，劍下伏誅。」龐衙內家老嬤嬤被捆綁扔井中前警告龐衙內：「有一日包待制到朝堂，哥哥也，我則怕泄漏了天機白破你那謊。」贓官劉得中用御賜紫金錘擊打災民張別古，張臨死前囑咐兒子：「若要與找陳州百姓除了這害可，則除是包龍圖那鐵面沒人情。」〔註66〕小商人楊國用夢見匪徒要殺他，卻被一個老人救了。他十分感激老人：「你個爺爺是救命的活菩薩，你莫不是龍圖待制，開府南衙。」義門李家李陳氏被弟媳及其姦夫誣陷氣殺丈夫、謀殺親兒，她滿腔悲憤：「只待他包龍圖來到南衙府，拼的個接馬頭一氣兒叫道有二千聲屈。」從雜劇的內容我們知道，包公成了黎民百姓的救星與代言人。從中不難看出，元雜劇中對包公的闡釋建構的立場是民間的。

小　結

（1）傳播中的包公經歷了一個由生活原型到藝術典型的過程。元雜劇是包公成爲了藝術典型。從「包待制葫蘆提」，「打得皮開肉綻損肌膚，鮮血模糊，恰似活地獄」到「除了日間剖斷陽間事。到得晚間還要斷陰靈。只願老

〔註64〕 吳白匋：《包待制智勘灰闌記》，《古代包公戲選》，黃山書社，1994年版，第159頁。

〔註65〕 吳白匋：《玎玎璫璫盆兒鬼》，《古代包公戲選》，黃山書社，1994年版，第322頁。

〔註66〕 吳白匋：《包待制陳州糶米》，《古代包公戲選》，黃山書社，1994年版，第123頁。

爺懷中高揣軒轅鏡，照察我這悲悲痛痛、酸酸楚楚、說無休、訴不盡的含冤負屈情」，這中間是對包公這一藝術形象典型化的過程。最終一個「包龍圖暗暗的私行，唬的些官吏每兢兢打戰」，「莫說百姓人家，便是官宦賢達，緯見了包龍圖影兒也怕」，「包待制是一輪明鏡懸在上面，問的事就如親見一般」的清官形象展示在人們面前。由於藝術傳播過程中典型化的特點，包公的判官形象就有了：「判斷甚嚴明，受人間陰府幽冥負屈銜冤，從公決斷，心無私曲明如鏡。……日判陽間夜判陰，管取人人無屈，定教個個無冤」，成為小民百姓心中「清耿耿無私曲的待制爺爺」。

　　（2）「爺爺」、「老爺」是一個意味深長的稱呼：古代中國官僚被呼做「爺」或「老爺」者最多。這體現出古代中國以政治資源為核心的社會結構，細民通過擡高官僚，希望他們成為公平正義的代言人而自我貶損、開脫，折射出在官本位社會細民依附從屬的微卑心態。這種非理性的依附心理是包公傳播的整個社會心態。《包待制智斬魯齋郎》中當張珪自己的妻子也被魯齋郎強行霸佔時，張珪居然安慰妻子說：「他便要我張的頭，不怕我不就送去與他。如今只要你做個夫人，也還算是好的。」〔註67〕在權勢話語的壓迫下，人格意識已全然泯滅，生命的價值委瑣到如苟活偷生的螻蟻一般。在一個人人自立自強，敢於擔當的社會，人們可以支配自己的命運，包公的神化式傳播就失去了土壤。一句話，包公文學的形成和傳播是奴性社會心理在文化上的反映。康德評價「父權政治」的一段話也許更有助於理解這一社會心理：

　　　　一個政權可以建立在對人民的仁愛的原則上，像是父親對自己的孩子那樣，這就是父權政治（imperiumpaternale）。因此臣民在這裏就像是不成熟的孩子，他們不能區別什麼是對他們真正有利或有害，他們的態度不得不是純消極的，從而他們應該怎樣才會幸福便僅僅有待國家的領袖的判斷，並且國家領袖之願意這樣做便僅僅有待自己的善心。這樣一種政權乃是可以想像的最大的專制主義——這種體製取消了臣民的一切自由，於是臣民也就根本沒有任何權利。〔註68〕

〔註67〕吳白匋：《包待制智斬魯齋郎》，《古代包公戲選》，黃山書社，1994年版，第50頁。
〔註68〕康德：《歷史理性批判文集》，商務印書館，1991年版，第183頁。

（3）元代包公戲充分揭示了民眾對超驗正義的信仰。其表現是借「王法」來伸張正義。此後，明成化《說唱詞話八種》繼承了這一傳統。包公戲中，包公對龐衙內的判詞云：「論王法斬首不爲辜，將家緣分給諸原告。」對魯齋郎判詞云：「則爲魯齋郎苦害生民，奪妻女不顧人倫；被老夫設計斬首，方表得王法無親。」對劉得中、楊金吾判詞云：「今日個從公勘問，遣小別古手報親仇，方才見王法無私，留傳與萬古千秋。」對那些不是權豪勢要的殺人犯的判詞也同樣是理直氣壯地標榜王法。如對劫財殺盆罐趙的判詞云：「不是孤家好殺人，從來王法本無親。」對殺人犯王慶和店小二的判詞云：「這兩個都不待秋後取決，方見的官府內王法無情。」王法「無私」、「無情」或「無親」，實際上也就是說包公公正執行王法，這是歷代王法「殺人者死」的具體體現，它蘊含著古代「刑以正邪」的深厚的歷史文化傳統。

（4）從元雜劇開始，「先斬後奏」、「日判陽間夜判陰」成爲後世包公固定的傳播單元。

2. 明代包公戲的媒介形象

序號	包公的媒介形象	性質	包公形象形成的各種要素
一、還魂記	百姓具狀開封府衙。包公遇見鬼風，知有冤枉，吩咐公吏隨風打探，狂風從曹府落，搜出許多屍體，其中文正的屍體面如生色。包公祝禱城隍，文正訴說冤枉。次日，包公奏聞皇帝，貶國舅爲柳鎮二州刺史。包公向曹母借看舊府花園，曹母擔心搜出韓氏，下令張清殺害韓氏。張清知有冤枉，放了韓氏。韓氏到開封府衙告狀，說出冤情。包公僞造曹母書信，聲稱病重，騙國舅回京，又以接風爲名，截到府衙，讓韓氏告狀，拿獲國舅，杖責四十。二國舅收監，大國舅放回。曹母叫皇后向皇帝求情，皇帝敕令十名大臣前往府衙說情，被拒絕。包公將二國舅押赴法場處決，奏聞皇帝；並請出沮涼帽，救文正還魂，封給王霸諸侯，衣錦還鄉。	霸妻殺人	1. 故事與《生金閣》及《魯齋郎》相類 2. 懼法朝朝樂，欺公日日憂 3. 君聖則國家安寧，官清則黎民樂業 4. 忘國法倚著王親勢，縱刑憲枉害良人命 5. 不報冤仇不做人 6. 萬事勸人休碌碌，舉頭三尺有神明 7. 急苦開封見大臣，包爺必救我殘生。若還報卻冤和恨，皇天不陷苦中人

	1. 正直無私，忠心耿耿 2. 日斷陽間，夜斷陰府冤情。覆盆之下同明月，審決黎民冤屈情。斷法筆頭霜凜凜，反吏何曾逃得身 3. 皇帝賜給包公：桃木枷稍桃木琴，日斷陽間夜斷陰；黑木枷稍黑木棍，進宮扭皇后，出殿打皇親。仍賜卿家龍圖之職，金劍一把，一出朝門先斬後奏。〔註69〕		
二、珍珠記	包公審問金眞；文舉得實，奏聞皇帝；旨下：溫閣罷職爲民，張千押赴市曹處斬，溫氏罰作奴婢 1. 明如鏡，清如水，不受人私，不怕權貴 2. 鐵面龍圖不顧情，令行宇宙鬼神驚。一笑比黃河清，一喜天下樂 3. 只因老包心性直，打死無數不平人 《珍珠記》中言刑具最爲繁複：賜我金劍一把，銅鍘兩口，繡木一個，金獅子印一顆，一十二條御棍。……務要掃除不祥，調和鼎鼐。賜我黃木枷稍黃木杖，要斷皇親國戚臣。黑木枷稍黑木杖，專判人間事不平。槐木枷稍槐木杖，要打三司並九卿。桃木枷稍桃木杖，日斷陽間夜斷陰〔註70〕	逼婚	
三、桃符記	傅忠不見母女，委託包公追查。包公二案並作一案，拷問王慶，查出賈順屍體；考訊天儀，順著桃符探知小二殺死青鸞；拷問鄷氏，只得畫招。包公下斷：小二雖然自縊，屍體示眾；王慶與鄷氏秋後典刑；天儀無罪。城隍賜丹救活青鸞，與天儀結婚；包公舉薦，欽授天僅翰林院編修 1. 清廉正直，神欽鬼服 2. 民情燭鏡，不使閭閻有覆盆 3. 城隍：德望巍巍，威名赫赫，官民無警，吾神有光	通姦強姦殺人	1. 故事與《後庭花》相同，細節文字尚有差異。 2. 人間私語，天聞若雷。 3. 惟信暗中無白日，舉頭三尺有神明。 4. 暗室虧心，神目如電。 5. 不入囹圄內，安知獄吏貴。 6. 莫道暗中無白日，須知頭上有青天 7. 惟願仁君容直臣，更願明君用正人

〔註69〕吳白匋：《還魂記》，《古代包公戲選》，黃山書社，1994年版，第436頁。

〔註70〕吳白匋：《珍珠記》，《古代包公戲選》，黃山書社，1994年版，第561～562頁。

	4. 包公：神威赫赫，廟貌昭昭，上下無私，陰陽有準	
四、胭脂記	月英母親問及鞋帕來歷，即被公人捉到府衙；包公進而拷問梅香和月英，供出真情。包公遂即帶領公人前往相國寺檢驗屍首，救活郭華，終於判合兩人成婚。郭華父親尋子來到京師，一家團圓 1. 包公：鐵面龍圖不顧情，丹心一點助明君。賜我寶劍一把，與我先斬後奏與我免死金牌一十二道，賜我銅枷鐵扭，上察親王；與我桃樹枷梢，掌管陰陽善惡〔註71〕 2. 鐵面龍圖不顧情，彈劾三公並九卿，任他一切冤誣事，都來孽鏡判分明 3. 包公：若使按憑國法，實難逃乎天憲	殺人	1. 故事與《留鞋記》一樣，具體細節有些差異 2. 詩書飽讀，終當貨與帝皇。 3. 無事不可出閨房，謹遵母訓守三綱 4. 非奴薄悻，禮法所制 5. 莫教犯法違條律，只可勤儉做良民

　　明戲劇除繼承元雜劇中包公的基本特點以外，元雜劇中一個「暗暗的私行，唬的些官吏每兢兢打戰」，「莫說百姓人家，便是官宦賢達，綽見了影兒也怕」的包公，到明代戲劇中這一切都做了有意味的註腳：「皇帝賜給包公桃木枷稍桃木琴〔註72〕，日斷陽間夜斷陰；黑木枷稍黑木棍，進宮扭皇后，出殿打皇親，金劍一把，一出朝門先斬後奏。」、「（皇帝）與我免死金牌一十二道，賜我銅枷鐵扭，上察親王；與我桃樹枷稍，掌管陰陽善惡」。聯繫明代集權專制的政治控制，從中傳遞的文化意義是：

　　（1）皇帝的出場及象徵性授權明顯淡化了包公在民間神性的超驗正義的角色，這一切都拱手交給了政權的核心——皇帝。從此，包公從「天下」的「素王」成了國家的權臣，最後又回歸封建官僚階層本身。皇帝通過授權「借

〔註71〕吳白匋：《胭脂記》，《古代包公戲選》，黃山書社，1994年版，第755頁。

〔註72〕古代民間信仰認為鬼怕桃木，所以古代把桃木做成木板，掛在門上，謂之桃符。《玉燭寶典》載：「元日造桃板著戶，謂之仙術，今之桃符也」。後來在桃板上畫上神荼、鬱壘，漸演變為門神。包公以桃木枷和桃木琴「日斷陽間夜斷陰」。實質上，中國思維把判斷人間邪惡和治理陰間鬼魅合二為一，包公就具有「判案」和「捉鬼」雙重身份。「捉鬼」本是鍾馗的專利，明清以後，包公與鍾馗在一些地區不相區分，一些民間有「包閻羅捉鬼」版畫。

用」了包公在民間文化中「素王」、「帝師」的角色，和元雜劇相比，政權重新獲得了權威。

（2）統治階級通過嫁接，爭奪公共精神符號，旨在吸取包公的公共代表性，以增強自己的權威合法性。質而言之，在這類現象中，不是階級衍生文化，而是階級借用（利用）文化（「清官文化」）。傳播的文化時尚在此成爲建構社會地位的一種資源。文化符號學進入了政治哲學。中國傳統公共精神資源的最高理念是「天下」〔註73〕，理學淡化的元代是「天下」、「俠義」理念充分彰顯的時代，因此，元代包公戲才有了超驗正義的思想基礎。

3. 清代包公戲的媒介形象

序號	包公的媒介形象	性質	包公形象形成的各種要素
一、五高風	包公奉旨勘問鄭彪，發現有詐，遂即停審。尤仁買通禁子，考訊致死鄭豹，反而誣陷包公袒護蕭通；王安前往包公案下滾釘板告狀，包公重新審理，奏請枉死司神到烏臺議事，問出眞情。文洪、蕭通官復原職；文錦除授翰林編修，與還魂的瑞英成婚；鄭彪升授游擊將軍，尤權自縊，尤仁、周敞押赴市曹梟首示眾 1. 包公：笑比黃河清，山鬼渾教潛影，怎如俺鐵面冰心。撲面寒霜一笑難，每從冤海把須邅，權奸惡黨聞吾懼，銅鍘豈容冷眼看。心如丹日，志若秋霜。鋤奸不辭顂血，辨賢不惜剡心。不白之冤我當雪，未明之氣察神靈 2. 包公：不在老夫案下就罷，既在吾案下，由吾勘問。看銅鍘，取夾棍，灌熱油……	政治	1. 地方總甲維護法場秩序。 2. 五更三點，正北大紅旗下處決死囚 3. 執掌刑曹侍郎充任監斬官奉旨到法場 4. 選能用極刑皂隸伺候 5. 公堂上懸秦鏡，爰書內無弓影，聽訟須清問 6. 敢告當朝元老，縱有冤情難免干名犯義之罪，打二十 7. 鄭彪被包公一夾棍，六十敲，竟打死了
二、乾坤嘯	包公審理此案，得知「乾坤嘯」是卜鳳搜出，而卜鳳已死，只得登付烏臺，審問卜鳳陰魂，供出眞情。拘拿繼同、丙融拷問，卜鳳陰魂作證，案情水落石出。旨下：二人押赴市曹，	宮廷	1. 欺心自有天知道 2. 一朝權在手，便託令來行 3. 蒼天有眼，刑法無私 4. 緝拿鳥紹，圖形畫影遍張明貼。出

〔註73〕尤西林：《人文科學及現代意義》第七章「有別於國家的天下」，陝西人民教育出版社，第188～212頁。

	凌遲處死。而韋氏貶入冷宮，包公不依，吩咐卜鳳陰魂捉拿韋氏；卜鳳將她活活捉死。烏紹考中狀元，一家團圓。廷慶官復原職，萬統升任羽林衛總兵鎮守關西，趙豹除授鐵星關參將 1. 鐵面魚頭，獬豸冠 2. 執簡替皇猷，理獄衣文繡。照膽悉疑情，剜肚燭奸首。巡行八府六州，糾察二十四縣。理過無頭公案七十二樁，建造便民大惠一十二件。殿前三尺法，執簡豈容私 3. 待制龍圖神鬼驚，建章飛出似雷霆。世間多少無頭案，鐵筆輕輕點剖明。生來鐵面鑄就魚頭，談國事頃刻間筆走龍蛇，理民情不過自指尖雀鹿，日斷陽夜斷陰，纖微不漏。直則生，曲則死		首者官封萬戶，賞賜千金阿藏者與本犯同罪 5. 無法又無天，欺法還欺典，昧心的自有天理循環 6. 青天不可欺，未曾擇意早先知，善惡到頭終有報，只爭來早與來遲 7. 下官但知有法而已，哪管是天子寵妃
三、正昭陽	仁宗即位，包公回京路過商丘，拆天攔駕，李妃鳴冤，四人一起回京。途中，包公遇見奉旨回京的呂端；郭淮前來假傳聖旨，逼令呂端飲鴆自裁，包公拿下郭淮。二人奏聞皇帝，下旨御史朱能審問郭淮。劉后賄賂朱能，解救郭淮，陷害包公。後探，包公奉旨審問郭淮，劉后狗急跳牆，指使雷應春放火燒宮，以期垂簾聽政，被拆天打死。拆天假扮內侍討取郭淮口供，包公極刑拷問郭淮，只得成招；朱能也招供了。劉后得知，飲鴆自盡。李妃正位昭陽 1. 只有包公雄才大略，足智多謀。不懼權貴，執法秉公。敕賜尚方劍一口，蟒玉一襲，凡有王親國戚，奸宵貪吏，犯法者先斬後奏 2. 包公為官清如水明如鏡，決斷無頭冤獄，誓除酷吏奸宵 3. 日斷陽夜斷陰，斷了無數無頭事 4. 包鐵面 5. 敕賜印劍，生殺專任。包公素心忠直，秉性執拗，甚作威福。 6. 包公刑具：敲牙、拔指、剔睛、搧穴、腦箍、烙鐵	宮廷	1. 無官不貴，無役不賤，略有差遲，就打殿尖。自家商丘十八都地方便是。受盡驅馳，端為役務支；若有差誤，毛板實難辭 2. 馬牌上禁止奸刁，沿途攔街叫喊，製造鋸子夾板，但違條約者，就要拿來鋸刀下

四、普天樂	柳氏到開封府衙鳴鑼喊冤，縣令認罪，摘取冠帶；包公知錯。察散鬼魂前來包公案下訴冤，包公上堂問案，責令縣令限期緝拿兇手；自己牒告城隍，借取陰司書吏、判官、鬼役、地方緝拿兇犯；又讓金蟬訴冤。包公下地府探陰山，終於找到金蟬，查知眞相。包公拷問李保，招供畫押，明正典刑。包公用招魂旗、還魂鞭救活察散與金蟬，結成夫婦，兩家和好 1. 王公子犯了法我也無情，虎頭鍘從不饒惡棍性命，任他是鐵英雄也要寒心 2. 食王祿理朝綱宋室輔保，龍圖閣大學士兼管刑曹。日斷陽夜斷陰從無私報，虎頭鍘專誅的惡棍刁豪。追魂鞭照膽鏡妖魔淨掃，法堂下比閻君殿廷更高。雞未曉進龍摟朝賀君早，開封府理刑名與國勤勞。頭門上已設下金鑼爲號，黑暗中倒作了大宋當朝。每逢到三六九開門放告，收呈詞便結案筆勝刀槍	謀財害命	1. 有贓證便就是一紙冤狀 2. 革去功名，然後刑訊 3. 王子犯法與民同罪 4. 人心似鐵非是鐵，官法如爐卻是爐。我受刑不起，只得招認了 5. 殺一人償一命理所該當 6. 禁子無情心不賢，相伴囚徒眠。不論貧富監中坐，是我老子也要錢 7. 烏紗罩鐵面，與民辦奇冤眼前皆赤子，頭上有青天 8. 暗室虧心，神目如電 9. 報應天理循環 10. 神無私覺，報應分明
五、奇冤報	包公微服私訪。公秀與張氏密謀殺死麗娟滅口，誘騙回家，迷戀麗娟美色，要納爲妾，與張氏衝突，遂將張氏殺死；麗娟趁機逃脫。公秀出逃，撞見包公；假意邀約公秀同去商販，穩住公秀。包公祝禱城隍，借取書吏、鬼役審問土地、自華、張氏，得知眞相，遂將公秀捉章歸案，公秀只得招供畫押。公秀死刑，押赴市曹典刑，劫得銀兩給還啓賢和自華父親；靜安留任，罰俸銀三千兩修理廟宇；小槐、陳魁免罰；麗娟捨身救父，旌獎 1. 自登仕榜受皇恩，志節淩霜報聖明。從來決斷無私屈，一笑人比黃河清 2. 法不容情，高懸明鏡，按律公平	謀財害命	1. 見官自有明白。 2. 自古言暗使心神目如鏡，天地間無私心國法無情。 3. 城隍：秉忠正氣坐一州，威靈感應掌陰曹。善惡兩般無私報，天眼恢恢法難逃。 4. 爲官不與民做主，枉受朝廷爵祿恩。 5. 恨蒼天怎不把貧人關照。 6. 陰曹鬼死也愛錢 7. 一見堂狼虎漢不許開言 8. 公堂人稱民父母，依理判斷辦奇冤 9. 無人寫狀，也是枉然 10. 爲官須清正，軍民諸沾恩 11. 獄神：正直爲神，威光永盛，陰陽理，明善惡，護國民

3. 奉王旨巡七省沿途招告，拿貪官誅污吏狂徒刁豪。秦鏡臺照人間忠奸惡、盜，文官筆更勝過武將槍刀	12. 人說公門不好人，我道公門正好修
4. 我本是陰陽官代天赦命，善惡事常有個耳報神明。殺過客圖資財富足僥倖，包青天掌生死法不留情	

清代，包公戲繼續訴說包公的公正：「只有包公雄才大略，足智多謀。不懼權貴，執法秉公。敕賜尚方劍一口，蟒玉一襲，凡有王親國戚，奸胥貪吏，犯法者先斬後奏。」〔註 74〕「待制龍圖神鬼驚，建章飛出似雷霆。世間多少無頭案，鐵筆輕輕點剖明。生來鐵面鑄就魚頭，談國事頃刻間筆走龍蛇，理民情不過自指尖雀鹿，日斷陽夜斷陰，纖微不漏。直則生，曲則死。」〔註 75〕但也出現了新問題，包公頻頻使用酷刑：「（包公云）不在老夫案下就罷，既在吾案下，由吾勘問。看銅鍘，取夾棍，灌熱油……」〔註 76〕包公刑罰有：敲牙、拔指、剔睛、搧穴、腦箍、烙鐵等。

五、說唱、扮演與包公形象的傳播方式

從傳播方式上說，戲劇是一種集多種傳播效果於一身的綜合性傳播。從傳播角度看，戲劇的傳播要素很多：如文學、動作（舞蹈）、歌唱、行頭、臉譜、道具、音樂、戲臺等等，它兼有詩和音樂的時間性、聽覺性，以及繪畫、雕塑、建築的空間性，視覺性，而且和舞蹈一樣，具有以人的身體作媒介的本質特性。〔註77〕

黑格爾說：「戲劇無論在內容上還是在形式上都要形成最完美的整體，所以應該看作詩乃至一般藝術的最高層。」「戲劇應該是史詩的原則和抒情詩的原則經過調解（互相轉化）的統一。」〔註 78〕這就是說，一方面，當戲劇把一種完整的動作情節直接擺在觀眾的眼前，並表現著客觀存在的歷史內容

〔註74〕 石子斐：《正昭陽》，《古本戲曲叢刊》五集，商務印書館，1985 年版，第 89頁。

〔註75〕 朱朝佐：《乾坤嘯》，《古本戲曲叢刊》三集，文學古籍刊行社，1957 年版，第63 頁。

〔註76〕 李玉：《五高風》，《古本戲曲叢刊》五集，商務印書館，1985 年版，第 94 頁。

〔註77〕 （日）河竹登志夫：《戲劇概論》，陳秋峰、楊國華譯，中國戲劇出版社，1983年版，第 3 頁。

〔註78〕 黑格爾：《美學》朱光潛譯，第三卷下冊，商務印書館，1981 年版，第 240～242 頁。

時，它帶有史詩那樣的客觀敘事性。另一方面，它在舞臺上所展現的那些動作情節，那種充滿著衝突的情境，均源於人的內心世界，是立體化了的人的目的和情慾，這時它又帶有抒情詩那樣的主觀抒情性。從傳播方式來看，戲劇藝術具有現場直觀性、雙向交流性和不可完全重複性。

　　具體到作為視聽藝術的包公戲，除了角色行當生、旦、淨、丑的扮演和表演技巧的「四功五法」外，舞臺美術的臉譜造型和音樂聲腔就在視聽兩方面產生衝擊力。無論在信息傳達、觀念傳播還是情感交流方面都具有語言藝術無法替代的優勢！

（一）臉譜方面

　　宋金雜劇假面化妝很多。《元史·禮樂志》〔註79〕載，元代的宮廷樂舞有「戴孔雀王面具」的，還有「戴毗沙神像面具」、「戴龍王面具」、「為飛天夜叉像」的，裝扮的都是神鬼之屬。元雜劇十二科，有「神頭鬼面」一科即此。脈望館本元明雜劇，有的附記有「穿關」（服飾穿戴砌末）。神鬼、動物之類就常常「戴臉子」，包括五色鬼頭、雷公頭、夜叉頭、虎頭、鹿頭、鶴頭、蛇頭、蝦蟆頭等，計有三十餘種。明清之際張岱《陶庵夢憶》追述明代鄉村演齣目連戲的情景：「凡天地神祇，牛頭馬面，鬼門喪母，夜叉羅剎，鋸磨鼎鑊、刀山寒冰、劍樹森羅、鐵城血灘，一似吳道子《地獄變相》，為之費紙箚者萬錢，人心惴惴，燈下面皆鬼色。戲中套數，如《招五方惡鬼》、《劉氏逃棚》等劇，萬餘人齊聲吶喊。」〔註80〕神頭鬼面的裝扮可謂豐富至極。

圖 4-4　秦腔古臉譜包公圖案　齊如山舊藏

〔註79〕〔明〕宋濂等：《元史》卷七十一，中華書局，1976 年。
〔註80〕張岱：《陶庵夢憶》卷六，嶽麓書社，2003 年版，第 204 頁。

　　包公在元朝的塗面全部爲黑色，只有兩道白眉。明朝時，包公的眉比元朝的眉細，又加彎曲。清朝眉亦彎曲，名曰擰眉，表現其凝重，額間又加月牙形（圖 4-4）。〔註 81〕包公穿著黑蟒，凡穿此者皆係淨腳，大致多是不平靜之人。齊如山說，臉譜專爲表現性情的，如世傳關羽面如重棗，便將臉揉紅。曹操陰險，便把他本來面目，完全用粉蓋住。包拯生的醜陋，因其性情森嚴，不苟言笑，且有名的鐵面無私，故將他塗成黑臉。項羽膂力極大，且又粗暴，故將他塗爲鋼叉式（內行話）之黑臉。如此種種，……蓋皆以面容表現人之性質者。〔註 82〕一般來說，漢文化圈的臉譜和面具中，黑色代表風吹日曬的膚色或神秘的夜色，用以表現率直、樸實、剛正或陰間神鬼。〔註 83〕

　　人類傳播的歷史，就是人類創造和使用媒介的歷史。我們所生存世界，是由作爲媒介的人和作爲媒介的世界來共同構成的。人是最初一級的元媒介，「符號宇宙」就是人所創造的媒介世界。在元雜劇中，包公一般由「正末」或「外」扮演，明清包公戲中，有一部分仍由「外」扮演，但《桃符記》、《觀音魚籃記》、《胭脂記》中的包拯雖由「外」扮，但注明「黑臉髯鬚領紗帽」，唯一獨特的是《雙釘案》，作者注明「外扮包公，無須，冠帶。」至少從明中葉開始，包公的舞臺形象已發生了變化，以「淨」角扮演，這樣更能突出其威風凜凜，而「黑臉髯鬚」的出現則爲後世包公的舞臺形象奠定了基礎。從媒介角度，演員是包公傳播的元媒介，「白眉黑面，黑蟒著身」，黑白分明，不僅具有極強的視覺傳播效果，更體現出色彩的文化內涵。

（二）音樂方面

　　隨著遼、金、蒙古族先後入主中原，少數民族的樂曲大量傳到中原，從行腔歌辭到作奏樂器，耳目一新，於是他們有意將北來之樂與中原的民間小調融彙在一起，創造了一種新聲新詞的新詩體——元散曲，正如王世貞《曲藻序》說：「曲者，詞之變。自金、元入主中國，所用胡樂，嘈雜淒緊，緩急之間，詞不能按，乃更爲新聲以媚之。而諸君如貫酸齋、馬東籬、王實甫、

〔註81〕關於月牙的來歷有很多民間傳說。清朝以後，民間廣泛流傳著冤死鬼找演包拯的演員告狀的故事，爲和真包拯區分，演員額頭的月牙不能畫在正中。參閱《俗文學中的包公》，丁肇琴，臺北文津出版社，2000 年版，第 259～263頁。

〔註82〕齊如山：《國劇藝術彙考》，遼寧教育出版社，1998 年版，第 209、216 頁。

〔註83〕參見周華斌：《中國劇場史考論》，北京廣播學院出版社，2003 年版，第 78頁。

關漢卿、張可久、喬夢符、鄭德輝、宮大用、白仁甫輩，咸富有才情，兼喜聲律，以故遂擅一代之長。所謂『宋詞、元曲』，殆不虛傳。」〔註84〕

　　下面是關漢卿《包待制智斬魯齋郎》和李行道《灰闌記》中一段唱：〔註85〕

　　不僅如此，戲劇的演出還需要樂隊伴奏，根據廖奔先生的統計，元代雜劇文物所見的樂隊伴奏樂器如下表：〔註86〕

樂器配器數額 文物名目		革屬			竹屬			木屬	絲屬		金屬	其它	
		大鼓	杖鼓	板鼓	笛	觱篥	排簫	拍板	琴	琵琶	方響	杖	甩子
元代	洪洞明應王殿雜劇壁畫	1	1		1			1					
	新絳吳嶺莊墓雜劇雕磚	2						2					
	運城西里莊墓雜劇雕磚		1	1				1		1			1

　　從金元雜劇文物配器中還可見到一種現象：儘管樂器再簡省，可以沒有鼓，甚至連笛都去掉，但決不可無板節拍。這亦是由雜劇主要的表演形式已轉變爲歌唱決定的，它有利於跟隨故事發展的情節烘託氣氛醞釀戲劇情境。

〔註84〕〔明〕王世貞：《弇州四部稿》卷一百五十二，文淵閣《四庫全書》本。
〔註85〕劉崇德：《元雜劇樂譜研究與輯譯》，河北教育出版社，2003 年版，第 691 頁、第 325 頁。
〔註86〕廖奔：《宋元戲曲文物與民俗》，文化藝術出版社，1989 年版，第 330 頁。

　　唱曲最基本的伴奏要求即是以拍板節拍，宋代宴前小唱甚至多是由歌者自己執拍而奏，如《都城紀勝》「瓦舍眾伎」條曰：唱叫、小唱，謂執板唱慢曲、曲破，大率重起輕殺，故曰淺斟低唱。「又曰：凡唱所忌，子弟不唱作家歌，浪子不唱及時曲。男不唱豔詞，女不唱雄曲。南人不唱北人不歌，凡歌之格調有抑揚頓挫；有頂疊垛換；有縈紆牽結；有敦拖嗚咽；有推題宛轉；有搖欠過透。凡歌之節奏，有停聲、有待拍、有偷吹、有拽棒、有字眞、有句篤、有依腔、有貼調。」〔註87〕可知唱曲在節奏上有諸多講究，而掌握節拍的方法即是運用拍板。拍板在金元雜劇伴奏中的作用類似於後世梆子聲腔裏的梆子一樣，其地位是舉足輕重的。

　　按照麥克盧漢的劃分戲劇應該是「熱媒介」，其特點是信息具有「高清晰度」和「低參與度」，其信息含量多而且清楚，接受者不必動用很多的感官和聯想活動就能理解。〔註88〕戲劇通過對動作（舞蹈）、歌唱、行頭、臉譜、道具、音樂、戲臺等諸要素的調動，在大的戲劇結構下，引人入勝的情節鋪墊、演員程序化的臉譜的暗示、個性化的唱腔的展示、節奏鏗鏘的樂隊伴奏，眼起板落，風格或婉轉或激越，一個鮮活生動的人物呼之欲出，這一切把觀眾帶到一個戲劇塑造的「擬態環境」之中。每個觀眾都是帶著自己的期待入場看戲，有時候是心靈的撫慰；有時是情感的渲泄；有時是智慧的啟迪；有時不過是對某個演員的偏愛而已。幾乎每出戲都包含著文學、表演、舞美、音樂等多種藝術成分，有各種各樣的人物登場，哪一方面都能成為吸引觀眾的看點。袁宏道曾描繪虎丘中秋賽會，這樣寫道：

　　　　每至是日，傾城闔戶，連臂而至。衣冠士女，下迨蔀屋，莫不靚妝麗服，重茵累席，置酒交衢間。從千人石上至山中，櫛比如鱗，檀板丘積，樽罍雲瀉。遠而望之，如雁落平沙，霞鋪江上，雷輥電霍，無得而狀。布席之初，唱者千百，聲若聚蚊，不可辨識。分曹部署，竸以歌喉相鬥，雅俗既陳，妍媸自別。未幾而搖頭頓足者，得十數人而已。已而明月浮空，石光如練，一切瓦釜，寂然停聲，屬而和者，才三四輩。一簫一寸管，一人緩板而歌，竹肉相發，清聲亮徹，聽者消魂。比至夜深，月影橫斜，荇藻凌亂，則簫板亦不復用。一夫登場，四座屏息，音若細發，響徹雲際。每度一字，幾

〔註87〕《曲譜》卷首「諸家論說」，文淵閣《四庫全書》本。
〔註88〕（加）麥克盧漢：《理解媒介》，商務印書館，2000年版，第51～52頁。

　　盡一刻，飛鳥爲之排徊，壯士聽而下淚矣！〔註89〕

這還不是正規的演出，但我們已經感覺到了視聽藝術的巨大魅力所在，其傳播的效果是其它藝術望塵莫及的。

　　戲曲是寫情藝術，動人至深，清代湯來賀《梨園說》曰：「婦女未嘗讀書，一睹傳奇，必信爲實，見戲臺樂事，則粲然笑，見戲臺悲者，輒泫然泣下。」〔註90〕看戲多了，婦女們不自覺地就會運用其中的道理來衡量社會人生，從而潛移默化的影響整個社會道德觀念和行爲準則。

　　從以上的例子，我們不難想像，在古代，有現實關懷的包公戲演出時，劇場內人頭攢動，或群情激憤，或歡呼雀躍的熾熱場面；不難想像，演出後人們爭相議論、奔走呼告人際互動的情形。人們在劇場這一「公共領域」的聚會，大大加速了信息的流動，日久天長，由於群體動力學的原因，遵從（conformity）機制開始發揮作用，百姓逐漸有意無意地形成一種對清官的心理期待，「清官情結」就產生了。〔註91〕

〔註89〕《袁中郎全集》卷二「遊記」，中央書店，1935年版，第69頁。
〔註90〕湯來賀：《內省齋文集》卷七，書目文獻出版社，1998年版，第309頁。
〔註91〕遵從別於順從（compliance）。遵從意味著對他人更強烈、更內在的認同，而順從則意味著一種表面化的贊同，它很可能是基於對不贊同的直接後果所做的預期。順從常與對權威如「意見領袖」等的服從相關。這一切無論如何都大大加快了包公走向更爲廣泛的民間階層的速度。

第五章　公案小說與包公傳播之拓展

一、明清包公文學的規模

到了明清，包公形象塑造從戲劇領域為主轉入小說、寶卷等敘事文學領域來了。明成化《包龍圖公案詞話》八種、《百家公案》、《龍圖公案》為包公的二級傳播；《清風閘》、《萬花樓演義》、《三俠五義》等為包公的三級傳播。

（一）明成化《包龍圖公案詞話》八種（上海博物館藏）[註1]

一般認為，小說史上，從元至元到明成化、弘治之間沒有一部小說刊刻出版。但 1967 年上海市西北郊嘉定縣城東公社澄橋大隊宣家生產隊的農民平整土地時，在生產隊西北一處明代宣姓墓中，發現明代成化七年至十四年北京永順堂刊印的說唱詞話十三種打破了這一說法。更值得注意的是其中八種是包拯的故事，這為研究包公故事傳播流變和元明間「詞話」體裁填補了空白，[註2] 在文學史、說唱曲藝史上具有重要意義。「通過它看到中國戲曲、說唱文學和小說相續的發展過程，填補了宋元以來詞話這一說唱文學的空白。」[註3]

〔註 1〕成化壬辰（1472）年書林永順堂刊行，明西安府同知宣昶夫婦墓出土，現藏上海博物館。收入劉世德等主編《古本小說叢刊》第二十二輯第四冊，中華書局，1991 年。
〔註 2〕譚正璧、譚尋：《明成化刊本說唱詞話述考》，《文獻》，1980 年第 3、4 期。
〔註 3〕胡士瑩：《話本小說概論》，中華書局，1980 年。

有關包公的八種詞話：

（1）《新刊全相說唱包待制出身傳》；（2）《新刊全相說唱包龍圖陳州糶米傳》；（3）《新刊全相說唱仁宗認母傳》；（4）《新編全相說唱包龍圖公案斷歪烏盆傳》；（5）《新刊說唱包龍圖斷曹國舅公案傳》；（6）《新刊全相說唱張文貴傳》（上下卷）；（7）《新編全相說唱包龍圖斷白虎精傳》；（8）《全相說唱師官受妻劉都賽上元十五夜看燈傳》（卷上）；《全相說唱包龍圖斷趙皇親孫文儀公案傳》（卷下）

經專家考證，這些說唱詞話刊本爲宣昶妻子的隨葬品，宣昶曾於成化年間領鄉薦選惠州府同知，後薦補西安府同知，他可以得到北京明永順堂刊印的說唱詞話十三種，說明明前期出版傳播的廣度。

同時成化《包龍圖公案詞話》八種有著重要的文獻意義，它充分證明了在該書成書之前或同時，民間流傳著大量包公斷案故事，甚至可能存在一個系統彙集包公故事的「包公斷案故事集。」〔註4〕如《仁宗認母傳》提到包公所斷十五個案例：

> 只爲陳州監糶米，陳州壞了四皇親。百姓軍民多快樂，感謝清官包直臣。趙王呼他爲鐵面，兩班叫做沒人情。日判陽間不平事，夜間點燭斷孤魂。三會曾坐開封府，兩回朝內現忠臣。山裏大蟲勾來到，古窯曾斷歪烏盆。街頭曾救林昭得，法場斬了曾皇親。明州曾斬陳通判，老鴉下狀甚分明。諸山曾斷孫廟鬼，也曾空裏斷狂風。斷了負心郎七姐，三爪團魚是鼈精。正宮曾斷曹皇后，一牢斷了兩家人。斷得崔護爲夫婦，曾斷孫焦一個人。八棒十三依法斷，不將屈棒打平人。〔註5〕

以上案件中，除了陳州糶米與烏盆案、白虎精案、曹皇后案外，其餘均不見於《包龍圖公案詞話》和史料、筆記。

《包龍圖公案詞話》八種中的《斷曹國舅公案傳》又提到包公案的六件，曹大國舅對母親說：

> 記得我們親姐姐，鸞（鑾）駕借與姓張人。張妃鸞（駕）回朝

〔註4〕涂秀虹認爲明成化《包龍圖公案詞話》八種中包公故事可能在南宋末或元初即巳產生。參見涂秀虹《包公戲與包公小說的關係》（上），福建師範大學學報（哲學社會科學版），1997年第2期。

〔註5〕朱一玄校點：《仁宗認母傳》，《明成化說唱詞話叢刊》，中州古籍出版社，1997年版，第142頁。

轉，街頭撞見姓包人。彼（被）他喝散嬪妃女，朝中奏與聖明君。
姐姐罰錢三千貫」，殿前交付姓包人。四帝仁宗排筵會，正陽門下飲
杯巡。又彼（被）包家來看見，彼（被）他喝下正陽門。五更三點
朝皇帝，罰了十萬鈔和金。君王與他金和寶，將來便賞眾三軍。在
朝曾斷陶國丈，鄭州曾斷魯官人。大蟲勾來償人命，也曾窰內斷烏
盆。〔註6〕

其中仁宗排筵、陶國丈、魯官人三案，明成化《包龍圖公案詞話》八種亦未
收。

明成化《包龍圖公案詞話》八種中的《張文貴傳》則説包公：

三十六件無頭事，七十二件不平人。百單八件胭（煙）花事，
件件官司斷得清。有人犯到包家手，拔樹連稍要帶根。不怕皇親並
國戚，不怕金枝玉葉人。〔註7〕

與此相印證，《斷歪烏盆傳》同樣提到有「三十六件無頭事，盡被包家斷得清」。
當然，這裏的三十六、七十二、百單八都是虛指，並沒有具體指實案名，且
不免有些誇張的成份，但從中確實可見當時民間流傳的包公斷案故事已十分
豐富，甚至已成一個系統。至於有名之案，根據上面所列，除了與明成化《包
龍圖公案詞話》八種本身所描述過的十五個案件之外，還有雙勘釘等十五個
案件爲明成化《包龍圖公案詞話》八種所不載。總之，明成化《包龍圖公案
詞話》八種正面、側面提供的案子總數約三十件左右。

明成化《包龍圖公案詞話》八種是此前包公口頭傳統的文本，其對包公
故事的的程序化的表演，包公形象的拓展如下：

1. 判案與神怪結合

《包龍圖斷白虎精傳》中公案與神怪的結合，這是道教對包公判案的滲
透。沈百萬的獨生子元華是個聰明俊俏的秀才，他在上京求取功名途中，與
虎妖變化的美女相遇而成親。最後，白虎精被包公和張天師聯手捉獲。這是
繼《平妖傳》之後的第二個包公斷妖故事。《平妖傳》不是包公故事集，不屬
於公案小説，而《斷白虎精傳》首次把神怪故事引入包公案，這大大開拓了

〔註6〕朱一玄校點：《包龍圖斷曹國舅傳》，《明成化説唱詞話叢刊》，中州古籍出版
社，1997年版，第200頁。

〔註7〕朱一玄校點：《明成化説唱詞話叢刊》，中州古籍出版社，1997年版，第223
頁。

公案小說的題材範圍，在公案文學史上有深遠的影響。以後的《百家公案》中，斷妖故事大量增加，並擴展到斷神，《龍圖公案》則又進一步擴展到地府故事。

2. 張龍、趙虎的形象初步形成

明成化《包龍圖公案詞話》八種中，張龍、趙虎成了包公的隨從和助手，幾乎在每個故事中出現。但他們的形象還不是很固定的，包公手下有時也由張千、馬萬或者董超（朝）、薛霸、王興、李吉之流來擔任，而且張龍、趙虎間或又作張龍、李虎。但是，他們身上漸漸展示出一定的個性特徵，與元雜劇的張千隻是作爲代表一種人物的通名有所不同。張龍、趙虎的形象作爲包公最主要的隨從和助手，在後世的包公文學中固定下來，而這種演變是從明成化《包龍圖公案詞話》八種開始的。

3. 李宸妃故事的創新

詞話以全然民間式的想像，李宸妃故事新的面貌。與包公形象有關的創新部分爲：

（1）將包公加入李宸妃故事中，以包公爲導火線，引出一段內宮爭鬥舊事。

（2）新增李宸妃桑林鎮告狀情節。其中包括李宸妃爲確定包公身份，親摸包公耳後繫馬椿，以及仁宗出生時左手掌有「山河」二字、右手掌有「社稷」二字的情節。「確認身份」是告狀情節的重心，後世李宸妃故事皆採用此架構，僅對內容略作增刪。

（3）一改仁宗自己得知本事的情節，以包公告知仁宗事實真相及三審郭槐的情節來替代。初審時王御史因收受劉妃賄賂有意縱容郭槐，但被包公識破。二審爲包公親審，嚴刑拷問後雖得口供，但郭槐事後翻供，未獲成效。三審時包公設下巧計，夜赴閻王殿與仁宗同審郭槐，最終騙取口供。

（4）王御史、劉妃、郭槐最後皆遭受極刑。

李宸妃故事滿足了民眾窺探宮廷秘聞的好奇心，詞話作者便以充滿民間想像力的筆法，將這則故事重新改造。故事中，李宸妃成爲後宮鬥爭下的犧牲品，劉妃及郭槐是這起鬥爭的始做俑者，包公成了救主護主的忠臣。詞話中包公路宿三殿廟不忘發放告示，雖矛盾卻仍同意李宸妃要求驗名正身的提議，無懼劉后權勢告知仁宗事實真相，三審郭槐取得明證等，體現出包公關

心民瘼、正直、追求眞理的個性。詞話對李宸妃的著墨比雜劇多，它以外表的描述來刻畫她流落民間的孤苦：「身上煙熏不似人，頭髮鬆鬆悴憔了，頭上蝨子似魚鱗。沒齒梳兒插一個，竹削簪兒關一根。額頭一似鍋見底，胸前膩垢兩三層。一條爛裙補納了，上秤稱來十八斤……」〔註8〕後世塑造李宸妃角色時總不忘強調她后妃的身份，讓她在落難時依舊保有尊貴氣質，但詞話卻以乞婆的形象來塑造落難的李宸妃——外表邋遢，語言舉止粗俗。這種形象體現出詞話自然、質樸的創作風格。

（二）年代最早、影響最大的明代短篇公案小說集《百家公案》

《百家公案》是明代公案小說的代表作，是第一部以一個人物爲中心的連貫的公案小說集的體制。目前有四種版本，分別是：

（1）刻印最早的萬曆二十二年（1594）與畊堂本朱仁齋刊本（圖5-1）。現藏日本蓬佐文庫。全稱《新刊京本通俗演義全像包龍圖判百家公案全傳》，分題爲《全補包龍圖判百家公案》，版心題《包公傳》，十卷一百回，題有錢塘散人安遇時編集，書林朱氏與畊堂刊行。此刊本係海內外僅存的孤本，孫楷第《中國通俗小說書目》失載。目前該版本有影印本流傳。〔註9〕

（2）楊文高刊本。全稱《新刊京本通俗演義全像百家公案全傳》，十卷一百回，實際上它是與畊堂本的異版，刊刻時期爲萬曆後期。此書現藏日本山口大學棲息堂文庫。孫楷第《中國通俗小說書目》未著錄。阿英在《小說三談・明刊本〈包公傳〉述略》中提到的所謂半部「明萬曆刻《新刊京本通俗演義全像百家公案全傳》」，與棲息堂文庫本爲同一版本。〔註10〕

（3）萬卷樓刊本。全稱《新鐫全像包孝肅公百家公案演義》，六卷一百回，版心題《全像包公演義》，故簡稱《包公演義》。自序署名「饒安完熙生」，記年曰丁酉歲，疑即萬曆二十五年（1597年）。〔註11〕此書日治時期原藏朝鮮總督府，殘本，存七十餘回，自序署饒安完熙生，現存於韓國漢城大學奎章閣，是殘本，缺卷三。萬卷樓本和與畊堂本之間的差別，比楊文高刊本和與畊

〔註8〕朱一玄校點《仁宗認母傳》，《明成化說唱詞話叢刊》，中州古籍出版社，1997
　　　年版，第144頁。
〔註9〕《包龍圖判百家公案》，參見劉世德 等主編《古本小說叢刊》第二輯，中華
　　　書局，1991年版。
〔註10〕阿英：《阿英全集》第七卷，安徽教育出版社，2000年版，第607頁。
〔註11〕王汝梅、朴在淵：《韓國藏中國稀見珍本小說》（4），中國大百科全書出版社，
　　　1997年版版。

堂本之間的差別大。據包吾剛、韓南、馬幼垣考證,「《包公演義》大概就是《百家公案》的異板」。馬氏以書首的兩頁附錄性資料——《國史本傳》來看:《包待制出身源流》與《包公演義》一致,亦是安排在書首。各回故事篇目的次序,跟《百家公案》也沒有什麼不同,並且《包公演義》的篇目較《百家公案》齊整,分卷的回書較近,因此判定《包公案》出自於《百家公案》。〔註12〕

圖 5-1　萬曆二十二年與畊堂本朱仁齋刊本封面

萬卷樓刊《包龍圖判百家公案》六卷一百回,首饒安完熙生丁酉年序云:

> 孝肅包公自天聖以來,剖斷疑獄,匪翅兩造五詞、酆部奸譎,
> 分其枉直皂白,即山花木石之妖、鱗甲羽毛之怪,及冢道伏屍之
> 爽,罔不一一火觀,毫無炙螯,至今人共神之。愚竊恐神之者知
> 其神而神,不知其不神而所以神也,爰集百家成斷,彙爲六卷,
> 號曰「公案」,又云:「此《公案》者,豈孝肅公之所留也!孝肅

〔註12〕參見馬幼垣《全像包公演義》補釋,臺北《中國古典小說研究專集》第5集,《中國古代小說研究專集》(5),聯經出版事業公司,1982年版。

之心，惟沖然（太）虛而已，湛然止水而已。其□（有）訟之時，亦惟以無訟之□（應）之而已。彼固不知所以訟，又奚知何以斷？彼固不知所以斷，又奚知何以案？則信乎此公案者，民自以不冤神之耳，記且傳之耳！然要其傳之心，民亦不自知也。溯乃謠曰：「關節不到，有閻羅包老。」此神之神，民之所以傳者。又曰：『笑比黃河清。』夫一笑貌，且難之乎河清，則包公之聲（身）兩忘，色相俱泯，即（易）之所遣雷若電者，亦過而不留。此不神之神，民之所以傳於昔而□□者。故愚亦樂於傳於今而□□於不知者也。」〔註13〕

（4）《新刊京本通俗演義增像包龍圖判百家公案》，又題《增像包龍圖判百家公案》，據大冢秀高先生的《增補中國通俗小說書目》，存一至五卷，當為萬曆後期刊本，現存中國社會科學院文學研究所。

《百家公案》情節上吸收了《包龍圖公案詞話》中主要的包公故事，又力圖遵循講史小說架構的格式，每回前皆列有「斷」、「云」和「開場詩」七言絕句一首，依長篇小說的慣例，概括本回的故事緣由和結局，點明主題，表露說話人的政治道德判斷。如第五十九回，《東京決判劉駙馬》的「斷」為「背義之人刑不怨，有仁之子受皇恩」，「云」為「從來布施天照報，持飯與老僧善人」，從字面看，「斷」為案情的內容和斷案的結局，「云」為評說。有的斷和云的分類並不十分明顯。如第二十回《伸蘭瓔冤捉和尚》，斷：「國法昭彰不可違，人生何必費心機？」云：「員成空使圖鞋計，入獄方和包宰明。」

作者在開篇《包待制出身源流》中表露了自己的編撰長篇連續性故事的意圖：

　　話說包待制判斷一百家公案事跡，須先提起一個頭腦，後去逐一編成一段話文，以助天下江湖閒適者之閱覽云爾。問當下編話的如何說起，應云：當那宋太祖開國以來，傳自真宗皇帝朝代，海不揚波，烽火無警，正是太平時節。治下九州島之內，有個盧州合肥縣，離城十八里地，名巢父村，又名小包村，包十萬生下三個兒子，包待制是第三子。降生之日，面生三拳，目有三角，甚是醜陋，怪

〔註13〕王汝梅、朴在淵：《韓國藏中國稀見珍本小說》《包公演義》，中國大百科全書出版社，1997年版，第129～130頁。

之，欲棄而不養。有大媳婦汪氏，乃是個賢明女子，見三郎相貌異
樣，不肯棄捨，乞來看養。〔註14〕

從各回目的連貫上看也是如此，如七十九回「立斷李吉之死罪」和八十回開
頭「話說包公既斷李吉之後，過一月有餘」，故事情節連貫統一，與長篇章回
小說別無二致。因此，楊緒容也認為《百家公案》是「一部有長篇傾向的小
說」。〔註15〕

值得注意的，《百家公案》採用了說話人第三人稱評述模式，這在公案小
說發展史上是一次突破性的飛躍。作者客觀地或是摻和主觀色彩地敘述案
情，並不直接介入情節中，超離各個人物之外，以凌駕的眼光交待一切人物
事件，引導讀者進入故事，並有時表明主觀態度和價值判斷，發揮陳述和詮
釋的作用。如第五十回《琴童代主人伸冤》，某僧來蔣奇家化緣，見蔣「目睚
下有一道死羔」，告其有大災，「憒不出」。蔣不以為然，帶領僕人董家人和琴
童去東京會友，行船途中，董家人勾結船舫殺害了蔣奇，攜帶財物轉去蘇州。
說話人評論道：「嘗言道：莫信直中直，須防人不仁。可憐天秀昔好善，今遭
惡死，雖則不是納忠言之過，其亦大數難也。」結尾處說話人又論曰：「蔣君
重善布施，雖是大數該盡而終得僧收其屍，回葬鄉土，是善報之耳。嗟夫！
善惡報應若是其口，天道豈乎哉！」

魯德才指出：「《百家公案》用說書體形式表現包公案故事，無疑是突出
貢獻，可對照長篇白話小說《水滸傳》的敘事形態，又顯得粗糙不成熟，根
究原因，仍未脫離法家類書裁判官判案的窠臼，敘說的重點在『案』，而不是
包公判案過程中的性格描繪。各案又多源於文言筆記與法家類書，甚或有的
篇目原封不動地移植，同包公的性格不相協，缺少中心人物的行動線。說話
人的敘述語式，遠不如《水滸傳》圓熟、活潑、風趣，這大約是《百家公案》
未能留下深刻痕迹的原因。」〔註16〕

雖說如此，《百家公案》在包公文學傳播中的意義主要體現為一下幾點：

（1）它表明說公案從小說家話本中獨立出來，在明代通俗小說中獨樹一
幟，成為一個很重要的門類。《百家公案》一出現，就奠定了公案小說的基本

〔註14〕《包龍圖判百家公案》，引自劉世德等主編《古本小說叢刊》第四冊，中華書
局，1991年版，第1505頁。
〔註15〕楊緒容：《〈百家公案〉研究》，上海古籍出版社，2005年版，第174頁。
〔註16〕魯德才：《古代白話小說形態發展史論》，南開大學出版社，2002年版，第195
頁。

風貌。書中大量描寫的是包公鐵面無私。他敢劫太后、懲皇親、斬駙馬。在「刑不上大夫」的封建等級制度下，在貪污成風、賄賂公行的社會中，執法的公正大概是黎民百姓最迫切的希望。這種社會心理需求決定了《包龍圖判百家公案》的情節取向。

（2）《百家公案》是「迄今所見的真正意義上的包公故事集」〔註17〕，是後世各種包公案演變的起點，其中陳世美棄妻，狄青、楊文廣和包公相互扶持事，包公審理彌子和尚等故事以後都演繹為大宗。聽五齋評本《龍圖公案》100則其中有48則抄自於它。它不只是包公案系統中的祖本，也是整個公案小說系統的開山之作，阿英、孫楷第也有過類似的論述。

（三）傳播最為廣泛的明代公案小說《龍圖公案》（《包公案》）

《龍圖公案》是明代繼《百家公案》之後另一本以包拯為主角的公案小說，作者不詳。孫楷第先生認為今傳《龍圖公案》有繁簡兩種版本，簡本為乾隆乙未刻本，共66則。繁本為100則。〔註18〕

阿英《明刊本〈包公案〉述略》在《百家公案》的附記中稱看到萬曆本《龍圖公案》，即後來《龍圖公案》底本。〔註19〕孫楷第《中國通俗小說書目》說，「明無名氏撰，書不題撰人。序署『江左陶烺元乃斌父題於虎丘悟石軒』。」胡士瑩在《話本小說概論》中說，《龍圖公案》十卷，不題撰人，序署江左陶烺元乃斌父題於虎丘悟石軒屯溪舊書店書目有明末刻本一種，半葉九行，行十九字，殘存一至六卷。孫楷第《中國通俗小說書目》未著錄。〔註20〕

柳存仁見到清嘉慶年間兩種刻本，一種是嘉慶15年刻增美堂本《繡像龍圖公案》（英國皇家亞洲學會藏書）；另一種嘉慶21年一經堂本《繡像龍圖公案》（英國博物院藏書）（圖5-2）。〔註21〕

清初刊大本。每則後附聽五齋評。四美堂刊本，封面題「繡像龍圖公案」，姑蘇原版，李卓吾先生評（實無評）。乾隆丙申（1776）重刊本。道光元年（1821）十卷本，封面題「原版繡像龍圖公案」，聽五齋評，貴文堂梓行本。

〔註17〕楊緒容：《〈百家公案〉研究》，上海古籍出版社，2005年版，第24頁。

〔註18〕孫楷第：《滄州後集》，中華書局，1985年版，第68頁。

〔註19〕阿英：《阿英全集》第七卷，安徽教育出版社，2000年版，第607頁。

〔註20〕胡士瑩：《話本小說概論》，中華書局，1980年版，第677頁。

〔註21〕柳存仁：《倫敦所見中國小說書目提要》，書目文獻出版社，1982年版，第177
　　　～178頁。

圖 5-2　清刻本　《龍圖公案》書影

　　五卷本爲益智堂梓行本，封面題「繪像龍圖公案」新增百案，聽五齋評定本，附包拯傳。題有聽五齋評而實無評的，有八卷本，封面題「百斷奇觀繡像龍圖公案」，兩餘堂藏本。

　　十卷本常見的是封面題「新鐫繡像善本龍圖公案」，金閶種書堂校梓本。

　　簡本系統有六十六則、六十二則兩種。

　　今見十卷六十六則，乾隆乙未（四十年，1775）書業堂刊本，版式與繁本四美堂刊本同，間附聽五齋評，亦題李卓吾評，實無評。道光癸卯（二十三年，1843）黎照樓重刊小字本，也爲六十六則，然文字粗劣。

　　六十六則本尚有光緒十七年（1891）上海書局排印三云奇案本，多錯字。

　　六十二則簡本，今知有嘉慶壬戌（七年，1802）本坊藏版，封面題「李卓吾先生評繡像龍圖公案」，各卷題「新評龍圖神斷公案」，爲簡本所收則目最少的本子。

　　楊緒容研究認爲，《龍圖公案》在明清兩代留下二十多個版本的記錄，這在明公案小說集中是絕無僅有的，可見其受歡迎的程度。正因爲《龍圖

公案》在讀者中的重要影響，才使它的老前輩《百家公案》逐漸湮沒無聞。清代前中期的公案戲、公案小說，包括從說書《龍圖公案》演變而來的《三俠五義》，所吸收的包公故事，一般都來自《龍圖公案》而非《百家公案》。〔註22〕

　　從體裁方面考察，《龍圖公案》基本上屬於話本體。但這種話本體與同時代產生的那些收集在「二言」「二拍」中的優秀短篇公案小說相比，在藝術描寫上要粗糙簡略得多。同時，其中有34篇帶有「書判體」的印記與特色，也就是說，它們每篇都有告狀人的「訴詞」與包公的「判詞」，或至少兩項中有一項。由此可見：它明顯地繼承了濫觴於宋代「書判體」（尤其是其中的「花判」）的傳統，同當時大量繁衍流行的以《海剛峰先生居官公案傳》為代表的一系列「書判體」作品有著密切的聯繫。此外，書中有些作品還夾雜著筆記傳奇體的痕迹。這說明，《龍圖公案》在文體方面也相當駁雜，有人乾脆把它稱爲「雜記體小說」。

（四）明代中篇包公小說《五鼠鬧東京包公收妖傳》（圖5-3）〔註23〕

　　此本藏於英國倫敦博物院，共二卷，講述西方佛祖座下五鼠幻化魅惑人界、擾亂朝堂，後經包公借來如來佛玉面神貓得以平亂的故事。這是包公由判陰曹地府到往來三界降妖除魔的開始。

　　關於它的本事，李夢生在《五鼠鬧東京》詞條有一比較詳細的介紹。他說：「小說所記故事梗概，似源於《輪迴醒世》卷十七之《五鼠鬧東京》；亦見《包龍圖判百家公案》第五十八回《決戮五鼠鬧東京》，情節基本相同，但無細節的描繪，又與《三寶太監西洋記》第九十五回相類。《包龍圖判百家公案》刊於萬曆二十二年（1594），多採戲曲小說及有關傳聞而成，不知二書成書孰爲先後。」又講：「本書寫鼠精化身爲五，以假亂眞，旁人難辨，最終從如來佛處借得玉面貓降怪事，構思顯然借鑒於《西遊記》第五十七、五十八回眞假猴王一段。言鼠精出身靈山，聽佛演經得道，也與《西遊記》中白毛老鼠事相同。」〔註24〕

〔註22〕楊緒容：《《百家公案》研究》，上海古籍出版社，2005年版，第398頁。
〔註23〕參看劉世德 等主編《古本小說叢刊》第十五輯，中華書局，1991年版。
〔註24〕李夢生：《五鼠鬧東京傳》詞條，中國古代小說百科全書編委會：《中國古代小說百科全書》，中國大百科全書出版社1993年版，第578頁。

圖 5-3　英國博物院藏　《五鼠鬧東京》書影

　　柳存仁先生是這樣著錄的:「這一部英國博物院的包公收妖傳,是一八六八年(同治七年)七月二十三日收入館藏的。雖是很晚的板子,到今天也快一百年了。雖然孫先生的通俗小說書目,沒有這一部書。也不見於其它著錄,我卻疑心它和司馬貌斷獄的半日閻王全傳一樣,也可能有平話短篇的淵源。」在談到它的故事淵源時,柳存仁又說:「原是龍圖公案裏面的玉面貓一則,同樣的故事又見於羅懋登的《三寶太監西洋記》第九十五回,都和這個刻本的情節相仿。和玉面貓一條比較,它無疑是《龍圖公案》裏的五鼠故事的衍化。」[註25]胡適先生早在半個世紀前,就認為《龍圖公案》內玉面貓一則,大概出於吳承恩《西遊記》和《三寶太監西洋》之後,而五鼠幻化的情節,則「是受了《西遊記》裏六耳獼猴故事的影響。」[註26]對於兩位先生的見解,筆者不敢苟同。因為專就五鼠幻化這個故事情節而言,它的直接來源,既不是《西遊記》,也不是《龍圖公案》,而是明代傳奇體小說《五鼠鬧東京》。

〔註25〕柳存仁:《倫敦所見中國小說書目提要》,書目文獻出版社,1982年版,第67～68頁。

〔註26〕歐陽哲生編《胡適文集》第4卷《三俠五義序》,北京大學出版社,1998年版,第373頁。

《五鼠鬧東京》，收在明萬曆聚奎樓刻本《輪迴醒世》十七《妖魔部》目下注明「宋時」，可見故事起源較早。其實，五鼠變妖事，是一則長期在民間流傳的故事，經世代累積而成。當然，在其流傳階段，其間必有變異，如初為張天師與鍾馗，而無包公形象，待包公事盛行時，始附會於此。要尋找這則故事的淵源，很可能與《五鼠鬧判》有關。這一點，我們可從一些有關儺戲的文獻裏見到蹤迹。

其一，《金瓶梅詞話》第六十五回「願同穴一時喪禮盛，守孤靈半夜口脂香」描寫李瓶兒死後，「十一日白日，先是歌郎並鑼鼓地弔來靈前參靈，弔《五鬼鬧判》、《張天師著鬼迷》、《鍾馗戲小鬼》、《老子過函關》、《六賊鬧彌陀》、《雪裏梅》、《莊周夢蝴蝶》、《天王降地水火風》、《洞賓飛劍斬黃龍》、《趙太祖千里送荊娘》，各樣百戲弔罷，堂客都在簾內觀看。參罷靈去了，內外親戚都來辭靈燒紙，大哭一場。」〔註27〕

其二，明末戲曲理論批評家徐復祚在《儺》一文中又云：「然亦有可取者，作群鬼猙獰跳梁，各據一隅，以呈其兇悍。而張眞人世稱天師出，登壇做法，步罡書符捏訣，冀以攝之，而群鬼愈肆，眞人計窮，旋爲所憑附，昏昏若酒夢欲死。須臾，鍾馗出，群鬼一見辟易，抱頭四竄，乞死不暇。馗一一收之，而眞人始蘇，是則可見眞人之無術，不足重也。」〔註28〕

魯迅在《中國小說史略》一書中論及《三寶太監西洋記通俗演義》時說：「所述戰事，雜竊《西遊記》、《封神傳》，而文詞不工，更增支蔓，特頗有里巷傳說，如『五鬼鬧判』、『五鼠鬧東京』故事，皆於此可考見，則亦其所長矣。五鼠事似脫胎於《西遊記》二心之爭；五鬼事記外夷與明戰後，國殤在冥中受讞，多獲惡報，遂大哄，縱擊判官，其往復辯難之詞如下：

　　……五鬼道，「縱不是受私賣法，卻是查理不清。」閻羅王道，「那一個查理不清？你說來我聽著。」劈頭就是姜老星說道，「小的是金蓮象國一個總兵官，爲國忘家，臣子之職，怎麼又說道我該送罰惡分司去？以此說來，卻不是錯爲國家出力了麼？」崔判官道，「國家苦無大難，怎叫做爲國家出力？」……這五個鬼人多口多，亂吆亂喝，嚷做一馱，鬧做一塊。判官看見他們來得兇；也沒奈何，只

〔註27〕　《新刻繡像批評金瓶梅》，《李漁全集》第十二卷，浙江古籍出版社，1992 年版，第 104 頁。
〔註28〕　見翁斌孫抄本《花當閣筆談》，引自徐復祚：《曲論》，《中國古典戲曲論著集成》（四），中國戲劇出版社，1959 年版，第 240 頁。

得站起來：喝聲道，「哇，甚麼人敢在這裏胡說！我有私，我這管筆可是容私的？」五個鬼齊齊的走上前去，照手一搶，把管筆奪將下來，說道，「鐵筆無私；你這蜘蛛鱉兒縈的筆，牙齒縫裏都是私（絲），敢說得個不容私？」……（《第九十回《靈曜府五鬼鬧判》）〔註29〕

筆者認為，民間故事中存在一個由五鼠到五鬼、五毒、五道將軍、五盜將軍再到「五義」的發展過程，由於社會倫理規範以及細民百姓對鬼怪的恐懼和諂媚，對鬼怪的控制由最初的鎮壓、收復到最後的頂禮膜拜，最終，鬼怪也因此被建構成一種建設性的力量——「五義」。

（五）浦琳《清風閘》——包公文學的新發展（圖5-4）〔註30〕

《清風閘》，又名《如意君傳清風閘》、《繡像春風得意奇緣》等，全書四卷三十二回，已知有嘉慶己卯（1819）奉孝軒刊巾箱本。同治甲戌（1874）重刊本，有圖九幅，正文半葉十一行，行二十字，首序，題「嘉慶己卯夏五月梅溪主人書」，不題撰人。本書寫市井小民生活，有筆涉男女私情之處，「稍近淫佚」，故在清代遭官府禁燬。乾隆時，李斗《揚州畫舫錄》卷九《小秦淮錄》記載了《清風閘》原著者及說書人浦天玉的生平及演出特色。

圖5-4　道光元年華軒齋版《清風閘》

〔註29〕魯迅《中國小說史略》，上海古籍出版社，1998年版，第120～121頁。
〔註30〕清道光元年華軒齋刊本，法國國家圖書館藏，參看劉世德 等主編影印本《古本小說叢刊》第十二輯，中華書局，1991年版。

　　由此書的記載，我們可以知道，浦琳爲乾隆時代著名評書藝人，他以親身經歷編撰成此書。在李斗遊歷揚州時，浦琳的年齡當在四五十歲之間，也就是說，浦琳的生活年代正是清朝的鼎盛時期。這個時期，江南一帶城市繁榮，市井中有著許多說書藝人，揚州、蘇州等地尤盛行說書。浦琳就是一位乞兒出身的說書藝人。

　　關於《清風閘》在當時的傳播情況，揚州文人金兆燕《國子先生全集》中有一篇《撇子傳》，記載說書人浦琳事跡：

　　　　浦琳，字天玉，揚州江都人。少孤貧，十餘歲無立錐地，日持帚掃街市積塵棄礫，至河濱淘漾之，得分釐以自給。夜宿街亭中，爲巡邏，有遺於路者，琳覓其人數日，還之。其人欲分其半以贈也，琳曰：「吾掃街塵足以不餒，子之金有餘，吾之金無窮也。」卒謝去之。琳不讀書而好行善，見人有骨肉相傷，朋友相棄者，必力爲勸救之。一日，過市肆聞坐客說評話，悅之，曰：「爲善爲惡，其報彰彰如是，奈何世之人如叩盤捫燭摘埴而索塗哉？」遂日取小說家因果之書，令人誦而聽之。聽之一過，輒不忘。於是潤飾其辭，摹寫其狀，爲人復說。聽之者靡不動魄驚心，至有欷歔泣下者。揚城士女爭豔羨之。琳體肥，右手短而扻。人呼之曰「撇子」，春秋佳日，絃管雜喓中，必招致琳撇子說書，以爲豪舉。琳於是挾厚資益利濟人。嘗冬日說范叔綈袍故事，曲盡凍丐之狀於富室諸女郎前，且曰：「我少年時亦猶是也。我將傾所蓄製棉襖施凍人，種來生溫燠。」眾女郎感其言，盡發囊篋，侍女竈妾，亦有脫簪環以助者。是冬奇寒，雪深三尺，而城外乞兒無不挾纊者，琳之力也。揚城街道，久未修治，溝渠埋塞，每霖潦則不可行。琳曰：「吾幼以街爲食，今可忘街市乎？」倡議捐修，數月而工畢。琳終身不衣繡緞，食止肉魚，見山珍海錯，則不下箸，曰：「貧賤人安可折後世福耶？」無子，有女四人，以其婿李姓之子爲孫，名繼宗，而傳其技於弟子張秉衡、陳天工，皆有聲譽，年五十六卒。

李斗《揚州畫舫錄》卷十一虹橋錄下也有：

　　　　評話盛於江南，……郡中稱絕技者：吳天緒《三國志》、徐廣如《東漢》、王德山《水滸記》、高晉公《五美圖》、浦天玉《清風閘》、

> 房山年《玉蜻蜓》、曹天衡《善惡圖》、顧進章《靖難故事》……皆
> 獨步一時。〔註31〕

由此可見《清風閘》一書在當時傳播廣泛，盛極一時。更值得一提的是，浦琳之後，其弟子張秉衡、陳天工一脈相承繼續演說《清風閘》，聲名大振，直到太平天國時還有一位演說《清風閘》的名家龔午亭。〔註32〕

嘉慶己卯夏五月既望，梅溪主人序強調該故事的寫實傾向：

> 惟《清風閘》一書，既實有其事，復實有其人，為宋民一大冤獄，借皮奉山以雪之。奉山則一市井無賴子耳，愈貧困，愈趨下流，不惟親族不與之齒，抑且鄉鄰疾忿銜仇，幾瀕於死地而後生，卒之坎坷俱脫，富貴相逼而來，竟能為孫氏之沉冤，一旦昭雪於奉山得志之後。是天使之雪其冤，即不使之終其困。覽是書者，莫不嘖嘖而稱羨之。〔註33〕

可惜浦琳所說《清風閘》沒有話本流傳下來，現在流傳的刊本是梅溪主人根據他所知道的故事寫出來的，沒有保存說書人的口吻。

《清風閘》與宋元話本《三現身包龍圖斷冤》架構大致相同，第一卷寫三現身故事，其後三卷多著墨於皮五賴子發跡、以及對當時風土人情的描述上，內容述及鬼神、因果報應的部分很多。這反映了《清風閘》所具有的特定的時代特色。《清風閘》可說是公案與世情結合的產物，語言簡潔明快，長於世風人情的書寫，它顯示了包公文學發展的一個新趨向，這也是我們認識《清風閘》這部小說價值的一個重要方面。

《清風閘》是第一部將原來只有一回的話本，充實擴展成專寫一案的長篇包公小說，把包公文學的文體形式發展到一個新的高度，其開創意義值得重視。〔註34〕

（六）包公、狄公系列小說《萬花樓演義》

自嘉靖以後，歷史演義小說如雨後春筍，數量達一二百種，並獲得廣泛傳播，演義作者對歷史人物臧否評判直接影響了底層民眾觀念。明袁宏道《東

〔註31〕《歷代史料筆記叢刊》，中華書局，1960 年版，第 257～258 頁。
〔註32〕胡士瑩：《話本小說概論》，中華書局，1980 年版，第 631 頁。
〔註33〕參見劉世德等主編：《古本小說叢刊》第十二輯《清風閘》序，中華書局，1991年版，第 1694～1695。
〔註34〕參見朱萬曙：《包公故事源流考述》，安徽文藝出版社，1995 年版，第 150 頁。

西漢通俗演義序》云：

> 今天下自衣冠以至村哥里婦，自七十老翁以至三尺童子，談及劉季起豐沛，項羽不渡烏江，王莽篡位，光武中興等事，無不能悉數顛末，詳其姓氏里居。自朝至暮，自昏徹旦，幾忘食忘寢，聚訟言之不倦。

清錢大昕云：

> 古有儒、釋、道三教，自明以來又多一教曰小說，小說演義之書，未嘗自以為教也，而士大夫、農、工、商、賈，無不習聞之，以致兒童婦女不識字者，亦皆聞而如見之，是其教較之儒釋道而更廣也。〔註35〕

嘉慶年間長篇包公演義小說——《萬花樓演義》就是眾多歷史演義小說的一種。《萬花樓演義》又名《大宋楊家將文武曲星包公狄青演傳》或《大宋楊家將文武曲星包公狄青初傳》，共十四卷六十八回，署名「西湖散人」。

　　《萬花樓演義》四十六到四十八回、五十三到六十回講述的便是李宸妃故事。和《百家公案》、《龍圖公案》有話本和民間故事作依據有所不同，《萬花樓演義》為李雨堂個人獨立撰成的長篇小說，並且有鮮明完整的創作意圖——忠奸鬥爭，這在其「敘」言中有所表露：

> 書不詳言者，鑒史也，書悉詳而言者，傳奇也。史乃千百季眼目之書，歷紀帝王事業，文墨輩藉以稽考運會之興衰，諸君相則以扶植綱之準，法者至重至要之書也。然秉筆難詳，大題小作。一言而包盡，良相之大功，一筆而揮全，英雄之偉績。遵史不得不簡而約乎。自上古以來，數千秋以下，千百數帝王，萬機政事，紙短情長，烏能盡博至？傳奇則不然也，揭一朝一段之事，詳一將一朝之功，則何患乎紙短情長哉！故史雖天下至重至要，然而筆不詳則淺，而聽之者未嘗不覺其枯寂也。唯傳雖無問於稽考扶植之重，如舟中寂寞伴侶已稀，遂覺史約而傳則詳博焉，是故閱史者雖多，而究傳者不少也。更而溯諸其原，雖非痛快奇文，煥然機局，較之淫辭豔曲，邪正猶有分焉。〔註36〕

〔註35〕錢大昕：《潛研堂文集》卷十七，上海古籍出版社，1989年版，第272頁。
〔註36〕西湖散人：《萬花樓演義》，《古本小說集成》影印經綸堂刊本，上海古籍出版社，1990年版版。

《萬花樓演義》對包公之描繪，皆強調其審案之嚴厲，如第五十一回「包待制領審無私焦先鋒直供不諱」包公審孫武之時：

> 包爺道：「你這賊臣不念君恩，只圖利己，欺瞞君上，結黨陷害忠良，倘然屈害了焦廷貴，連那無數邊關宿將也遭此害。若是擎天玉柱被砍折，錦繡江山豈不塌壞？可恨群奸結黨，真乃蛇蠍一般。但今在本官法堂，須直白招供，倘一字支我，刑法也難寬饒。」孫武想來，包拯是個硬官，難以情面挨懇的，總然乃巍巍王親國戚，多畏懼此老，又審究過幾番奇迹異形之事，即當今曹國舅如此勢力，尚且被他扳倒，何況吾今做了籠中之鳥，如在別官手亦可強辯，今也落在活閻羅王手中，倘糊塗抵賴，定必行刑，動了刑法，原要招供的，不如早認供了詐贓，以免刑楚，況贓未入，諒無死罪……
> 〔註37〕

歷史上，狄青、包拯與楊家將活動的時間相近，但要說三家共事，則於史無據。在中國文學史上，三家故事長期以雜劇、話本和小說的形式各自流傳，影響顯著。把包公與最傑出的武將並提的說法在《包龍圖公案詞話》中就屢屢出現。但《包龍圖公案詞話》中武將之名並不確定，有時是狄青，有時則是楊文廣，而且沒有細緻地展開對三家關係的描述。及至《百家公案》第四回《止狄青家之花妖》，狄青、包拯與楊家將始出現在同一故事中：狄青與楊文廣征南蠻回朝，狄青于歸途得一美妾，實乃一梅花之妖。後包公來狄府，此妾感到邪不勝正，於是逃去。因此狄青被包公搭救。但在《百家公案》中，三家的聯繫還是比較鬆散的。這裏的狄青系列小說意欲表現「良相」和「英雄」的結合，因而把三家故事重新整合成一體，寫文曲星包拯和武曲星狄青攜手安邦定國，而楊宗保、楊文廣父子以及楊門女將也躋身其間，共同打擊奸黨，正應了《萬花樓演義》第一回的詩：

> 一編欣喜有奇文，姦佞忠良各判分；
> 決獄同欽包孝肅，平戎共仰狄將軍；
> 威棱面具留佳話，旋轉宮闈立大勳；
> 莫笑稗官憑臆說，主持公道最情殷。

《萬花樓演義》強調忠奸鬥爭主題，著重以極端的善惡來劃分人物，新增情節具有很強的故事性及娛樂性。從敘事角度，《萬花樓演義》故事是由許多大

〔註37〕西湖散人：《萬花樓演義》，上海古籍出版社，1990年版，第84頁。

大小小的矛盾衝突所構成的，在故事中，人物的設置具備這樣一種角色功能：具有一種相互依存的關係，彼此能夠構成一定的矛盾衝突。我們看到，這種相互依存的關係越強，人物的角色功能也就越突出。從敘事方面，《萬花樓演義》的出現是文學敘事中包公角色功能加強的體現。

（七）說唱本《龍圖公案》的里程碑意義

說唱本《龍圖公案》是個很籠統的概念，其實它包括許多種不同的唱本，其最早出現的時間我們還無法確定，但這些唱本抄錄有的時間不一致，時間範圍大致在咸豐至光緒間。據目前所掌握的資料看，說唱本《龍圖公案》主要有兩種：一種是石派書，或稱石韻書，它是石玉昆獨創的一派說唱書詞，篇幅長達三千多段。今存日本國東京大學東洋文化研究所藏雙紅堂石韻書抄本。北京首都圖書館清蒙古車王府藏本。另一種是鼓詞，指非石玉昆一派的說唱書詞。兩種說唱本《龍圖公案》之間有較大的差別，需要加以辨析。

在劉復、李家瑞所編著的《中國俗曲總目稿》中著錄的兩種說唱鼓詞《龍圖公案》：「《龍圖公案》（頭本缺二頁）說唱鼓詞北平抄十三本。」「《龍圖公案》（缺第九本）說唱鼓詞，北平抄現存十二本。這種說唱鼓詞，又稱鼓兒詞，其文體特點正如李家瑞先生所言：

> 現在的說唱鼓詞的唱詞，有七言十言兩種，沒有襯字即是七言，加了襯字即是十言。說白的字句，卻是沒有一定。大概議論敘事，多用說白；記景寫情，多用歌唱。其材料則多取之於小說戲劇，絕少自己創作的。書前的引子，或用七言詩八句，或用西江月一兩闋。全書都很長（本所藏《三國志》及車王府抄《封神演義》俱百餘本），非唱幾十天或幾個月不能唱完。〔註38〕

根據這種文體特徵，日本學者阿部泰記研究發現，幾十年前王虹在冷攤上所購得的北京黃化門簾子庫湧茂齋出租書說唱本《龍圖公案》，與日本大木干一所收藏的說唱本《龍圖公案》一樣，係說唱鼓詞，都是湧茂齋的出租圖書。〔註39〕

顯然，說唱鼓詞《龍圖公案》不是石玉昆的說唱記錄本，它當錄自其它說唱藝人的演出。因而與石玉昆所傳的石派書《龍圖公案》有較大的不同。

〔註38〕李家瑞：《北平俗曲略》，上海文藝出版社，1990 年影印本，第 77 頁。
〔註39〕阿部泰記：《鼓詞〈龍圖公案〉是石玉昆原本的改作》，《文獻》，1995 年第 1期。

　　石玉昆的《龍圖公案》首次將包公故事連貫為長篇，並將聚義主題納入公案故事之中。此舉不僅豐富了包公故事的內容，也創下公案俠義小說的長篇連貫以及啟用聚義主題的開端。

　　現存石派書《龍圖公案》的目錄為：《救主盤盒打御》，十二本；《小包村》十一本；《招親》六本；《包公上任》十本；《烏盆記》十本；《相國寺》十本；《七里村》十三本；《九頭案》二十二本；《巧換藏春酒》七本；《三試項福》七本；《苗家集》，七本；《鍘龐坤》十二本；《天齊廟斷後》十八本；《南清宮慶壽》十一本；《三審郭槐》十五本；《李后還宮》，八本；《包公遇害》十一本；《召見南俠》，十二本；《范仲禹出世》，殘；《陰錯陽差》，兩回；《巧治瘋漢》，兩回；《仙枕過陰》，兩回；《惡鬼驚夢》，兩回；《鍘李保》，三回；《展雄飛祭祖遊湖》，四回；《鍘君恒》，兩回；《訪玉貓》，兩回；《懸空島》，兩回；《南俠被擒》，兩回；《展雄飛受困》，兩回；《衝天孔》，兩回。另有《范仲禹》一冊，殘。

　　石玉昆《龍圖公案》的內容既有承襲又有創新，包公辦案故事大部分都前有所承，俠義部分全屬創新。《龍圖耳錄》是在石玉昆《龍圖公案》基礎上整理而成的章回體小說。其序云：

　　　　《龍圖公案》一書原有成稿，說部中演了三十餘回，野史內讀
　　　了六十多本。雖則傳奇誌異難免鬼怪妖邪，今將此書翻舊出新，不
　　　但刪去異端邪說之事另具一番慧妙，卻又攢出驚天動地之文。

由上可知，石玉昆主要依據明代短篇故事集《龍圖公案》翻舊出新，但他從其它小說中也吸收了一些故事：

石玉昆《龍圖公案》	其它小說
李宸妃故事	《萬花樓演義》第 46 至 60 回
包公出世故事	《百家公案‧包待制出身源流》
陳州糶米故事	《百家公案》第 72、73、83、84、85 回
烏盆記故事	《龍圖公案‧烏盆子》
顏查散故事	《龍圖公案‧鎖匙、包袱》
范仲禹故事	《龍圖公案‧獅兒巷》
五鼠御貓故事	《龍圖公案‧玉面貓》
施俊金牡丹故事	《龍圖公案‧玉面貓、金鯉》
倪繼祖故事	《今古奇觀‧崔俊臣巧會芙蓉屏》

　　石玉崑改編舊有故事的手法有三：一、架構不變，更改其中細節。細節更動又分兩種，一是去掉妖邪描述，例如將李宸妃故事中的落帽風改爲乘駕把柄斷裂。二是由原故事中另生支節，例如倪繼祖故事裏，鋪陳倪妻遭害後在樹林中生子、尋子的情節。二、採用原故事的人名及部份細節，其餘重新創作。例如施俊金牡丹故事，人名維持不變，也有眞假牡丹情節，但內容與原故事無關。三、省略原故事內容，另置重心，例如將陳州糶米舞弊內容省略，著重講述龐昱惡行。

　　《龍圖公案》被改編爲小說《龍圖耳錄》、《三俠五義》和《七俠五義》。其中《三俠五義》掀起清代公案小說與俠義小說合流的新浪潮。

（八）《龍圖耳錄》——包公故事的集大成之作。

　　《龍圖耳錄》吸收了說唱、戲劇、小說中較優秀的故事，精心改造之後，以說書人的口吻統一敘述，巧妙的納入長篇巨構之中，成爲中國文學史上第一部長篇說書體公案小說。

　　《龍圖耳錄》沒有刊刻，僅以抄本流傳。目前所知曾傳世的抄本有：孫楷第先生藏本、汪原放所藏謝藍齋抄本、傅惜華先生所藏同治六年抄本、李家瑞先生所藏抄本、北京師範大學所藏光緒七年抄本。另據張榮起先生云：

　　　　余藏一抄本，於一百二十回之末云：要知後事如何，侯有口者
　　再續。此抄本有朱筆點句，有雙行小字行間注。似是百本張傳抄本。
　　此本已於己酉庚戌間逸去。此本共三十冊，三夾板。爲一九四五年
　　或一九四六年購自東南大街路西曹記書店書。

對《龍圖耳錄》的成書過程，研究者多接受孫楷第先生的觀點，據其介紹：

　　　　余藏妙本第十二回末有抄書人自記一行云：」此書於此畢矣。
　　惜乎後文未能聽記。」知此書乃聽《龍圖公案》時筆受之本。聽而
　　錄之，故曰《龍圖耳錄》。刊本《忠烈俠義傳》即從此本出。《忠烈
　　俠義傳》題石玉崑述，蓋此本所錄即石玉崑所說之辭矣……石玉崑
　　說唱《龍圖公案》，今擾有傳抄足本，唱詞甚多。此耳錄全書盡是白
　　文，無唱詞，蓋記錄時略之。〔註40〕

《三俠五義》從唱本發展爲長篇章回小說，此實爲關鍵。李家瑞先生所藏的《龍圖耳錄》書末記載：「後文未能聽記，諸公如有聽者，請即續之。」

〔註40〕孫楷第：《中國通俗小說書目》，作家出版社，1957年版，第67頁。

李家瑞所藏抄本、謝藍齋本、光緒七年抄本《龍圖耳錄》的卷首都云：

> 《龍圖公案》一書，原有成稿，說部中演了三十餘回，野史內
> 續了六十多本。雖則傳奇誌異，難免鬼怪妖邪。今將此書翻舊出新，
> 不但刪去異端邪說之事，另具一番慧妙，卻又攢出驚天動地之文。
> 〔註41〕

（九）《三俠五義》——包公文學的巔峰（圖5-5）

《三俠五義》原名《忠烈俠義傳》，其寫作體現出集體性的特點。用魯迅先生所講的「草創或出一人，潤色則由眾手」這句話來描述這一過程很是貼切。

圖5-5 《三俠五義》第39回書影

苗懷明通過對傳世抄本比較，認爲《三俠五義》從光緒七年抄本的底本的基礎上增刪潤飾而成的。在《龍圖耳錄》的基礎上，問竹主人和人迷道人「互相參合刪定，彙而成卷」，〔註42〕在退思主人鼓動下，於光緒五年由北京聚珍堂書坊以活字本刊行，題署《忠烈俠義傳》，《三俠五義》由此而更爲廣泛地流傳。較之《龍圖耳錄》的編著者，問竹主人和文琳的工作量要小許多。

〔註41〕石玉崑等：《龍圖耳錄》，上海古籍出版社，1980年版，第4頁。
〔註42〕光緒五年聚珍堂活字本《忠烈俠義傳》書前問竹主人序、退思主人序及入迷道人序。引自《三俠五義》，人民文學出版社，2001年版，第1～3頁。

將《忠烈俠義傳》與光緒七年抄本對照來看，他們所做的主要工作有：將《龍圖耳錄》卷首的說明擴充單列爲序，又增加了兩篇新序；撰寫書後《小五義》的內容預告，刪去原書中的批注文字，對原書進行增刪潤飾。同《龍圖耳錄》相比，《忠烈俠義傳》約減少了十幾萬字，但全書情節更緊湊，語言更精練，因此也更具可讀性。〔註43〕

《忠烈俠義傳》出版後，深受讀者歡迎，多次再版發行。同年上海廣百齋發行刊印本，題有「石玉昆述」字樣，書首有問竹主人、退思堂主人、入迷道人三人的序。這個本子在解放後曾據以刊印過，書名署爲《三俠五義》。其異版後來還有光緒九年的文雅齋覆本、廿四卷本、亞東圖書館排印本等。其實，最早稱《三俠五義》的是光緒八年出版的活字本。而慶昇平班則在道光四年已有「三俠五義」戲目。

退思主人，當爲書坊主人。問竹主人姓名無考，入迷道人則爲文琳的別署。光緒五年《三俠五義》出版後，到光緒十五年，因潘祖蔭的推薦，俞樾（曲園）初見此書，認爲第一回狸貓換太子「殊涉不經」，乃參考《宋史》和王銍《默記》等書別撰第一回，又以書中南俠，北俠、丁氏雙俠已有四人，加上小俠艾虎，黑妖狐智化，小諸葛沈仲元，共爲七人，又把它改名爲《七俠五義》，〔註44〕重加刊印。這就是後來在民間最通行的本子。在《七俠五義》廣泛流傳之後不久，又有續書《小五義》出現。

（十）《三俠五義》的續書

《三俠五義》的續書《小五義》和《續小五義》是同一套書中的姊妹篇。《小五義》又名《續忠烈俠義傳》，共一百二十四回，於光緒十六年五月刊印，正文前有寶興堂主人作的序。《小五義》在情節上緊接《三俠五義》，從襄陽王謀反寫起，以按院顏查散奉命查辦襄陽王謀反、眾義士追隨顏查散爲全書主要線索，中間穿插許多故事。《續小五義》又名《三續忠烈俠義傳》，一百二十四回，光緒十六年首刊，鄭鶴齡、伯貴氏均爲之作序，後有光緒十八年重慶善成堂刊本、上海書局石印本等。《續小五義》從眾義士奉旨破銅網陣、盜取襄陽王謀反盟單寫起，以包公奉旨偵破御冠袍帶被竊案和眾俠客捉拿盜印賊東方玉仙爲主線，最後襄陽王事敗身亡，眾俠客功成名就，或繼續效力於開封府，或歸隱山林，整套故事至此完全結束。

〔註43〕苗懷明：《〈三俠五義〉成書新考》，《明清小說研究》，1998 年第 3 期。
〔註44〕見俞樾：《〈七俠五義〉序》，人民文學出版社，2001 年版，第 1 頁。

關於兩書的作者，寶興堂主人爲《小五義》作的序中曾稱是石玉昆的原稿，但三書的內容多有重複，風格亦有差異。魯迅在《中國小說史略》中說：「序雖云二書皆石玉昆舊本，而較之上部，則中部荒率殊甚，入下又稍細，因疑草創或出一人，潤色則由眾手，其伎倆有工拙，故正續遂差異也。」〔註45〕歷來學者大都認可魯迅先生的意見，認爲草創可能出自石玉昆一人，成書當是由石玉昆的門徒完成。

二、包公小說中包公媒介形象的傳播演變

（一）明成化《包龍圖公案詞話》八種中包公的媒介形象

成化說唱詞話《包待制出身傳》中，首次有關於包公出身的完整故事。這個故事在對包公形象的塑造上，有諸多獨創的意義。

1. 極力誇張包公相貌之醜

詞話《包待制出身傳》極力誇張包公相貌之醜，說包公「面生三拳三角跟」，「一雙眉眼怪雙輪」，「八分像鬼二分人」。包公的醜陋也有其寓意：其眉眼怪異與奇醜把他與鬼王鍾馗聯繫起來，正顯示他後日將具有夜間斷陰的神力。〔註46〕詞話又說包公頭髮粗黑，兩耳垂肩，鼻直口方，天倉飽滿，臉上有安邦定國之紋。總之，《包龍圖公案詞話》將民間故事中飛黃騰達者概念化的面相賦予了包公，類似於傳說中的劉備、岳飛、宋江等人。所謂「鼻直口方」表示包公的忠誠與正直；臉上的「安邦定國紋」預示他後日將成爲國家的棟樑。

2. 有關包公身世、家世

明代成化說唱詞話《包待制出身傳》乃是最早的包公文學傳記敘事，它應該是集中了當時民間流傳的種種有關包公的斷案故事和民間傳說。所以在

〔註45〕魯迅：《中國小說史略》，上海古籍出版社，1998年版，第201頁。

〔註46〕鬼怪多爲黑面惡相。宋陸游《老學庵筆記》卷八：「賀方回狀貌奇醜，色青黑而有英氣，俗謂之『賀鬼頭』。」財神趙公元帥原是瘟神，黑面凶相，頗爲嚇人。民間目連戲裏經常出現的善鬼黑白無常更是面目恐怖。黑和醜都具有威懾力量。陸游《題十八學士圖詩》云：「平時但懼黑色兒，不知乃有虯髯生。」人們崇祀黑色神靈，是因恐懼而「避害」，這在聞一多先生《伏義考》中說得很明白，「一定是假設了龍有一種廣大無邊的超自然的法力，即所謂『魔那』（manan）者，然後才肯奉它爲圖騰，崇拜它，信任它，阪依它。」以諂事爲手段，以避害爲目的的，「在這裏，巫術——模擬巫術便是野蠻人的如意算盤。」聞一多：《神話與詩》，華東師範大學出版社，1997年版，第32頁。

包公身世、家世方面成爲後世文學敘事因襲的總源頭，他也是包公文學口頭敘事吸收融彙民間文學情節單元的活化石，後世包公文學依然主要包括了誕生、長相、遺棄、放牛、算命、讀書、赴試、狀元等情節單元。

關於身世，《包待制出身傳》、《劉都賽上元十五夜看燈傳》直接點出包公的前世是文曲星。因此《水滸傳》的引首、《平妖傳》第十四回，以及其它小說都斷定包公爲文曲星下世輔助赤腳大仙轉世的仁宗。

對包公身世的敘事，明成化《包龍圖公案詞話》八種和《百家公案》之間存在一個漸進的建構過程。《包待制出身傳》只寫包公來到東京應試，歎怨無宿處，驚動本城城隍，叫使者吩咐云「文曲星來求官，東京無人肯著歇，你引去煙花巷裏張行首家宿歇」〔註47〕。這樣一句提示。太白金星的身份也說得含糊：太公吩咐三郎換了衣服，前往南莊使牛……回家行到中途，遇著個算命先生……先生八字看畢，大驚云：「郎君之命，辛卯年，辛卯月，辛卯日，辛卯時，有四個辛卯，三十二上發科，後去官至學士，後爲龍圖閣待制，故人稱爲包龍圖，乃大貴之命也。可賀！可賀……」說完，化一陣清風而去。《百家公案》第四十九回《當場判放曹國舅》則交待得比較清楚：「張氏拜謝，出得門來。他是個閨門女子，獨自如何到得東京？悲哀動太白星化作一老翁，直引他到了東京，仍化清風而去。」很明顯，那個爲包拯算命、後化一陣清風而去的先生，就是太白金星的幻化，作爲天庭的使者，爲受難者引路，協助包公破案。

3. 包公的威權進一步放大

明成化《包龍圖公案詞話》八種說包公考上了頭名狀元，做了丞相。他所用的法物，已不是鐵劍銅鍘，而是黃木大枷黃木棒，專斷皇親國戚；黑漆大枷黑漆棒，專斷宰相大臣；松木大枷松木棒，專斷普通百姓；桃木大枷桃木棒，專用於夜間斷鬼。皇親貴宰、平民百姓、鬼怪神仙都在他的管轄之中。這裏共有八樣法物，它們啓示了後來包公的龍頭鍘、虎頭鍘、狗頭鍘的產生和定型。實際上，包公的法物更爲豐富。在《劉都賽看燈傳》（卷下）提到包公有三十般法物，並擁有專斬皇親國戚之劍。在《包龍圖斷曹國舅傳》中，皇帝還賜與他御書金簡：

> 君王見他多青（清）正，便將金簡賜他人，上寫趙王一行字，
> 不論皇親共國親，皇后嬪妃並宰相，犯了違條一例行。

〔註47〕《包待制出身傳》，朱一玄：《明成化說唱詞話叢刊》，中州古籍出版社，1997
　　　　年版，第117頁。

明成化《包龍圖公案詞話》有四種涉及皇親國舅觸犯刑律的審判，繼承了元雜劇的精神：「與萬民做主，不受天下財物。清似潭中水，明如天上月」，〔註48〕更「不怕皇親並國戚，不怕金枝玉葉人。」〔註49〕權貴們只要違犯法條，包拯就敢於法辦。那位搶奪劉都賽，殺害其夫師官受一家的趙皇親，被包公誆進開封府，便命令衙役將「上下衣裳都脫了，渾身剝得淋淋」，「左邊捆上三股索，右邊捆上謾麻繩。相公又怕捆不緊，喝叫牌軍把水噴」。最後斬首了趙皇親，「闔家發出東京去，離城三百里為民」，仁宗也只得「依了包丞相一人」，〔註50〕不敢提出異議。就連對炙手可熱的曹國舅殺人命案的處理，包拯也毫不講情面。雖然曹國舅有「姐姐正宮曹皇后，姐夫仁宗有道君」是「官家第一親」，「打殺軍來不償命」，「打殺民來不償命」，「打殺平人無數日」。可曹國舅勒死袁文正，奪妻殺子，「現今做了違條事」，包公便堅決依法處死主犯二國舅，追究大國舅無故傷害罪。太郡老夫人大鬧開封府，正宮娘娘親自登門求情，十位朝廷顯赫大僚聯合向包公通融，都遭到了包拯的拒絕和怒斥。即使仁宗御駕開封府，要赦免二皇親，包公也以「休官納印去修行」相脅，仁宗只好答應「卿家依法斷皇親」。然而仁宗回朝又急忙頒降赦文書，包公認為只赦兩個皇親而不赦別人，有違法理，撕碎了赦書，並下令斬了二國舅，仁宗無奈，不得不下詔大赦天下，全國減免三分苗稅，包拯這才釋放了大國舅。

> 聽說文官包丞相，清名正值理條文。……趙王呼他為鐵面，兩班叫做沒人情。日判陽間不平事，夜間點燭斷孤魂。三會曾坐開封府，兩回朝內現忠臣。……八棒十三依法斷，不將屈棒打平人。
> 〔註51〕

> 龍圖清正如秋水，日判陽間夜判陰。有人犯到包家手，拔樹連稍〔梢〕要見根。三十六件無頭事，盡被包家斷得清。〔註52〕

〔註48〕《劉都賽上元十五夜看燈》，朱一玄：《明成化說唱詞話叢刊》，中州古籍出版社，1997年版，第281頁。

〔註49〕《張文貴傳》，朱一玄：《明成化說唱詞話叢刊》，中州古籍出版社，1997年版，第223頁。

〔註50〕《師官受妻劉都賽上元十五夜看燈傳》，朱一玄：《明成化說唱詞話叢刊》，中州古籍出版社，1997年版，第283～286頁。

〔註51〕《仁宗認母傳》，朱一玄：《明成化說唱詞話叢刊》，中州古籍出版社，1997年版，第142頁。

〔註52〕《包待制斷歪烏盆傳》，朱一玄：《明成化說唱詞話叢刊》，中州古籍出版社，1997年版，第159頁。

文官□□□□□，日判陽間夜判陰。曾勾大蟲償人命，夜□□下□□□。三十六件無頭事，七十二件不平人。百單八件胭〔煙〕花事，件件官司斷得清。有人犯到包家手，拔樹連梢要見根。不怕皇親並國戚，不怕金枝玉葉人。水上點燈明到底，照天蠟燭在東京。〔註53〕

包相清正如秋水，日判陽間夜判陰。有人犯到包家手，拔樹連枝要見根。三十六件無頭事，盡被包家斷得清。〔註54〕

包拯一次又一次地抗拒朝廷，並當面斥責太郡老夫人和正宮娘娘，甚或對擅自離開宮廷來開封府走後門的仁宗罰現金三萬貫，金銀百兩，這無疑是歷史不曾發生而藝術中卻可被誇張的情節，眞實生動的反映出說唱詞話的民間立場。可是，包公堅持在法律面前人人平等，犯案者必究，既然仁宗賜金鐗法劍，「不論皇親國戚，皇后嬪妃並宰相，犯了違條一例行」，義無反顧地依法辦事，這倒是小民的普遍要求。正是這正義的精神和力量，也威懾著冥世間，連城隍府君也得聽包公的意旨，這大約是因爲詞話本已明確說包公是文曲星降世，來輔佐羅漢轉世的仁宗皇帝。

（二）《百家公案》中包公的媒介形象

《百家公案》中包公所審罪犯的身份由豪門顯要（元雜劇）皇親國戚（明成化《包龍圖公案詞話》八種）到普通百姓，所以借助最高權利的必要性就大大降低了，鬥爭的尖銳複雜也大不如前。小說中，人貪欲的放縱和道德底線泯滅所導致的謀財害命的情況極爲普遍，它們包括第二十一、二十三、三十二、三十八、四十二、四十六、五十、五十五、六十、六十一、六十三、六十七、七十一、七十八、八十七等十五回；另外還有偷盜搶劫及侵佔案七個，見於第十一、十二、十五、十六、十九、九十一各回；這樣，經濟案件就有了二十一回的篇幅；而家庭財產糾紛（如第二十七、八十六兩回）還不算在內。這些案件的罪犯多爲商人等社會中下層人士。另一類主要案件是通姦，在《百家公案》中有十五個（見第二、八、九、十、十七、十八、二十二、三十六、三十九、四十五、五十二、六十四、六十六、七十六、七十七

〔註53〕《張文貴傳》，朱一玄：《明成化說唱詞話叢刊》，中州古籍出版社，1997年版，第223頁。

〔註54〕《包龍圖斷白虎精傳》，朱一玄：《明成化說唱詞話叢刊》，中州古籍出版社，1997年版，第252頁。

各回），案犯也多是一些遊手好閒的惡棍、不法和尚以及淫婦一類的角色。從這類題材中我們可以瞭解，《百家公案》與晚明好貨好色思想相聯繫，反映了在早期資本和市場力量挾裹下人欲橫流所孳生的社會問題。以包公作爲知縣、知府或者開封府尹的職權，要對付這一類人物，當然不必討得尚方寶劍來做後臺。

與明成化《包龍圖公案詞話》八種中的酷吏不同，《百家公案》中包公顯得較爲溫和，有時簡直像是一位寬厚的長者。在《雪廨後池蛙之冤》（第四十三回）中，包公於深夜秉燭審案，拱鬚三歎，執筆在手，久久不忍下筆。他對手下說：

> 汝二人，事我亦久，説知無妨，今者本省有文書來報，審重犯解京泰讞。甚不忍得，爾等見我執筆未落，蓋因憐犯人，不能開之，倘或成案，齎名到京，生死於此決耳。是以沉吟，蓋爲此也。〔註55〕

他的謹慎出於對人命的珍視，表現出慈善的胸懷。小說甚至寫到他推恩及於動物及鬼神（見第三十五、四十三、一百回），充分展示了他的仁慈性。包公形象的這種演變，反映出明代中後期早期資本主義生產關係下的社會特徵。

小說最可注意之處是新出現了一個包公兒子的形象。《百家公案》跟明成化《包龍圖公案詞話》八種的傾向一致，把凡是與包公有血緣關係的人統統寫成反面人物。包公彈劾犯了貪污罪的兒子，並使他丟了官。這是法與情的衝突，包公法不容情，這樣，清官包公就成爲以法滅情的典型。在歷史上，包拯斷從舅犯法案，是大義滅親的表現。明成化《包龍圖公案詞話》八種中，與包公有血緣關係的親屬都被塑造成無情無義之人，但還沒有作爲罪犯而成爲包公的對立面。但《百家公案》一律把包公的親屬塑造成壞人，其目的就是爲了讓包公大義滅親，以維護法律和正義的尊嚴。

《百家公案》比起明成化《包龍圖公案詞話》八種，進一步誇大了包公的神威。寫包公能夠看出鬼怪的「妖氣」；並擁有「照魔鏡」、「斬魔劍」、「赴陰床」、「溫涼還魂枕」之類寶物；或者請求城隍、天帝的幫助滅妖，或者由鬼魂告狀來破案。包公能夠出入神界，與鬼神直接溝通。《百家公案》第二十九回《判劉花園除三怪》，包公命張龍、趙虎：「汝可去後堂，與吾將前張月桂所付赴陰床，與那溫涼還魂枕，收拾得乾淨，待我寢臥其上，前往陰司查

〔註55〕王汝梅、朴在淵：《韓國藏中國稀見珍本小說》《包公演義》，中國大百科全書出版社，1997年版，第299頁。

考。」是「查考」而不是主持陰間審案。《龍圖耳錄》、《三俠五義》則改爲「遊仙枕」，名目上比「溫凉還魂枕」飄逸，但性質功能是相同的。《百家公案》還曾提及包拯有照魔鏡和降魔寶劍，而清以後包公案小說則淡化包公降魔神威。在《決裂五鼠鬧東京》（第五十八回）中，包公欲往上界求見玉帝，便先自殺，讓靈魂在天使引導下到達上天，這就深化了包公「夜斷陰」的能力。明成化《包龍圖公案詞話》八種中的《包待制出身源流》、《斷歪烏盆傳》、《劉都賽看燈傳》都有城隍協助包公的情節，而且包公的權力被誇大，凌駕於城隍之上。《百家公案》中包公與城隍的關係比起明成化《包龍圖公案詞話》八種又有進步，包公不僅可以指使城隍，甚至還將他枷號。如《枷城隍捉拿妖精》（第三十三回），寫銀匠王溫的妻子阿劉被妖精攝走，包公無法破案，於是：

> 拯無奈何，隨即差人，將三具大枷去城隍廟，先枷了城隍，又枷了兩個夫人。枷梢上寫著：「爾爲一城之主，反縱妖怪殺人，限爾三日捉到，如三日無明白，定表奏朝廷，焚燒廟宇。」〔註56〕

馬克斯・韋伯把類似於包公神力的東西稱爲 charisma，認爲古代社會的一項重要的原則，即統治者政治權威〔註57〕的主要來源之一，就是他絕對地具有蒙昧的子民們所沒有的對世界隱秘本源的神奇洞察力。他說：

> 「魅力」應該叫做一個人的被視爲非凡的品質（在預言家身上也好，精通醫術的或者精通法學的智者也好，狩獵的首領或者戰爭英雄也好，原先都是被看作受魔力制約的）。因此，他被視爲天分過人，具有超自然的或者超人的，或者特別非凡的、任何其它人無法企及的力量或素質，或者被視爲神靈差遣的，或者被視爲楷模，因此也被視爲「領袖」。〔註58〕

總之，《百家公案》所表現的包公之「神」，既表現他超人的神威，又表現他出眾的明察。《百家公案》繼承了此前說唱文學在現場表演壓力之下，爲了快速地流暢地敘事所沿用的口頭敘事的程序，無形中誇大了包公的威嚴：

〔註56〕王汝梅、朴在淵：《韓國藏中國稀見珍本小說》《包公演義》，中國大百科全書出版社，1997 年版，第 267 頁。

〔註57〕馬克斯・韋伯對於權力（Macht）和權威（Herrschaft）的區分進一步強調了這一觀點。權力屬於個人品格，而權威則和等級制度中的社會作用或地位有關。這樣就把組織權力看成通過個人在等級制度中的地位合法地使用權威。因此組織的統治權力是組織規範的異化而不再被視爲合法的組織行爲。

〔註58〕馬克斯・韋伯：《經濟與社會》上冊，商務印書館，1998 年版，第 269～270 頁。

　　　方才打的荊條杖，後次桑條打上身。一條鐵棒光如水，二等麻
　　繩弔得眞。三等大枷隨排列，四條大棒等來人。五根掐指銀相〔鑲〕
　　定，三雙烙鐵好驚人。八條金棒依條斷，八方四下軟皇親。九似天
　　齊捉惡鬼，十賽閻王生死門。皇親打得昏沉了，包公□問趙皇親。
　　西京謀了劉都賽，殺了師家一滿門〔註59〕

　　這使得宋元文學體現在他身上的理想的光芒消失了。因此，包公的個性
特徵受到減弱，代之而起的是偶像化、公式化的包公。

（三）《龍圖公案》中的包公媒介形象

　　《龍圖公案》還從另外一些側面描述包公，使包公這一藝術形象得以進
一步充實、豐滿。這些側面包括：

　　（1）爲了準確地判案而喬妝改扮，微服私訪，深入市井村寨調查研究案
情的工作作風。這方面的作品有《包袱》、《夾底船》、《青靛記穀》、《試假反
是眞》、《氈套客》、《廢花園》、《桑林鎭》、《術印》《借衣》《銅錢插壁》等十
餘篇。在這些篇章中，包公或扮作商人，或化身爲公差，青衣小帽，微服私
行，穿行於山村水鄉，混迹於市廛閭閻，以便掌握第一手資料。

　　（2）此書中包公形象的另一個特色是，除了他那震懾邪惡勢力的威嚴一
面外，對於受害者來說，他還是個通達人情世故、恤弱憫善的忠厚長者。結
案以後，對那些劫後餘生的人，他或撮合他們成爲夫妻，或以庫金定期資助
那些由於受到殘害而失去生活能力的孤寡者。總之，此書中包公形象充滿人
情味，是人民群眾按照自己的審美理想塑造出來的一個帶有「鄉巴佬」氣息
的官吏。

　　（3）善於分析案情，精於推斷事理，巧手智賺罪犯，是此書中包公形象
的另一個特色。《鎖匙》中，包公對「丹桂爲此生作待月的紅娘，彼安忍殺之？」
及《招貼收去》中，「方春蓮既係淫婦；必不肯死」等的推斷，都很合情合理。
《秀履埋泥》、《騙馬》、《奪傘破傘》、《賊總甲》、《青糞》、《三娘子》《割牛舌》
《箕帚還入》等篇中，包公充分掌握罪犯作案前後心理變化的規律，因勢利
導，或聲東擊西，或欲擒放縱，終於智賺罪犯自投羅網，這是一些很有趣的
具有中國民族傳統文藝特色的短篇推理偵探小說。

〔註59〕《全相說唱包龍圖斷趙皇親孫文儀公案傳》下，朱一玄：《明成化說唱詞話叢
　　　刊》，中州古籍出版社，1997年版，第283頁。

除以上幾點以外，孟犁野說，此書在塑造包公這清官形象時，還注意把他們在同昏官贓吏的對比與衝突中加以刻畫。書中《包袱》、《招帖收去》、《三寶殿》、《乳臭不雕》、《妓飾無異》、《窗外黑猿》、《紅衣婦》等十餘篇裏的包公，都是在昏官贓吏已造成冤獄之後而接手辦案的，這就更加顯示出包公的公正廉明與聰穎智慧，在摘奸發覆中的重要作用。這部分作品中的昏官，雖然一般還構不成具有血肉的藝術形象，但作品沒有迴避這類人物，說明它還是在一定程度上繼承了宋元公案文學的優秀傳統：敢於指出封建官府與昏官贓吏是造成冤獄的重要原因，這無疑也是可貴的。由上可見，此書中包公形象的塑造，基本上是成功的，是應該肯定的。〔註60〕

（四）《三俠五義》中的包公媒介形象

《三俠五義》中的包公成了忠臣領袖。這時包公雖仍鐵面無私，但和《龍圖公案》相比，卻圓滑多了。這個多了一些「人性」的包公陳州查賑，為非作歹的安樂侯龐昱被押到堂上，「包公見他項帶鐵鎖，連忙吩咐道：『你等太不曉事，侯爺如何鎖得？還不與我卸去。』」龐昱要對包公下跪，「包公道：『不要如此。雖則不可以私廢公，然而我與太師有師生之誼，你我乃年家兄弟，有通家之好，……務要實實說來，大家方有計較。千萬不要畏罪迴避』。〔註61〕「師生之誼」、「年家兄弟」、「通家之好」，何其親熱，怎不教人感動，於是龐昱帶著一絲幻想乖乖地將罪行一一招認。接下來並不是《獅兒巷》的翻版。包公已料到若將龐昱押到東京問斬，肯定會阻力重重，於是他便繼續哄騙龐昱。「包公便對龐昱道：『你今所為之事，理應解京。我想道途遙遠，反受折磨。再者到京必歸法司判斷，那時難免皮肉受苦。倘若聖上大怒，必要從重治罪。那時如何展轉？莫如本閣在此發放了，倒覺爽快？』龐昱道：『但憑大人做主，犯官安敢不遵？』包公登時把黑臉放下，虎目一瞪，吩咐：『請御刑』」〔註62〕

《三俠五義》中的包公已經不是明代《龍圖公案》中那個只管正道直行，只要能鋤奸去惡，就不計得失、不計方式的神了。他面向世人的不再只是一張面無表情、代表著剛正無私的黑臉。這張臉上現在可以變幻多種表情。它

〔註60〕　孟犁野：《中國公案小說藝術發展史》，警官教育出版社，1996年版，第79～80頁。
〔註61〕　石玉昆：《三俠五義》，人民文學出版社，2001年版，第102頁。
〔註62〕　石玉昆：《三俠五義》，人民文學出版社，2001年版，第103頁。

不僅可以欺騙不諳世事的龐昱，就連堂下那些百姓也難辨眞僞。百姓直到「見鍘了惡賊龐昱，方知老爺赤心爲國，與民除害」。〔註63〕

仁宗在名義上是清官和俠客的最高領袖，是位「求賢若渴」的皇帝。包公稱讚他：「聖上此時勵精圖治，惟恐野有遺賢，時常的訓示本閣，叫細細訪查賢豪俊義。」仁宗與包相對俠義英雄們都有「知遇之恩」，於是，俠客們就心甘情願地爲之效勞。包公明確告誡俠義英雄們，「你等不知，聖上此時勵精圖治，惟恐野有遺賢，時常的訓示本閣，叫細細訪查賢豪俊義，焉有見怪之理？你等以後與國家出力報效，不負聖恩就是了」。〔註64〕這些描寫流露出在清代長期專制統治下的奴化傾向，而這些俠士們的個性中也帶著很濃厚的奴性因素，喪失了傳統俠士特立獨行的氣概。當然，我們應該看到，俠義英雄馴服的前提在於仁宗是一個「英明之主」，因而與人民的願望並非水火不容。前文已經提到，在元代存在俠義和公案主題的衝突，而到了清代，俠客就是爲了維護官府公正判案，這種內在的衝突消失了，其關鍵是俠客精神內核發生了根本改變。

包公文學中，包公所用刑具幾經演變，在元雜劇中僅是「欽賜勢劍金牌」和「銅鍘」，明代說唱詞話及戲曲中出現了松木、黑木、黃木、桃木四種不同顏色和質地的枷稍和大棒，總稱爲「八般寶物」；《萬花樓演義》中也有「鍘刀」出現，但尙未分出龍、虎、犬三品，亦未專門描寫其製造經過及作用。《三俠五義》中公孫策爲包公策劃，將仁宗所賜「御笆三道」打造成龍、虎、狗「御鍘」三口，寫龍、虎、狗三品「御鍘」，「光閃閃，令人毛髮皆豎；冷颼颼，使人心膽俱寒」。〔註65〕這三品「鍘」，一方面是包公文學中有關刑具的新「成果」，其中透露出正義皈依皇權的世俗化，連殺人也用帶品階的鍘刀，皇權政治中人工具化到了死的一刹那，其中的正義完全喪失了當初的超驗性，它非常形象的昭示出了理想的超驗正義和現實的皇權正義的糾結中的妥協性。

《三俠五義》中，包公消減了幾分傲骨，增添了些許「媚態」。《百家公案》中曹國舅一案，皇后、郡太夫人向仁宗苦苦相求，仁宗便幾次向包公求情，但都有「仁宗無奈」四字。一個高高在上的皇帝向一個臣子說情，僅僅

〔註63〕石玉昆：《三俠五義》，人民文學出版社，2001 年版，第 103 頁。
〔註64〕石玉昆：《三俠五義》，人民文學出版社，2001 年版，第 367 頁。
〔註65〕石玉昆：《三俠五義》，人民文學出版社，2001 年版，第 70～71 頁。

兩個「無奈」，我們可以推斷出包公平日在仁宗面前是何樣的嶙嶙傲骨、烈烈英風。前代清官形象大都有這樣一個特點，就是不去揣測皇上的喜怒，不去「迎合聖意」。而《三俠五義》中的包公在堅持原則的前提下，行事儘量考慮仁宗的感受，如第四十九回「金殿試藝三鼠封官，佛門遞呈雙鳥告狀」，包公向仁宗引薦三鼠時，「爲此籌畫已久」，將盧方、蔣平的綽號都做了改動：將「鑽天鼠」改爲「盤桅鼠」，把「翻江鼠」改爲「混江鼠」，就是害怕原來的綽號會「有犯聖忌」。〔註66〕

正如陳平原所云：「從唐代豪俠小說中的俠，到清代俠義公案小說中的俠，最大的轉變是打鬥本領的人間化與思想感情的世俗化。」〔註67〕

三、《三俠五義》的包公傳播意義

《三俠五義》中的包公是公案俠義小說中最爲卓越的清官形象。這當然與包公作爲「第一清官」的地位和影響分不開，但主要還是由於該書廣泛吸收了其它小說的藝術滋養。例如，《三俠五義》介紹包公的出生、成長與仕宦經歷，除了吸收以往的包公文學，如小說《百家公案》、《龍圖公案》、《萬花樓演義》和講唱文學《包龍圖公案詞話》、傳奇戲《四奇觀》和《瓊林宴》中的相關內容之外，還受到民間文學的影響。如清官出生時伴隨著奇夢異兆，他少年時因搭救過一個精怪後多次蒙它報恩或救護，青年時在上京趕考途中爲一小姐除妖祛病而聯姻等等情節，與明代的英雄傳奇小說《于少保萃忠傳》很相似。此外，《三俠五義》還塑造了最光輝的俠客形象。如展昭的英武、歐陽春的老練、蔣平的機智、艾虎的活潑，都寫得栩栩如生，個性飛揚。其中尤其以白玉堂的性格最爲出色。他有武藝高強、任俠仗義的優點，也有驕傲狠毒、意氣用事的缺點。正因爲這些缺點，反而襯出他的眞實可愛。這些人物不僅比其它書中的俠客武藝更精進，而且人品也更高尚。總之，在《三俠五義》中的清官與俠客身上，都洋溢著保國安民的理想的激情。

《三俠五義》的故事最爲生動。該書幾乎彙集了以往流傳最廣的包公故事，如包公的出身故事、狸貓換太子故事、陳州糶米故事、烏盆鳴冤故事、灰闌斷子故事、范仲禹婚變故事等等，不僅情節曲折，而且內涵十分豐富。有的還對舊有的包公故事進行改寫，如神話小說《五鼠鬧東京》中的玉貓和

〔註66〕石玉昆：《三俠五義》，人民文學出版社，2001年版，第306～310頁。
〔註67〕陳平原：《千古文人俠客夢》，河北人民出版社，1993年版，第85頁。

五隻鼠精分別變成御貓展昭和陷空島「五義」；神仙傳奇戲《觀音魚籃記》
寫施俊與鯉魚精幻化的假牡丹小姐私下結婚的故事，該書則把假牡丹小姐改
成由真牡丹小姐的丫鬟假扮而成。顏查散因為家貧，被岳父嫌棄，他的未婚
妻死而復活的故事，與「三言」中的周勝仙故事、《百家公案》中的花羞女
故事有相同之處。此外，《三俠五義》還吸收了具有重要影響的非包公故事，
寫葉阡兒不明就裏，偷走死人頭，扔在邱鳳家。邱鳳吩咐劉三埋葬。劉三的
叔伯兄弟劉四撞見劉三埋人頭，就乘機訛詐劉三，被劉三用鐵鍬把劉四打
死。〔註68〕這個連環案就與《施公案》有相似之處。而六指木匠殺僧案也是
一個流傳久遠而且影響很大的案件，它的最初發明權也不屬於包公。正因為
《三俠五義》廣泛吸收了這些具有重要影響的故事，使其脈絡搖曳、枝葉繁
茂，達到了公案俠義小說的最高成就。

　　該書描寫斷案與鋤奸的故事，融合了公案、俠義與忠奸鬥爭的題材，但
並不顯得散亂。廣泛吸收了從《水滸傳》到《施公案》等通俗小說的敘事經
驗，而且達到了一個嶄新的水平。如對故事板塊的連接、線性結構與網狀結
構的交替運用都極為成熟。

小　結

　　（1）「儒以文亂法，俠以武犯禁」，歷代統治階級對俠的提防，〔註69〕使
俠報國無門。事實是，從秦漢直至清代，統治者採取招安的策略，把一部分
俠招安到某一清官旗下，納到共同的政治機構與組織中，所謂改邪歸正，棄
暗投明；一部分投靠明主，為新皇帝征戰天下，建功立業，博得個光宗耀祖，
封妻蔭子，同古俠的「羞伐其德」、「不矜其功」的精神，大相徑庭；另一部
分流入綠林，為匪為盜，打家劫舍，已不稱其為俠，仍屬豪暴之徒。當然也
有俠義之士隱沒綠林，同城鄉孤獨的獨行俠信守著俠的原則，以類似宗教的
心理衝動，繼續追求自己所崇尚的道德價值。總之，俠要光宗耀祖，封妻蔭

〔註68〕石玉昆：《三俠五義》第十一回，人民文學出版社，2001年版，第80～81頁。
〔註69〕俠自產生之日，就處在體制的夾縫中，一方面，社會制度創造了俠，作為自
　　　　己的對立物和異端而存在；另一方面，俠們只能在既定的社會制度內，以這
　　　　個制度規範的方式行俠仗義，堅持獨行俠路線的畢竟是少數，大多數則向它
　　　　的對立面異化，加盟豪強集團，或是投靠官府，成為國家機器的工具。換言
　　　　之：「游俠」古道熱腸、替天行道，悲壯萬分，但多為官府所不容，落的悲劇
　　　　下場；搖身一變，成為「官俠」，風光無比，但落的爪牙、鷹犬的惡名，為虎
　　　　作倀，喪失了俠之為俠的本質。嚴格說來，只有北俠歐陽春古游俠的遺風；
　　　　白玉堂在某種意義上是「游俠」和「官俠」的騎牆者。

子得依賴清官。因此，到清代包公不再是純粹意義上的判官，而是俠客報國的中介，他網羅俠客，既是官府的代表，又是俠客的仰仗，從這個意義上講，包公就是身在官府的宋江。

（2）在嘉道這一「清代禁燬小說戲曲書刊的高潮時期」〔註70〕，包公故事再度迎合了那個時代文學生產商品化後的市民娛樂需要，將刀光劍影、案件偵察、政治鬥爭與江湖恩怨等題材結合，使故事擁有多重結構，這其中既有奇人奇事如武林惡鬥、破陣盜寶，又有奇景奇物，如銅網陣、逆水泉、遊仙枕、暗器和迷魂藥，內容五光十色、新穎別致，以奇、險爲號召，「徇世媚俗」，這樣印刷媒介又假借新的「運載工具」把包公這一舊故事最終推到了前所未有的傳播巔峰，完成了一個時代的絕唱。

（3）從創作角度，《三俠五義》是包公這一口頭文學傳統的集大成者。對它的解讀不能簡單的套用研究文人書面作品的方法。弗里認爲，在口頭史詩中，作品在口頭現場創編，並通過口頭—聽覺渠道即時完成傳播，這幾個方面是彼此交融的，它們構成了同一個過程的不同側面。從這個意義上說，歌手同時是表演者、創作者和詩人，是一身而兼數職的。〔註71〕慶幸的是，趙景深先生在《中國小說叢考》中列舉《紅鸞禧棒打薄情郎》中的一段《石玉昆》使我們瞭解到石玉昆說書的文本形式：

> 舉目看，花燭輝煌照如白晝，見上面端整整坐著個女多姣。真果是風流俊俏無比賽，恰好似月殿嫦娥下雲霄。芙蓉面，顏色姣，杏核眼，柳葉眉毛，朱唇一點賽櫻桃，白森森牙排碎玉，口內含著。楊柳腰，細條條，白玉腕，手兒小；指甲長，天然俏。往下看，小小金蓮怕站不牢。戴鳳冠，霞光繞，鑲珠翠，放光毫；紫金鐲，無價寶；顫巍巍，八寶金環在耳飄。穿一件，霞帔襖繡團花，真伶巧；百幅裙，繫在腰，分五色，能工造；星點點，紅繡花鞋做的高。莫司戶一時看罷心吒異，不覺得大叫小嚎。

並評介道，「從所錄的上段看來，三字句很多，也許這就是石派書的特點之一吧。」〔註72〕從所列文字，我們今天有幸能看出石玉昆口頭傳統的風格特點。

〔註70〕袁行霈主編：《中國文學史》第四卷，高等教育出版社，1999年版，第461～462頁。

〔註71〕〔美〕約翰・邁爾斯・弗里：《口頭詩學：帕里—洛德理論》，社會科學文獻出版社，2000年版，第19頁。

〔註72〕趙景深：《中國小說叢考》，齊魯書社，1980年版，第480頁。

四、因襲、改編——包公文學的民間傳播方式

創新應該是傳播的內在動力，但是考察《百家公案》的成書，基本以改編因襲為主。《龍圖公案》更是如此，它抄《百家公案》多達 48 篇，《廉明公案》20 篇，借用其它書 18 篇，來源於包公傳說 8 篇。〔註73〕

《百家公案》、《龍圖公案》改編、因襲其它文學作品的情況不完全統計如下：〔註74〕

來　源	《百家公案》	回　目	因襲或流傳性質	流傳	《龍圖公案》回目或則數
唐・陸龜蒙《野廟碑》（徐朔方考）	判焚永州之野廟	一			四十六玉樞經
程毅中考證：陶輔：花影集・節義傳	判革猴節婦牌坊	二			
《太平廣記・僧宴通》（程毅中考）	訪察除妖狐之怪〔註75〕	三			
陶輔《花影集》心堅金石傳	辨心如金石之冤	五	移植		
《疑獄集》韓滉判案故事	阿吳夫死不憤懣	七十六	改編		
	判妒婦殺妾子之冤	六	被抄襲	《龍圖公案》	四十則手牽二子
《折獄龜鑒》卷一	判姦夫誤殺其婦	八	被抄襲	《龍圖公案》	六十三斗粟三升米
敦編 366 號藏卷《佛說大藥善巧方便經》〔註76〕	判姦夫竊盜銀兩	九	被抄襲	《龍圖公案》	三十陰溝賊

〔註73〕 參閱馬幼垣《明代公案小說的版本傳統——〈龍圖公案〉考》《中國小說史集稿》，臺灣時報文化出版社有限公司，1980 年版，第 180 頁。

〔註74〕 參閱馬幼垣《明代公案小說的版本傳統——〈龍圖公案〉考》《中國小說史集稿》，臺灣時報文化出版社有限公司，1980 年版；孫楷第《包公案與包公故事》，《滄州後集》，中華書局，1985 年版。

〔註75〕 因襲《稗家粹編》卷七《拜月美人》，參見向志柱《〈百家公案〉本事考補》，《社會科學輯刊》，2007 年第 2 期。

〔註76〕 張鴻勳：《敦煌遺書中的中印、中日文學因緣——讀敦煌遺書札記》，《敦煌學輯刊》，1998 年第 1 期。

	判貞婦被污之冤	十	被抄襲	《龍圖公案》	五十三移椅倚桐同玩月
判案方法借鑒《疑獄集》卷一「季珪智鞭絲」	判石牌以追客布	十一	被抄襲	《龍圖公案》	七十四石碑
	辨樹葉判還銀兩	十二	被抄襲	《龍圖公案》	四十七蟲蛀葉
《海公案》四十一	密捉孫趙放龔勝	十六	被抄襲	《龍圖公案》	二十九氈套客
	神判作八句通姦事	十八	被抄襲	《龍圖公案》	四十五牙簪插地
	還蔣欽谷捉王虛二	十九	被抄襲	《龍圖公案》	二十青靛記穀
《清平山堂話本》「簡帖和尚」	伸蘭瓔冤捉和尚	二十	影響	《龍圖公案》	十三偷鞋
《海公案》五十七	滅苦株賊申客冤	二十一	被抄襲	《龍圖公案》	十六鳥喚孤客
	獲學吏開國材獄	二十三	被抄襲	《龍圖公案》	五十四龍騎龍背試梅花
	配弘禹決王婆死	二十五	被抄襲	《龍圖公案》	二十一裁縫選官
《包龍圖公案詞話》斷了負心郎七姐	秦氏還魂配世美	二十六			
元雜劇《包待制智賺合同文字》、《清平山堂話本》的《合同文字記》	判劉氏合同文字	二十七	來源		
《包待制智賺生金閣》	判李中立謀夫占妻	二十八	被抄襲	《龍圖公案》	六十五地窨
破案方法借鑒《疑獄箋》卷二「周提點」	貴善冤魂明出現	三十			
	失銀子論五里牌	三十二	被抄襲	《龍圖公案》	七十二牌下土地
司馬光《涑水紀聞》的《向敏中所斷之案》、《棠	孫寬謀殺董順婦	三十六	被抄襲	《龍圖公案》	二十三殺假僧

蔭比事》卷上《向相訪賊》					
	阿柳打死前妻之子	三十七	被抄襲	《龍圖公案》	三十九耳畔有聲
摘自小說《三遂平妖傳》	妖僧攝善王錢	四十一			
《折獄龜鑒》卷七	屠夫謀黃婦首飾	四十二	被抄襲	《龍圖公案》	十九血衫叫街
	金鯉魚迷人之異	四十四	被抄襲	《龍圖公案》	五十一金鯉
元曲《王月英元夜留鞋記》後半部	除惡僧理索氏冤	四十五	被抄襲	《龍圖公案》	二十四賣皀靴
《明史》卷一百六十一《周新傳》	斷謀劫布商之冤	四十六	被抄襲	《龍圖公案》	七十三木印
	笞孫仰雪張虛冤	四十七	被抄襲	《龍圖公案》	二十二廚子做酒
《包龍圖公案詞話》劉賽都上元十五看燈	東京判斬趙皇親	四十八	被抄襲	《龍圖公案》	十一黃菜葉
《包龍圖公案詞話》包龍圖斷曹國舅公案傳	當場判放曹國舅	四十九	被抄襲	《龍圖公案》	六十一獅兒巷
《金瓶梅》四十七、四十八回	琴童代主人伸冤	五十	被抄襲	《龍圖公案》	四十二港口漁翁
唐傳奇《補江總白猿傳》	包公智捉白猿精	五十一			
《海公案》四十八	重義氣代友伸冤	五十二	被抄襲	《龍圖公案》	十七臨江亭
郭宵鳳文言小說《江湖紀聞前集》之「人倫門・節義・義婦復仇」	義婦爲前夫報仇	五十三	被抄襲	《龍圖公案》	三十六岳州屠
郭宵鳳文言小說《江湖紀聞前集》之「人倫門・婚姻・潘用中奇遇」	潘用中奇遇成姻	五十四			
郭宵鳳文言小說《江湖紀聞前集》	斷江僧而釋鮑僕	五十五	被抄襲	《龍圖公案》	四十三紅衣婦

之「報應門‧冤報‧鹽僧貪謀殺人」					
郭宵鳳文言小說《江湖紀聞前集》之「人倫門‧婚姻‧夫疑其妻」	杖奸僧決配遠方	五十六	被抄襲	《龍圖公案》	十四烘衣
中篇小說《五鼠鬧東京》	決斷五鼠鬧東京	五十八	被抄襲	《龍圖公案》	五十二玉面貓
《太平廣記》卷四百六十六《長水縣》	東京決判劉駙馬	五十九	被抄襲	《龍圖公案》	十二石獅子
	究巨龜井得死屍	六十	被抄襲	《龍圖公案》	十五龜入廢井
郭宵鳳文言小說《江湖紀聞前集》之「治道門‧治盜‧盜賊奸計」	證盜而釋謝翁冤	六十一	被抄襲	《龍圖公案》	三十四妓飾無異
《太平廣記》卷二百七十四《幽明錄》中《買粉兒》，後雜劇《王月英月下留鞋記》	《汴京判就胭脂記》	六十二			
郭宵鳳文言小說《江湖紀聞前集》之「治道門‧斷獄‧溈山行者後身」	判僧得明前世冤	六十三	被抄襲	《龍圖公案》	七十一江岸黑龍
郭宵鳳文言小說《江湖紀聞前集》之「精怪門‧禽魚‧湘潭龍窟」	決淫婦謀害親夫	六十四	被抄襲	《龍圖公案》	六十六龍窟
郭宵鳳文言小說《江湖紀聞前集》之「精怪門‧禽魚‧狐精」	究狐精而開何達	六十五	被抄襲	《龍圖公案》	五十八廢花園

郭宵鳳文言小說《江湖紀聞前集》之「治道門・斷獄・誣指劫寇」	決李賓而開念六	六十六	被抄襲	《龍圖公案》	四十六繡履埋泥
	決袁僕而釋楊氏	六十七	被抄襲	《龍圖公案》	四十一窗外黑猿
	決客商而開張獄	六十八	被抄襲	《龍圖公案》	六十四聿姓走東邊
《剪燈餘話》卷三《瓊奴傳》	旋風鬼來證冤枉	六十九	被抄襲	《龍圖公案》	三十五遼東軍
郭宵鳳文言小說《江湖紀聞前集》之「治道門・斷獄・斷獄明敏」	證兒童捉謀人賊	七十一	被抄襲	《龍圖公案》	三十三乳臭不凋
元曲《包待制陳州糶米記》，《新刊全相說唱陳州糶米記》	除黃二郎兄弟刁惡	七十二			
《金水橋陳琳抱妝盒》	斷斬王御史之贓	七十四	被抄襲	《龍圖公案》	六十二桑林鎮
	仁宗皇帝認親母	七十五			
《折獄龜鑒》卷五「察奸」中張詠「雙勘釘」在元雜劇《包待制雙勘釘》中歸為包拯名下。	阿吳夫死不分明	七十六	被抄襲	《龍圖公案》	十八白塔巷
	斷阿楊謀殺前夫	七十七			
宋元南戲《林招得》	判兩家指腹為婚	七十八			
《包龍圖公案詞話》包待制出身傳		八十、八十一			
民間傳說《怒鍘親侄》〔註77〕	劾兒子為官之虐	八十二			
	石啞子獻棒分財	八十六	被抄襲	《龍圖公案》	四十八啞子棒

〔註77〕黎邦農、張桂安編著《包公故事新編》，人民文學出版社，1981年版，第15～19頁。

元雜劇《玎玎璫璫盆兒鬼》，《新編說唱包龍圖公案斷歪烏盆傳》	瓦盆子叫屈之異	八十七	被因襲	《龍圖公案》	四十四烏盆子
史實	卜安割牛舌之異	九十一	被抄襲	《龍圖公案》	四十九割牛舌
《夷堅支志》鄂州南市女；《鬧樊樓多情周勝仙》	潘秀誤了花羞女	九十三	相似	《龍圖公案》	五十七紅牙球
	花羞還魂累李辛	九十四			
《太平廣記》卷七十六《李淳風》	包公花園救月蝕	九十五			

　　可以看到，包公文學的結撰中，改編和因襲大量泛濫。黃岩柏在《中國公案小説史》中把它歸結爲著作權保護的法律缺失〔註78〕，這一解釋固然正確，但著作權保護缺位在中國古代長期存在，許多優秀作品並沒有因牟利而被抄襲。筆者認爲，應該聯繫公案小説在 1605 至 1630 年間短暫繁榮導致的題材短缺這一外部因素和包公民間傳説這一口傳文化自身的傳播特點來考慮（圖5-6）。以包公爲中心對眾多體裁的改編整合才是這一現象出現的環境因素。

　　據統計，《龍圖公案》抄襲的書籍，主要是《百家公案》、《廉明公案》、《詳刑公案》、《律條公案》、《新民公案》。這些短篇公案小説集的成書、刊刻時間大致在萬曆二十年至崇禎年間，尤其是萬曆二三十年這十數年間。這一時期公案類作品繼歷史演義之後成爲一個新的賣點，與神魔、人情小説一道佔據了文化消費市場。主要作品包括《包龍圖判百家公家案》、《皇明諸司廉明公案》（萬曆二十六年）、《郭青螺六省聽訟錄》（即《新民公案》萬曆三十三年）、《海剛峰先生居官公案傳》（萬曆三十四年）、《皇明諸司公案》、《律條公案》、《案傳明鏡公案》、《神明公案》、《名公案斷法林灼見》、《詳刑公案》等。〔註79〕崇禎以後，除《龍圖公案》屢有翻印外，其它集子則湮沒無聞，衣缽不傳。

〔註78〕　黃岩柏：《中國公案小説史》，遼寧人民出版社，1991 年版，第 147 頁。
〔註79〕　參看陳大康《明代小説史》，上海文藝出版社，2000 年版，第 401～402 頁；黃岩柏《中國公案小説史》第六章第一節，遼寧人民出版社，1991 年版；李忠明：《17 世紀中國通俗小説編年史》第一章和第三章，安徽大學出版社，2003 年版。

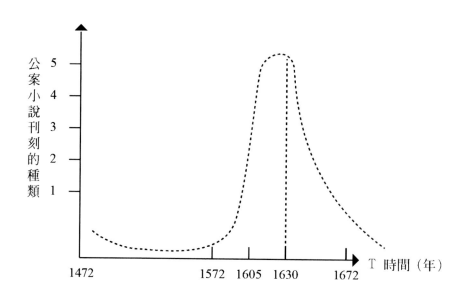

圖 5-6　公案小說在明代萬曆及前後刊競傳播趨勢示意圖

　　書坊主為了牟利，搶速度，不惜剽竊抄襲，導致創作的階段性和連續不協調分佈引起的情節匱乏，其大致刊印情況是：《百家公案》、《廉明公案》、《諸司公案》等先出，具有開創之功，故抄引他書的程度較輕。隨即《新民公案》、《海公案》跟上。其後《詳刑公案》、《律條公案》、《詳情公案》等爭相刊出。同類體裁就近因襲的規律決定了同一時間段的公案小說彼此相互借鑒移植。當然，這類小說生產的市場化「跟風」運作，決定了它的粗糙：大多數作品沒有經過藝術加工，故事情節簡單，缺少描寫。以至於魯迅評價「字句拙劣、幾不成文」、「大抵千篇一律，語多不通。」〔註80〕

　　應該注意的是，對於出版商來說，小說通俗化的目的是促使其商品化，而作品一旦成為商品，最大限度地降低成本，是贏得高額利潤的有效途徑之一。一方面，書商為了縮減版面，降低成本，往往不精校讎，甚至大量刪削原文，所謂「比錄事實」，也即刪除「浮文」，只留一個故事框架。「其中的地理、歷史、制度，都是信口開河，鄙俚可笑。」〔註81〕同時，書坊主又熱衷於為改頭換面：小說加注、釋音，以「大字」、「古本」、「新刻」、「名家批評」

〔註80〕魯迅：《中國小說的歷史的變遷》，《魯迅全集》第九卷，人民文學出版社，1981
　　　　年版，第 340 頁。魯迅評價《龍圖公案》：「文意甚拙，蓋僅識文字者所為。」
　　　　《中國小說史略》，上海古籍出版社，1998 年版，第 198 頁。
〔註81〕胡適：《章回小說考證》，上海書店，1980 年版，第 401 頁。

相鼓吹，強調裝幀精美、圖文並茂。在書商的包裝下，小說逐漸成爲通俗化的商品。

《龍圖公案》雖成書年代不明，但從其抄襲諸書的情況來看最晚出，是集大成之作。因而被視爲該類小說的代表作。

和史官文化中所載錄的歷史的靜態相反，包公文學在民間以傳說的形式長期存在有極強的流動性。日本學者柳田國男說，「傳說隨著社會的演變，展示了各有其特點的發展」，如果民間傳說缺少流動變化，「即使僥倖有保存下來的，也一定是缺少血肉、缺少表現力量的蒼白之物，也不會被廣大人民所喜愛。」〔註82〕民間傳說自產生之日起，就一直處在動態的流變之中，可以說，不停的流動傳承是民間傳說強大生命力之所在，也是民間傳說最活躍、最富群眾性的因素之一。前文已經論述，從明成化《包龍圖公案詞話》八種開始，包公文學都吸收了此前大量的民間傳說以及相關的母題，附會了創作時代和包公時代其它清官的斷案事跡。

學者指出，民間傳說是一種靠人際交往傳播的口頭傳播文化，這是傳統社會的主要傳播系統。〔註83〕所以，包公文學的形成和傳播表現出口傳文化的許多特點，如表演的即時性和創造性（emergent quality of performance），即「表演中的創作」，表演、傳播和創作三而爲一。筆者認爲，民間言說的傳播特點和口耳相傳的謠言極爲相似。謠言研究領域的兩位奠基人奧爾波特和波斯特曼認爲，社會謠言是「與當時事件相關聯的命題，是爲了使人相信，一般以口傳媒介的方式在人們之間流傳，但是卻缺乏具體的資料證實其確切性」的闡述或詮釋。〔註84〕謠言的傳播及走向依存於社會環境，弗朗索瓦絲・勒

〔註82〕〔日〕柳田國男，連湘譯《傳說論》，中國民間文藝出版社，1985 年版，第124 頁。

〔註83〕美國麻省理工學院社會學教授丹尼爾・勒納（D・Lerner），他提出的關於大眾傳播與國家發展的基本理論模式，是發展傳播學領域中最有影響的理論之一。其主要成果集中體現爲 1958 年出版的《傳統社會的消逝──中東的現代化》一書。認爲世界上的大多數社會都經歷著從口頭傳播系統向大眾傳媒系統演進的過程，這一過程與社會的其它變化（主要爲城市化、讀寫能力和政治民主）相互關聯。換言之，傳播體系的變動，既是整個社會體系變動的結果，又是其變動的原因。並立足於傳播角度，劃分出三種社會類型：以口頭傳播系統爲主的傳統型社會、傳媒與口頭傳媒系統並立的過渡型社會、以大眾傳媒爲主要傳播系統的現代型社會。參閱張國良主編《20 世紀傳播學經典文本》，復旦大學出版社，2003 年版。

〔註84〕〔法〕卡普費雷：《謠言》，鄭若麟、邊芹譯，上海人民出版社，1991 年版，第 6 頁。

莫說：「給謠言打個比喻，說它是社會環境投射的影子。」〔註85〕具體詳述見第八章「包公文學在民間傳播的模式」。

包公文學的改編、因襲不光在相同體裁的文學形式之間進行，在不同文學形式戲劇和小說間改編、因襲也很多。蔣瑞藻先生說，「戲劇與小說，異流周源，殊途同歸者也。」〔註86〕

戲曲與小說之間本身存在著千絲萬縷的聯繫，包公傳播中的戲劇和小說互動關係更為密切。如宋元話本《合同文字記》，元雜劇名為《包待制智賺合同文字》，擬話本「二拍」改編為「張員外義撫螟蛉子，包龍圖智賺合同文」。《百家公案》中《汴京判就胭脂記》由元雜劇《留鞋記》改編，《瓦盆子叫屈之異》由元雜劇《盆兒鬼》改編。《瓦盆子叫屈之異》也可能採自佚失的元雜劇《包待制勘雙丁》。另外，《貴善冤魂明出現》與《柳芳冤魂抱虎頭》可能與已佚元雜劇《包待制判斷煙花鬼》內容相同。《決客商而開張獄》可能由已佚宋元戲文《何推官錯認屍》改編而來，而《兩家願指腹為婚》可能源於已佚宋元戲文《林招得》。

宋仁宗生母李宸妃故事的傳播也經過了小說—戲劇的互動。胡適說，「（李宸妃的故事）在當日是一件大案，在後世遂成為一大傳說，元人演為雜劇，明人演為小說，至《三俠五義》而這個故事變的更完備了，《狸貓換太子》在前清已成了通行的戲劇（包括《斷後》、《審郭槐》等齣），到近年竟演成了連臺幾十本的長劇了。」〔註87〕

《龍圖耳錄》可說是包公故事的集大成之作，它吸收了說唱、戲劇、小說中較優秀的故事，精心改造之後，以說書人的口吻統一敘述，巧妙地納入長篇巨構之中。小說第一回「設陰謀臨生換太子 奮俠義替死救皇妃」，吸收了元雜劇《陳琳抱妝盒》的劇情，形成奇異、曲折的情節，尤為可貴的是該小說還吸收了戲劇表現人物心理的特長，較為細緻地描寫了寇珠、陳琳等人的心理活動，這對於塑造人物形象有很大的作用。心理描寫也成為此小說敘事的一大特點。

〔註85〕參閱〔法〕弗朗索瓦絲・勒莫：《黑寡婦——謠言的示意及傳播》，商務印書館，1999年版，第21頁。

〔註86〕蔣瑞藻：《小說考證》附錄《戲劇考證》，上海古籍出版社，1984年版，第337頁。

〔註87〕《三俠五義序》，歐陽哲生編《胡適文集》第4卷，《胡適文存三集》，北京大學出版社，1998年版，第374頁。

明傳奇《觀世音魚籃記》,《龍圖公案》改編成《金鯉》篇,人名關目有所改易。張眞改爲劉眞,張眞入金府攻讀,改爲張眞賣字爲金賞識,請爲西賓。東海魚精改爲碧油潭千年魚精,元宵燈會混入金家花園池中。金家至揚州尋訪牡丹花,始發現又一金小姐。包公以斬妖鏡照出魚精原形,觀音收入籃中。這和《百家公案》第四十回《金鯉魚迷人之異》關目同,文字稍詳。秦腔《鯉魚峽》寫劉如珍被金家接去攻讀,魚精元宵燈會混入金家,愛慕劉如珍,化爲金牡丹迷惑劉於書館成親。劉於花園遇金牡丹,上前攀談,牡丹不理睬,劉莫明其妙。魚精與金牡丹爭吵,眞假難辨,請包拯降妖,又有水卒化包拯,混鬧金府,張天師請南海觀音將魚精收入魚籃。此劇別名《雙包入府》、《金鱗記》、《追魚記》、《盂蘭會》等。當本南戲和小說二者參互改編。

戲劇《包待制陳州糶米》的本事不詳。此劇後來成爲各種包公文學敘事的藍本,明代成化說唱詞話《包龍圖陳州糶米記》,京劇和地方戲曲搬演的也很多,在小說裏,每每提及包公陳州糶米,或作爲背景提及。

趙景深考證,武漢臣《包待制智賺生金閣》前半部分的本事出自《曲海總目提要》卷二:「郭成,世爲農家。成習儒,家有老親,妻曰李幼奴。成得惡夢,卜之。日者曰:『宜避千里外。』成方欲應舉,遂束裝。……將至汴,天大雪,成與幼奴憩於酒店。有龐衙內者,權豪也。雪中出獵,亦飲於店。成見其聲勢赫羿,知爲要人,出生金閣獻之,以求得官。龐許之。成喜,率其妻拜謝。龐遂拉至家,設酒款待,欲奪其妻。成不從。禁之後院,而令一老嫗勸幼奴。……令家人殺成。」這一故事也影響了明代《龍圖公案》卷七《獅兒巷》。〔註88〕《喻世名言》中的《滕大尹鬼斷家私》改編爲《龍圖公案》中的《扯畫軸》,傳奇《長生像》又據《龍圖公案》寫成。

明末清初崑腔傳奇的包公戲,如李玉《長生像》、朱佐朝《乾坤嘯》以及他與朱素臣合作的《四奇觀》、石子斐《正昭陽》、唐英《雙釘案》、程子偉《雪香園》、無名氏《瓊林宴》、《雙蝴蝶》等多都取材於《百家公案》。

同治間小說《三俠五義》問世後,在社會上影響極大。道光四年(1824)慶昇平班戲目裏就有《瓊林宴》、《三俠五義》、《打龍袍》、《遇後》、《花蝴蝶》、《烏盆記》等九齣戲,演出《三俠五義》的重要關目。不可否認,俠義公案小說的盛行,吸引了戲曲作家的目光並受到當時最流行的本子的影響。

〔註88〕趙景深:《中國小說叢考》,齊魯書社,1980年版,486頁。

小說改編爲戲劇首先要添枝加葉，將情節改得更爲曲折複雜。唐英據《包公案・白塔巷》小說改編爲《雙釘案傳奇》，添出「釣金龜」關目，將金龜竭力鋪張，因金龜而醫病訂婚，因金龜而致死，平添了還魂、團圓等頭緒。孫楷第認爲：「這種離開故事本身而生枝添葉的辦法，是明以後傳奇家的格範，牽強做作，將原始故事的自然趣味戕賊無餘。……但因時尙所趨，反而盛傳，到了現在，釣金龜故事有名，舊有的元明故事不復爲世人所知了。」〔註89〕

由於戲曲與小說文體有異，且戲曲觀眾遠比小說讀者涉及面廣，接受者的層次更爲複雜，故戲曲對通俗小說的改編往往要避文就質，考慮鄉村細民的嗜好。此種改編從藝術的角度而言未必是好事，但從傳播的角度而言卻是有益的。所謂「聲音之道，感人尤深，其影響風俗人心者，勢力蓋出小說上。」〔註90〕祁彪佳《遠山堂曲品》曾經屢次批評改編後的戲曲較原本鄙俗，但是對其產生的「轟動村社」的效應又很無奈：「全不知音調，第效乞食瞽兒，沿門叫唱耳。無奈愚民佞佛，凡百有九折，以三日夜演之，哄動村社。」〔註91〕將小說改編爲可供舞臺實際演出的戲曲，推動了小說在更大範圍內的流傳。

五、包公文學的敘事與包公傳播

從敘事學的角度來說，賦予人物以動態的特徵，也即賦予了人物以角色的功能。在宋元話本故事中，包公是敘述中的人物，卻不是故事中的人物，不具有角色的功能，她被逐漸捲入情節漩渦的過程，也是不斷加入他的角色功能的過程。所以說，傳播者所關心和感興趣的人物，其角色功能可能在傳播過程中逐漸得到加強。包公的傳播過程就是其角色功能不斷強化的過程。

（一）元代公案審判劇的結構與鎮魂祭祀禮儀

古代，人們相信，幽鬼亡魂於「變幻形軀，依附草木，天陰雨濕之夜，月落參橫之晨」，出沒於鄉內，帶來災難和疫病，於是，有必要科之以刑罰，押之於地獄，因此，在對這種無名的孤魂幽鬼的鎮魂祭祀中，在以「超度救濟」爲主導的同時，也兼用「科刑幽閉」的手段。在英靈鎮魂的祭祀中，對

〔註89〕 孫楷第：《滄州後集》，中華書局，1985 年版，第 93 頁。

〔註90〕 蔣瑞藻：《小說考證》附錄《戲劇考證》，上海古籍出版社，1984 年版，第 337 頁。

〔註91〕 〔明〕祁彪佳著、黃裳校錄：《遠山堂明曲品劇品校錄》「明曲品・雜調・勸善」，中國戲劇出版社，1958 年版，第 134 頁。

英靈的鎮撫，採取這樣的程序，即：村民依靠巫覡、道士、僧侶來向英靈獻「祭」，神佛受祭而救濟英靈。與此相對，在無名的幽靈孤魂的鎮撫中，採取一種「審判」的結構，在查明孤魂所訴的是非曲直的基礎上，把有罪者關進地獄，只給那些值得救濟者施予衣食，並超度他們到天界。

　　在元代的雜劇中，以著名判官包公作為審判者的劇目多不勝數，而包公是冥王東嶽帝的屬官，據信能夠「晝審陽世、夜斷冥界」。在劇中，包公通過夢境來聽取冤魂的申訴，瞭解事件的真相，進行審判。例如，元代無名氏作的雜劇《盆兒鬼》，說的是楊國用在旅途中被惡人盆罐趙所殺，遺骨又被做成夜盆轉讓給張別古，楊國用的冤魂向夜盆持有者張別古訴說了自己的悲慘遭遇，接受了同情楊的張的轉述，包公喚出楊的冤魂，聽取本人自訴，使犯人落入法網。首先，我們來看楊的靈魂向張訴說身世的第三折的後段，張招呼楊的亡靈時所唱：

　　　　〔鬼三臺〕則見他來到根底。唬的俺忙迴避。俺性格兒撮鹽入
　　水。俺名姓你須知。鬼也。俺從今後怕你。天心的這正法，俺可也
　　不省得。鬼也那吒的那法力不理會。俺那裏會咒水書符！都則是瞞
　　神也那唬鬼。

張在這裏訓斥未能阻止亡靈侵入的門神，所唱如下：

　　　　〔麻郎兒〕俺大年日將你帖起。供養了餕子茶食，指望你驅邪
　　斷祟，指望你看家守計。

　　　　〔么篇〕呸，俺將你畫的這惡支殺樣勢，莫不是盹睡了門神也
　　那戶尉。兩下裏桃符定甚大腿！手持了這應夢的鍾馗。〔註92〕

這裏反映了村民借助門神防止孤魂野鬼侵入的恐懼心理。在接下來的第四折中，張帶著楊的亡靈到包公的衙門，勸說楊直接向包公傾訴。楊的亡靈害怕門神，祖護它的張別古的唱段如下：

　　　　〔小梁州〕上告你個待制爺爺府鑒察，念小人怎敢調弄奸滑。
　　只為你那門神護尉一似狠那吒，二將巨斧頻頻掐。他是一個鬼魂兒
　　怎教他不就活驚殺。

　　　　〔么篇〕俺只見金錢銀紙剛燒罷，見一陣旋風兒逐定咱家，俺
　　便割捨的盆沿上敲三下。他道玎玎當當說話。他可敢說的個有根芽。

〔註92〕《玎玎璫璫盆兒鬼》，吳白匋：《古代包公戲選》，黃山書社，1994 年版，第
　　　319～320 頁。

這裏，犯人被捕帶到公堂，張對犯人唱道：

　　〔快活三〕哎，你個盆趙大，怎看得俺似小娃娃？與了俺一個
夜盆受用咱，倒著我耽驚怕。

　　〔朝天子〕盆兒也！俺討的到家，險將俺來唬殺。現如今一謎
裏尿胡下。則他這瓦窯村更狠如蓼兒窪，你便是有官防難彈壓，他
殺壞了平人，燒做了片瓦，死魂靈都消化，你若要正法，直將他萬
剮。這的也稱不了那冤仇大。

於是，判處犯人斬刑的決定下達，張別古稱頌包公，這樣唱道：

　　〔四邊靜〕念老漢蒼顏白髮，不爲那冤魂也不到這府衙。威德
無加，神鬼皆驚唬，從今後雲播天涯，做一段新奇話。〔註93〕

在此劇中，亡靈雖然出場了，但沒有歌唱，而是由張代他歌唱，向包公申
訴。張是一老人，發揮著向上級神靈轉達轄區內孤魂申訴的土地神的作用。
可以說，這裏也反映了「孤魂祭祀」的敘事結構。無名孤魂的鎮魂禮儀，
結構上，要求採用審判形式，而這種形式，產生出以包公戲爲首的元代審
判劇。

（二）豪俠主題與包公戲的傳播

　　綠林豪傑劇，即民間武裝團體、秘密結社的俠士、俠盜的故事，水滸戲
是其代表作。著名的有高文秀《黑旋風雙獻功》、李文蔚作《同樂院燕青博魚》、
李致遠作《大婦小婦還牢末》、無名氏《爭報恩三虎下山》等。在俠義英雄之
間，嫂子往往成爲英雄結盟關係及俠義行爲的最大絆腳石，是削弱同性英雄
俠義關係的首要的罪魁禍首。由於異性間微妙關係，往往哥哥或者貪戀美色
懈怠了俠義兄弟間的關係，或者嫂嫂進讒言離間俠義兄弟的結盟，或者嫂嫂
與姦人（俠義英雄的對立面）勾結，置哥哥與危險境地。總之，美豔嫂嫂往
往對俠義兄弟的結盟關係構成嚴峻威脅：「一者壞了我兄弟情分，二乃久後必
然被你害了性命」，「不如我今日先下手爲強」。〔註94〕

　　因此，結盟英雄往往潛意識視女性嫂嫂爲「禍水」。像《水滸傳》中的武
松等英雄，「只愛學使槍棒，於女色都不十分要緊」。〔註95〕宋江教育王英說：

〔註93〕《玎玎璫璫盆兒鬼》，吳白匋：《古代包公戲選》，黃山書社，1994 年版，第
　　　　 325～329 頁。
〔註94〕《水滸傳》，人民文學出版社，1997 年版，第 620 頁。
〔註95〕《水滸傳》，人民文學出版社，1997 年版，第 261 頁。

「但凡好漢，犯了『溜骨髓』三個字的，好生惹人恥笑。」〔註96〕豪俠們通過不斷完善的理論結構對女性進行詛咒、貶抑，將自身需求和性能力的衝突嫁禍爲女色與事業的衝突。「好漢」是江湖世界的男人們藉以安身立命的榮譽稱號，「做好漢」是男人取得話語權力的先決條件，是男人終生的事業。

縱觀中國文學，尤其是英雄主義的文學作品中，能夠成爲「禍水」的，往往只限於具有性魅力的美女。漂亮女人即使不主動嫁禍於男人，也必將成爲男人的負累。所以，關鍵時刻必剷之。英雄殺嫂故事的心理根源大致如此。

《水滸傳》第四十五回「楊雄醉罵潘巧雲，石秀智殺裴如海」中，石秀殺死潘巧雲最爲典型。

> 和尚道：「小僧記得，只說要還願，也還了好。」和尚又道：「你家這個叔叔好生利害！」……石秀卻自尋思了，氣道：「哥哥恁的豪傑，卻恨撞了這個淫婦！」忍了一肚皮鳥氣，自去作坊裏睡了。……詩曰：古來佛殿有奇逢，偷約歡期情倍濃。也學裴航勤玉杵，巧雲移處鵲橋通。……石秀道：「嫂嫂，哥哥自來伏侍你。」楊雄向前，把刀先幹出舌頭，一刀便割了，且教那婦人叫不的。楊雄卻指著罵道：「……一者壞了我兄弟情分，二乃久後必然被你害了性命。不如我今日先下手爲強。

現在秦腔中還有《翠屏山》（別名《石秀殺嫂》）演繹這一母題。在現存的元代雜劇中，殘留著水滸劇六種，另有可稱爲俠士劇的數種，這些故事都是俠士們殺死背叛男人的淫婦。水滸戲中宋江多次爲殺死淫婦助威：

> 《爭報恩》宋江云：眾兄弟拿住丁都管王臘梅，將他綁在花標樹上，碎屍萬段。您一行人聽我下斷者。詞云：您結義在患難之先，受苦楚有口難言，鬧法場報恩答義，救千嬌萬古流傳，將賊婦攢箭射死，丁都管梟首山前。趙通判並兒女發回鄉土，四口兒寧家住夫婦團圓。

> 《燕青博魚》宋江云：……將這姦夫淫婦綁拿上山去，縛在花標樹上，殺壞了者。一面敲牛宰馬。殺羊造酒，做一個慶喜的筵席……

〔註96〕《水滸傳》，人民文學出版社，1997年版，第425頁。後世英雄對美豔女性的恐懼主要受佛教影響，如敦煌講唱文學《破魔變文》和《維摩變文》等多描寫美色對居士修煉的擾亂。

《雙獻功》宋江云：今日梟了姦夫淫婦之首，都是李山兒之功也，小嘍囉將此兩個首級掛號梁山泊前，警諭眾庶……〔註97〕

《還牢末》宋江云：……將這兩個潑男女剖腹刻心，與李孔目雪恨報仇……

《元刊本》中無名氏作包公戲《張千替殺妻》就是這樣的典型，其情節梗概正是英雄殺嫂母題：

楔子：張千（正末，以下同）與員外義結金蘭，成了員外的義弟。

第一折：張千與義嫂（員外之妻）去拜祭祖墳。在墓地義嫂向張千示愛，張千假意應允，回家。

〔遊四門〕呀！不賭時摟抱在祭臺邊，這婆娘色膽大如天。恰不怕柳外人瞧見。又不是顛，往日賢，都做了鬼胡延。

〔勝葫蘆〕嫂嫂，休！俺哥哥往直西不到半年，想兄弟情無思念？你看路人又不離地遠。你待為非作歹，瞞心昧己，終久是不牢堅。

〔旦云了〕〔末云〕這婦人待要壞哥哥性命。

第二折：義嫂回家以後，備好酒食等侯張千。員外回家到此。義嫂唆使張千殺掉員外。張千憤其居心險惡，揮刀殺死義嫂。

〔尾聲〕想著婦女餐刀刃，久已後則著送了人。自家夫主無恩情，剗地戀著別人親。這婦人壞家門，倒與別人些金銀。因此上有一刀兩段歸了地府，我與你有恩念哥哥挣了本。

第三折：鄭州知縣追究員外的殺人罪，押送本人到開封府。著名審判官包公予以審問，而疑團仍留。張千前去自首，述說殺嫂的理由。

〔外扮鄭州官，問成員外，解開封府了〕〔外扮包待制上，引問疑獄不明〕〔末云〕人間私語，天聞若雷。

第四折：臨刑之時，張千將老母託付於員外照料。就要執行的瞬間，包公的赦免令到達，達成團圓結局。

田仲一成評價說：「此劇表面上是包公審判劇的形式，但實質上是替結義兄長殺掉淫婦，而又甘負罪責、慷慨赴死的俠士張千的故事，屬於「綠林豪

〔註97〕 高文秀《黑旋風雙獻功》中李逵奉命保護孫榮赴泰安進香，孫榮之妻郭念兒與白衙內有私情，白衙內遂將孫榮陷害入獄。李逵入獄探視，救出孫榮，最後殺死白衙內、郭念兒，攜人頭回梁山獻功。

傑」處決姦婦故事母題的雜劇。」〔註98〕類似的主題在包公文學中還有《百家公案》第五十二回「重義氣代友伸冤」等，限於篇幅不再展開。

（三）包公的小説敍事「重塑當時歷史」，展開烏托邦歷史設計

包公的小説敍事，繼正史以後，民間開始重塑歷史，時間都在宋朝，地點都在開封府。可以説，對明君賢臣的盛世的嚮往是包公文學地域鎖定展開烏托邦歷史敍事的民族心理根源。《包龍圖斷歪烏盆傳》中唱：

> 自從盤古分天地，幾朝天子幾朝臣。幾朝君王多有道，幾朝無道帝王君。太祖太宗眞宗帝，四帝仁宗有道君。四十二年眞命主，佛補（輔）天差治萬民。王有道時臣有德，至今朝内出賢人。文官只説包丞相，武官只説狄將軍。〔註99〕

《包待制出身傳》中也寫道：

> 見説東京多富貴，二十四座管絃樓。只管街頭看景致，不覺紅日漸西沉。

> 説秀才，出店門，看其仔細；看東京，花世界，錦繡乾坤。大鐵鋪，小鐵鋪，叮噹〔當〕響亮；市河中，船無數，盡載金銀。金銀鋪，匹帛鋪，人煙無數；看行首，一個個，美貌佳人。中書省，六部官，御史臺府，看官家，長朝殿，上接青雲。東華門，出入的，文官宰相，西華門，往來的，武將皇親。京城裏，花粉店，不知其數；有經商，買賣的，萬萬千人。〔註100〕

《仁宗認母》中：

> 聽説文官包丞相，清名正值理條文。……趙王呼他爲鐵面，兩班叫做沒人情。日判陽間不平事，夜間點燭斷孤魂。三會曾坐開封府，兩回朝内現忠臣。……八棒十三依法斷，不將屈棒打平人。〔註101〕

八種説唱詞話幾乎都是這樣開頭的。

〔註98〕　〔日〕田仲一成：《中國戲劇史》，北京廣播學院出版社，2002 年版，第 158頁。

〔註99〕　朱一玄校點：《包待制斷歪烏盆傳》，《明成化説唱詞話叢刊》，中州古籍出版社，1997 年版，第 159 頁。

〔註100〕　朱一玄校點：《包龍圖斷曹國舅公案傳》，《明成化説唱詞話叢刊》，中州古籍出版社，1997 年版，第 191 頁。

〔註101〕　朱一玄校點：《仁宗認母》，《明成化説唱詞話叢刊》，中州古籍出版社，1997年版，第 142 頁。

　　《包公案》中，以東京爲背景的篇目有《烘衣》、《白塔巷》、《殺假僧》、《金鯉》、《聿姓東邊走》、《屍數椽》，《鬼推磨》、《港口漁翁》等。以開封府爲故事背景得有《賣皂鞋》、《繡履埋泥》、《石碑》、《借衣》等。但據《續資治通鑒》記載，包公從宋仁宗嘉祐元年十二月被任命權知開封府起到嘉祐三年六月升爲右諫議大夫止，總共只當了一年半的開封知府，這一年半史書上沒有記載他任何有關斷案事件，但包公文學的敘事多以大宋開封府爲背景展開。

　　正如民間所傳聞「開封有個包青天」那樣，在明清時期，包公的身份永遠鎖定在開封府府尹這一官職上。《百家公案》中絕大部分的故事發生在東京：如「東京判斬趙皇親」，「東京判決劉駙馬」，「汴京判就胭脂記」等等，對北宋開封府的情況也有零星的描寫，商業方面的情況如第十一回，柴勝之父勸其往東京經商說：「吾聞東京開封府極好賣布，汝可將些本錢往松江收買幾挑，前到開封府發賣，不消一年半載，即可還家矣，豈不勝如坐守食用乎？」〔註102〕再如第十六回：「話說江西南昌府有一客人，姓宋名喬，負白金萬餘兩，往河南開封府販買紅花。」〔註103〕第三十六回寫東京城外一董姓父子商量在路邊開旅店，認爲「住居乃東京城之馬站頭，不如造起數間店宇，招接往來客商，比作經紀尤有出息」。〔註104〕也有寫及東京風俗的，如第六十二回寫河南任城人郭華在東京與胭脂鋪女子月英相遇，「約以正月十五夜，相會于相國寺」。文中還有詞描繪東京上元景致，所謂：「光陰燃指，不覺上元節至，遊人似蟻，千門萬戶，花燈裝起，韶華天付與，共賞六街三市，月光如水，看蓬苯仙侶，鰲山降滿瑤池。」〔註105〕

　　烏托邦歷史設計是人類與生俱來的，它把一個曾經的時代想像爲「黃金時代」，進而上陞爲理想主義衝動，意圖超越人在宇宙存在鏈條上的限定性，以進入與神齊一的存在境界。將人的歷史當作神的歷史來設計創造。其結果，歷史往往表現爲矚望期待與失望迷惘不斷輪迴的風景圖。

〔註102〕王汝梅、朴在淵：《韓國藏中國稀見珍本小說》《包公演義》，中國大百科全書出版社，1997年版。第177頁。

〔註103〕王汝梅、朴在淵：《韓國藏中國稀見珍本小說》《包公演義》，中國大百科全書出版社，1997年版。第196頁。

〔註104〕王汝梅、朴在淵：《韓國藏中國稀見珍本小說》《包公演義》，中國大百科全書出版社，1997年版。第276頁。

〔註105〕王汝梅、朴在淵：《韓國藏中國稀見珍本小說》《包公演義》，中國大百科全書出版社，1997年版。第407頁。

（四）公案文學離奇曲折的案件情節有利於包公傳播

為什麼公案小說在大約明代萬曆年間和清代道光年間兩度繁榮？因為公案文學的主題和市民階層的審美需要相一致。震動全國的大案要案起先作為重大新聞具有傳播性。公案小說和俠義公案的主題選擇本身具有天然的傳播性。〔註106〕

案件精心的策劃，曲折離奇的做案過程能喚起人的好奇心，容易以不同的形式通過不通渠道傳播。幾乎每個成熟的公案小說都離不開離奇曲折的發案情節，這是公案小說作為文學種類的生命力所在。包公只有依附於一波三折的敘事情節，才能獲得廣泛的讀者，得到最大限度的傳播。甚至我們可以說，是案情本身而不是包公斷案更吸引接受者的注意，案情裏矛盾衝突的雙方的形象都比較鮮明，他們的故事情節緊張，他們的結局令人關注。

在論及李宸妃一案傳播演變時胡適就說：「張茂實和冷青的兩案究竟在可信可疑之間，故不能成為動聽的故事。李宸妃的一案，事實分明，沉冤至二十年之久，宸妃終身不敢認兒子，仁宗二十三年不知生母為誰（仁宗生於1010，劉後死於1033）；及至昭雪之時，皇帝下詔白責，鬧到開棺改葬，震動全國的耳目；這樣的大案子自然最容易流傳，最容易變成審街談巷議的資料，最容易添枝添葉，以訛傳訛，漸漸地失掉本來的面目，漸漸地神話化。」〔註107〕

有時撲朔迷離的案情伏脈千里，懸念謎底一直到包公出場判案才能解開，敘述者對敘事時間、速度和敘事視點的的精當調節和把握，展開一個多層面縱深立體的人生圖景，創造出的是一種「有隔」的小說，其藝術的間離效果造成一種獨特的審美接受活動。如《三現身包龍圖斷冤》，小說篇首詩入話與頭回是說命，正話從算命開頭，孫押司因無聊而去算命，賣卦先生叫他「有酒休買，護短休問」，說他今年今月今日三更三點子時死。至此，接受者以為這篇小說是講神算知命的故事了。孫押司回家說與妻子，妻子讓他飲酒解悶，孫押司酒醉睡去，押司娘強令瞌睡的婢女迎兒一起守到深夜。「迎兒又睡著。押司娘叫得應，問他如今甚時候了？迎兒聽縣衙更鼓，正打三更三點。押司娘說：『迎兒，且莫睡則個！這時辰正尷尬那！』迎兒又睡著了，叫不應。

〔註106〕從傳播角度，俠義和公案合流選擇是傳播媒介商業化運營規則在文學主題領域的必然選擇，而且愛情等主題也會自然彙入，筆者認為，當前熱播的鄒靜之編劇的《康熙微服私訪記》就是這一趨勢的代表。

〔註107〕歐陽哲生編：《胡適文集》第4卷，《胡適文存三集》，北京大學出版社，1998年版，第377頁。

只聽得押司從床上跳將下來，兀底中門響。押司娘急忙叫醒迎兒，點燈看時，只聽得大門響。迎兒和押司娘點燈去趕，只見一個著白的人，一隻手掩著面，走出去，撲通地跳入奉符縣河裏去了。」讀至此，不禁毛骨驚然，神算果真厲害！只是，孫押司何以會無緣無故死去？而且跳河自殺。孫押司死後三個月，兩個媒婆來看押司娘，押司娘告訴她們丈夫死去「前日已過百日了」。媒婆說親，押司娘說：「且住，如何得似我先頭丈夫？」媒婆再來，押司娘提了三個條件：「第一件，我死的丈夫姓孫，如今也要嫁個姓孫的；第二件，我先丈夫是奉符縣里第一名押司，如今也只要懲般職役的人；第三件，不嫁出去，則要他入舍。」如此條件，豈不是毫無迴旋的拒絕？讀者一定會認為押司娘苦戀先夫。但媒婆來說的正是這麼一頭親事。敘述者插入評說：「有分撞著五百年前夙世的冤家，雙雙受國家刑法。」讀者還雲裏霧裏，不知此說為何？押司娘與小孫押司婚後，迎兒為他們做醒酒湯時，竈床突起，大孫押司顯靈。讀者才覺蹊蹺，難道大孫押司是被害屈死的？押司娘把迎兒嫁了破落戶王酒酒。「押司娘只因教迎兒嫁這個人，與大押司索了命。」至此，讀者才從這口風中得知，大孫押司確實冤死，而且，由敘述者口吻，似乎懷疑與押司娘有關。但這個謎一直待包龍圖當了知縣才解開。大孫押司三次現身，包龍圖在押司娘的竈下掘出大孫押司的屍體，敘述者才倒敘小孫押司的來歷，他與押司娘相好，當天正在其家。聽說神算之言，趁機把大孫押司害死，那出門投河的只是小孫押司掩面出門，扔了一塊大石頭。敘述者隱藏視點一直到篇末，但前面的敘述卻密針細線時有暗示，不過，只有小說讀完反思前面細節，才會恍然大悟。像這樣成功的控制視角，給接受者帶來很大審美愉悅。

從可讀性上，俠義公案小說的武打描寫一招一式，歷歷在目。其中《三俠五義》對劍的描述可謂引人入勝，俠客們交遊，行俠也「須臾不可無此君」。茉花村展昭試雙俠丁兆惠的「目力如何」，便考究他識別寶劍的能力，看你是否具備俠客的武學修養，丁兆惠瞧了一會道：「據小弟看，此劍彷彿『巨闕』。」展昭因此認為丁兆惠不愧是將門之子等等，故事環環相扣，情節曲折動人。所以魯迅評介《三俠五義》稱它：「至於構設事端，頗傷稚弱，而獨於寫草野豪傑，輒奕奕有神，間或襯以世態，雜以詼諧，亦每令莽夫分外生色。值世間方飽於妖異之說，脂粉之談，而此遂以粗豪脫略見長，於說部中露頭角也。」〔註108〕

〔註108〕魯迅：《中國小說史略》，上海古籍出版社，1998年版，第199頁。

（五）包公出現在各種惡貫滿盈的刑事案件伸冤的期待張力中

儘管學界對於公案的定義不盡相同，但都強調公案小説以「作案」、「斷案」爲內容，以描述「摘奸發覆，洗冤雪枉」爲特徵。〔註109〕而且據徐忠明統計包公文學中所涉及的刑事案件共 148 則，占所有案件的 80%，其中命案占 66%。〔註110〕和民事相比，刑事案件對既有秩序的背離更爲徹底，衝突自然更爲激烈，更具有「新聞」一樣的傳播性，借了這樣的「東風」，包公的傳播擴散自不待言。甚至我認爲公案文學有改編書判所涉及的現實中的大案要案，以準新聞的形式公之與眾的功能。

在大量的刑事案件中，我們可以想見，其中有恩將仇報的人；仗勢欺人的人；貪財剪徑的人；有栽贓陷害的人；有淫人妻女的人。犯罪嫌疑人往往有豪貴權要做保護傘，有恃無恐，公開叫囂，氣焰囂張，細民往往勢單力薄，含冤受屈，叫天天不應，喊地地不靈。

美國當代文論家華萊士・馬丁在論述敘事視點（即視角）時說：「敘事視點不是作爲一種傳送情節給讀者的附屬物後加上去的，相反，在絕大多數現代敘事作品中，正是敘事視點創造了興趣、衝突、懸念乃至情節本身。」〔註111〕

石昌渝先生研究中國小説情節結構時說：「中國古代小説的結構，在情節外在的故事方面可分爲單體式和聯綴式兩類，在情節內在的線索方面可分爲線性式和網狀式兩類。」〔註112〕線性式結構是：「如果一部小説情節由一種矛盾衝突構成，矛盾一方的欲望和行動僅受到矛盾另一方的阻礙，由這單一的矛盾衝突推動情節向前發展，那麼情節就表現爲一種線性的因果鏈條。這種結構就叫做線性結構。」〔註113〕包公介入前案件偵破一波三折，呈線性結構，矛盾累積，形成很強的敘述張力，受眾因此產生有很強的心理焦慮和感情期

〔註109〕參見以下各書：黃岩柏《中國公案小説史》，遼寧人民出版社，1991 年版，第 1 頁；孟犁野《中國公案小説藝術發展史》，警官教育出版社，1996 年版，第 4 頁；曹亦冰《俠義公案小説史》，浙江古籍出版社，1998 年版，第 4 頁。

〔註110〕徐忠明：《包公故事——一個考察中國法律文化的視角》，中國政法大學出版社，2002 年版，第 270～283 頁。

〔註111〕〔美〕華萊士・馬丁：《當代敘事學》，北京大學出版社，2005 年版，第 128 頁。

〔註112〕石昌渝：《中國小説源流論》，三聯書店，1994 年版，第 31 頁。

〔註113〕石昌渝：《中國小説源流論》，三聯書店，1994 年版，第 36 頁。

待：這些冤屈能否昭雪？天理能否維護？正義能否伸張？要知道，這在一定意義上涉及到細民對於生活的信心和對社會公正的信念。

在敘事的不同階段，精彩考究、文言色彩濃厚的狀子或判詞在敘事上起到「隔斷」的作用，轉移了敘事視角：如《龍圖公案》「床被什物」篇結尾：「包公道：『你二人先稱通姦，得某某銀若干，一說銀交與夫，一說做馬腳。情詞不一，反覆百端，光棍之情顯然。』各打二十。」

> 便判道：「審得張逸、李陶，無籍棍徒，不羈浪子。違禮悖義，
> 固知律法之嚴。戀色貪花，敢爲禽獸之行。強姦良民之婦女，毆打
> 人妻之丈夫，反將穢節污名，藉口通姦脫騙。既云久交情稔，應識
> 孫婦行藏。至問其姓名，則指東罵西而百不得一、二；更質以什物，
> 則捕風捉影而十不得二、三。便見非閨裏之舊人，故不曉房中之常
> 用。行強不容寬貸，斬首用戒刁淫……〔註114〕

在敘事學上，判詞的出現實現了敘事視角的自然轉換，使讀者從「介入」狀態擺脫出來，緊張、焦慮、衝突得以緩釋，這是包公在公案小說微觀層面上的傳播策略。

楊義先生稱敘事視角爲「作者和文本的心靈結合點，是作者把他體驗到的世界轉化爲語言敘事世界的基本角度。同時它也是讀者進入語言敘事世界，打開作者心靈窗扉的鑰匙。」〔註115〕正是因爲「覆盆何處不含冤」的現實悲劇，所以飽受其苦的人們才殷切企盼那些執掌著自己生死的官吏們能夠「似佛慈心待細參」。它包含了一些基本的程序模式：（1）無辜受害者令人同情的清白身世；（2）他在現實社會中孤苦無助的弱者地位；（3）忘恩負義小人的奸詐詭譎和忍心陷害；（4）世人的懵懂無識、盡落騙局之中；（5）官府的顢頇昏庸、酷刑定罪等等。而正是這種山重水複疑無路的關口，清官的出現使局面有了戲劇性轉機。公案小說中包公的出場就處在這樣一個正義與邪惡激烈交鋒，各種規則相互較量的節骨眼兒上。

從某種意義上，傳播規律左右著包公文學敘事的文體形式、主題選擇和敘事結構及策略。由於在信息選擇上，個人傾向於注意那些與其現有態度、信仰或行爲非常一致或緊密相關的部分。所以要考察傳播效果，筆者認爲，傳播效果的獲得可以表述如下：

〔註114〕〔明〕佚名：《包公案》，三秦出版社，1995年版，第301頁。
〔註115〕楊義：《中國敘事學》，人民出版社，1997年版，第191頁。

傳播效果（E）＝事件的新聞性（與文學主題選擇相關 N）×

與受眾的相關度（與文學内容選擇相關 R）×易讀指數（與作品的

文體和敘事策略相關 D）〔註116〕

楊緒容說，晚明《龍圖公案》一出，風行天下，人們幾乎忘記了還有一部《百家公案》，〔註117〕如果從傳播角度，問題答案顯而易見。在晚明時代，資本來到人間，傳統道德觀念遭到懷疑，侵財害命、徇私枉法成爲新的社會問題，而《龍圖公案》緊扣時代脈搏，篇幅短小整齊，膾炙人口，自然萬口傳頌，翻刻不絕。其中《鬼推磨》篇的結尾簡直就是一篇耐人尋味的福祿天命問題的議論文：

注祿官批道：審得人心不足而冀有餘，天道以有餘而補不足。故勤者餘，惰者不足，人之所以挽回造化也；又巧者不足，拙者有餘，天之所以播弄愚民也。終久天命不由乎人，然而人定亦可以勝天，今斷李博士罰作光棍，張待詔量減餘貲，庶幾處以半人半天之分，而可免其問天問人之疑者也。以後，居民者常存大富由天小富由人的念頭，居官者勿召有錢得生無錢得死的話柄。庶無人怨之業，並消天譴之加。批完，押發去。又對注祿判官道：「但是，如今世上有錢而作善的，急宜加厚些；有錢而作惡的，急宜分散了。」判官道：「但世人都是癡的，錢財不是求得來的，你若不該得的錢，雖然千方百計求來到手，一朝就抛去了。」〔註118〕

總之，清官的及時出現，以及他的赫然威勢和細勘明察、神鑒秋毫，是冤獄發覆的惟一途徑，因此這救星一旦出現，也必然使久處絕境的子民們絕處逢生，並由此生出對大救星的無限感恩，猶如擁戴神明，故事情節由此也一波三折，或危如累卵，或柳暗花明。

〔註116〕大眾傳播理論中專門有「易讀性和易聽性測量」研究，易讀性指「由於寫作方式導致的瞭解或理解的難易程度。」（Klare,1963,p.1），研究得出弗雷奇公式：R.E.＝206.835－0.846wl～1.015sl。其中 wl＝每100字的音節數；sl＝每個句子的平均字數。研究發現小說句子短、俚俗、音節明快傳播成功率大。參見《傳播理論——起源、方法與應用》，華夏出版社，2000年版，第129～135頁。

〔註117〕楊緒容：《〈百家公案〉研究》，上海古籍出版社，2005年版，第9頁。

〔註118〕〔明〕佚名：《包公案》，三秦出版社，1995年版，第286頁。

（六）包公文學之口頭敘事程式

（1）開頭程式：郎瑛的《七修類稿》卷二十二云：

> 小說起宋仁宗。蓋時太平盛久，國家閒暇，日欲進一奇怪之事
> 以娛之。故小說得勝頭回之後，即云「太祖太宗眞宗帝，四帝仁宗
> 有道君。」國初瞿存齋過汴之詩，有「陌頭盲女無愁恨、能拔琵琶
> 說趙家」皆指宋也。若近時蘇州刻幾十家小說者，乃文章家之一體，
> 詩話、傳奇之流也。又非如此之小說。

《水滸傳》的引首也能見到如此大同小異、反覆鋪陳的敘述，由此可見，關
於仁宗皇帝、包相和狄將軍的記述，是當時口頭的敘事程式。在《包龍圖公
案詞話》裏具體表現如下：

> 休唱三皇並五帝，且唱仁宗有道君。四十二年爲天子，經過幾
> 度拜郊恩。十度拜郊三十載，四度明堂十二春。四十二年興社稷，
> 只靠朝中武共文。文有清官包待制，武有西河狄將軍。但是兩班文
> 共武，創立仁宗定太平。〔註119〕

> 太祖太宗王有道，眞宗三帝改咸平。四帝仁宗登寶殿，佛保天
> 差羅漢身。仁宗七寶眞羅漢，二班文武上方星。文官護國金籙帳，
> 武將江山玉版門。三日一風五一雨，夜間下雨日間晴。東海漁公來
> 進寶，山中獵户進麒麟。〔註120〕

> 自從盤古分天地，幾朝天子幾朝臣。幾朝君王多有道，幾朝無
> 道帝王君。太祖太宗眞宗帝，四帝仁宗有道君。四十二年眞明主，
> 佛補〔輔〕天差治萬民。王有道時臣有德，至今朝内出賢人。文官
> 只說包丞相，武官只說狄將軍。皇王清正賢人助，邊塵〔庭〕無事
> 絕煙塵。外國小邦來進奉，八方無事盡安寧。海上漁翁來進寶，山
> 中獵户進麟麟。龍圖清正如秋水，日判陽間夜判陰。有人犯到包家手，
> 撥樹連稍〔梢〕要見根。三十六件無頭事，盡被包家斷得清。〔註121〕

〔註119〕《包待制出身傳》，朱一玄：《明成化説唱詞話叢刊》，中州古籍出版社，1997
年版，第113頁。

〔註120〕《包待制陳州糶米傳》，朱一玄：《明成化説唱詞話叢刊》，中州古籍出版社，
1997年版，第126頁。

〔註121〕《包待制斷歪烏盆傳》，朱一玄：《明成化説唱詞話叢刊》，中州古籍出版社，
1997年版，第159頁。

（2）語言程式：如描寫君王排鑾駕的情景，用〔攢十字〕如下：

〔攢十字〕左承相，右承相，根〔跟〕隨聖駕；九卿臣，十節使，扶〔扶〕助明君。百花袍，束玉帶，殿前大〔太〕尉；帶頭盔，披金甲，鎮殿將軍。金骨朵，銀骨朵，槍刀斧劍；金槍班，銀槍班，護駕將軍。大三班，小三班，兩邊道引；殿前官，殿後官，一路隨行。龍鳳旗，日月旗，駕前磨起；打同〔銅〕羅〔鑼〕，擂動鼓，進發前行。左哨軍，右哨軍，先開御路；前文官，後武帥，諫議公卿。駕前去，高打起，黃羅大傘；坐金裝，龍車輦，載的明君。〔註122〕

（3）結構程式

筆者將《包龍圖公案詞話》中運用套語作用分為三大類，即轉換場面或事件的作用，省略或簡介言及的作用，探索說唱者的客觀的敘述。第一類轉換分為以事件為主和以人物為主；第二類分成小三類不同的省略作用，對空間移動、時間經過和內容的省略；第三類主要在介紹人物和事件敘述的時候使用。事件轉換時，一般使用的套語：休唱、莫唱、莫道、且唱、聽唱、只說、話分兩頭、話分兩頭牢計取等。

《包待制出身傳》：「聽唱清官包待制，家住盧州保信軍。」、「參見有恩包大嫂.大嫂安排置酒筵。」、「不唱解元拾得碟.且唱仁宗有道君。」、「休唱狀元回歸去，且唱東京報榜人。」、「且說三郎在路，交〔叫〕小二：……」、「休說王公店內事，三郎獨自便登程。」、「參見州官王知府，……」、「不唱父老離朝去，只唱官家文武問。」、「公公管待都休唱，秀才當下便行程。」、「不說賑濟並斷事，且修章表進朝廷。」

《包待制斷歪烏盆傳》：「休唱爺娘妻子苦，秀才急急奔行呈〔程〕。」、「話分兩頭牢計取，各人歇息去安身。」

《包龍圖斷曹國舅傳》：「不唱婦人將去了，且唱曹家府院門。詞中莫唱曹家府，且唱攻書秀才身。」、「不唱秀才身屈死，聽唱仁宗有道君。」

《張文貴傳》：「莫唱大王多風采.詞文聽唱好因〔姻〕緣。且說秀才張文貴……」「元帥府中多快樂，且唱龍駒馬有恩。」、「不唱天神歸上界，再唱龍駒馬事因。」「不唱相公能快樂，聽唱園中看馬人。」、「不唱包家排筵會，單唱君王離殿廷。」

〔註122〕　《包龍圖斷曹國舅傳》，朱一玄：《明成化說唱詞話叢刊》，中州古籍出版社，1997年版，第219頁。另外，《仁宗認母傳》第156頁也有幾乎相同的〔攢十字〕。

包公文學口頭敘事程式的出現，是包公故事長期在民間口頭傳播的結果，它使包公傳播獲得了民間話語的認同，大大提高了包公文學編創的速度。

六、其它文學作品與包公傳播之維持

（一）說唱文學

自宋元話本與明成化說唱詞話以來，包公便是說唱文學塑造的重要文學形象之一，今天，包公題材說唱文學的文本依然流散在各地，許多作品都只得其目而難察其文。今天，紹興宣卷班社有 40 餘家，除了各有特色的一些寶卷外，必須演出的是所謂「三包龍圖」，即《賣花龍圖》，即《張氏三娘賣花寶卷》；《賣水龍圖》，即《花柳良（兩）願龍圖寶卷》，又名《包公巧斷血手印寶卷》等；《割麥龍圖》，又名《出世龍圖》、《包公出世狸貓換太子寶卷》。〔註123〕本書收錄部分歷史上包公題材說唱文學共計七大類七十四種，依藏地及種類分述：〔註124〕

體　裁	館　藏	作品名稱
寶卷〔註125〕	臺灣中央研究院傅斯年圖書館	《新編繪圖李宸妃冷宮受苦寶卷上、下》（石印）、《雞鳴寶卷》（石印）、《劉文英寶卷》（石印）。
	臺灣圖書館	《河西寶卷選、續選》共收錄《鸚哥寶卷》、《烙碗計寶卷》、《黃馬寶卷》、《顏查散寶卷》四種。
	北京大學圖書館	《龍圖出身寶卷》（手抄）、《蝴蝶小冊寶卷》（手抄）

〔註123〕2010 年筆者到浙江紹興做田野，宣卷先生何寶寶（藝名）爲當地一戶村民新房落成做的法會，「敬神宣卷文書」中說宣唱一個『三包龍圖寶卷』，前後三個六本十二回全集，諸做功德」。下文又重複「特發虔誠，特邀儒士四名，在新宅神前焚香秉燭設壇，宣唱一個『三包龍圖』一天，上保風調雨順，國泰民安，男增百福，女納千祥」云云。注 1. 該地區宣卷先生現在自稱「儒士」，2. 該地故事類民間寶卷，大都是上下兩本、四回，與清末上海地區「四明宣卷」的寶卷相同。3. 做會（調查）時間，「文書」末簽署。

〔註124〕有關說唱文學作品臺灣中央研究院傅斯年圖書館館藏、臺灣中央研究院歷史語言研究所所藏統計參閱北京大學劉岱昽博士論文《包公題材說唱文學研究》（2002 年未刊稿）；丁肇琴《俗文學中的包公》，臺北文津出版社，2000 年版，第 323～337 頁；楊國宜《包拯集校注·附錄四》，黃山書社，1999 年版，第 359～360 頁。

〔註125〕筆者輯錄河西、山西、江蘇等各地有關包公的寶卷約 200 餘種，限於篇幅不一一列舉。

		〔註 126〕、《天仙寶卷》（手抄）〔註 127〕、《花枷良願寶卷》（手抄）〔註 128〕、《老鼠寶卷》（手抄）〔註 129〕、《賣花寶卷》（手抄又名《包公案》、《賣花古典》）、《搖錢樹寶卷》（手抄）、《黃氏女卷》（石印）、《劉孫寶卷》、《張四姐大鬧東京寶卷》、《老鼠寶卷》、《吳彥能擺燈寶卷》等十二種。
	國家圖書館	《寶卷初集》裏之《雪梅寶卷》及《龍圖寶卷》
彈詞	國家圖書館圖書	彈詞類：十回彈詞《秦香蓮》〔註 130〕
	臺灣中央研究院歷史語言研究所藏	《陳世美不認前妻》、《釣金龜雙釘記》。
鼓詞	臺灣中央研究院傅斯年圖書館	《仁宗認母》（石印）、《包斷奇文荷包記》（石印）、《包公親審烏盆記》（石印）、《烏盆告狀包公案》（石印）、《包丞相斷烏盆全傳》、《陳世美不認前妻》（石印）、《洛碗記》（木刻）〔註 131〕、《包公出世》、《龍圖公案》（抄本，不全）、《包公案鐵蓮花》（抄本）。大鼓類：《包公誇桑》。

〔註 126〕《蝴蝶小冊寶卷》這篇作品武俠氣息極濃，情節複雜、旁支眾多，對包公的描述與眾不同。包公在此卷中暴戾氣息極重，而卷中對刑罰也詳加敘述：「包公監殺兩惡人，黃旗梗在背上存：羅山開膛弄破肚，鱗骨剮死蘇氏身，抽腸撥舌剝皮來，首級號令常州城。」寶卷作者或想用此來威嚇行惡之人，但包公的形象卻因此受到損害，清官變得過分嚴厲。反倒是仁宗一反常態，由頭至尾不曾庇護國舅。
〔註 127〕又名《天仙四姐寶卷》、《鬥法寶卷》、《天仙女寶卷》、《楊呼捉姐寶卷》。
〔註 128〕全名《河南開封府花枷良願龍圖寶卷》，又名《龍圖寶卷》、《良願龍圖寶卷》、《包公巧斷血手印寶卷》、《良願寶卷》。另外，民間認為抄卷、誦卷可以積功德，鎮妖辟邪，揚善懲惡，所以包公題材寶卷的傳播是以信仰為動力的。
〔註 129〕《老鼠寶卷》（又名《珠還寶卷》、《毒藥寶卷》、《珠環寶卷》）現存《老鼠寶卷》共有兩個，內容完全不同。一則與五鼠鬧東京的故事有關，一則是因老鼠而生的案件。兩部作品均歌頌為民除害的包公。前者篇幅很短，但藝術手法相當特殊，以動物作為主角，寫作方式頗類似《伊索寓言》。卷中採用的五鼠鬧東京故事，早在《包公案‧玉面貓》、及《龍圖公案‧決戳五鼠鬧東京》便已出現。另外，倫敦圖書館還藏有一本明代小説《五鼠鬧東京包公收妖傳》這些作品對後代的説唱文學均有影響。
〔註 130〕彈詞在後來逐漸進入書場，演唱中長篇歷史故事，長沙彈詞中演唱的歷史故事有《五虎平西南》、《萬花樓》等。
〔註 131〕《烙碗計寶卷》與鼓詞《洛碗記》、《包公案鐵蓮花》皆講述後妻為奪家產與子共同殺人的案件。《烙碗計寶卷》沒有一點宗教氣息，反倒像是一般的民間説唱文學。鼓詞《包公案鐵蓮花》情節的複雜性遠超過《烙碗計寶卷》及《洛碗記》，宗教意味相當濃厚，講述因果報應及勸人虔誠信教的文字比比皆是，這在寶卷以外的説唱文學中是罕見的。

	北京大學圖書館	《陳世美不認前妻》（片斷）、《陳州放糧打鑾駕》、《陳英買水伸冤記》、《張四姐大鬧東京傳》、《五鼠鬧東京》、（收錄於趙景深編《鼓詞選》）
	安徽師範大學圖書館	《包公出世歌》、《龍圖公陰陽判》、《三官堂》
石派書	北京大學圖書館	《三審郭槐》（抄本）。
	臺灣中央研究院傅斯年圖書館	《三審郭槐》、《玉宸宮》、《包興》（殘本）、《范仲禹》（殘本）、《包公案鐵蓮花》、《包丞相》。（均爲抄本）
東北二人轉	國家圖書館	《包龍圖——傳統二人轉集》內含七則二人轉文本：《鍘美案》、《鍘國舅》、《打鑾駕》、《包公鍘侄》、《包公賠情》、《包公斷後》、《打龍袍》、《包公弔孝》、《五鼠鬧東京》、《包公趕驢》。
歌仔類	臺灣中央研究院傅斯年圖書館	歌仔類：《包公審尿湖歌》、《包公審鼠精歌》、《最新弔金龜歌》、《新刻陳世美不認前妻》、《最新水災歌》、《張文貴父子狀元歌》、《新編五鼠鬧宋宮歌》。
平話	臺灣中央研究院傅斯年圖書館	福州平話類：《紙馬記》、《狸貓換太子》（石印）、《包公審春太》（石印）、《包公捉妖》（石印）、《三試顏春敏》（石印）、《不認妻》（石印）、《黑驢報》（石印）、《五鼠鬧東京》（石印）、《審郭槐》（石印）、《雙釘判》（石印）、《寄柬留刀》（石印）。

此外，現存包公題材說唱文學尚有：

胡士瑩《彈詞寶卷書目》中提及者：《三世修道黃氏寶卷》（惜陰書局）、《合同記寶卷》（惜陰書局）、《雙釘記卷》（又名《金龜寶卷》、《張義寶卷》，惜陰書局）、《鐵蓮花寶卷》（又名《搶生死牌寶卷》）。

車錫倫《中國寶卷總目》中提及者：《包公寶卷》（又名《包公錯斷顏查山》、《顏查山》〔註132〕、《紅葫蘆寶卷》、《陰陽寶卷》）、《落帽風寶卷》（又名《三審郭槐寶卷》、《龍圖卷》）、《合同記寶卷》。趙景深《鼓詞選》序言中提及者：《陳英賣水伸冤記》、《包公案》、《五鼠鬧東京》、《黑驢告狀打棍出箱》。

〔註132〕 「包公錯斷顏查散」寶卷有多種，名稱分別有《包公立斷嚴查山寶卷》、《包爺三下陰曹》、《嚴察山寶卷》、《包公三斷顏查散寶卷》、《包公錯斷顏查散寶卷》、《花燈寶卷》、《閻又三寶卷》、《紅葫蘆寶卷》、《包公寶卷》，在《涼州寶卷》（一）、《永昌寶卷》（上）、《山丹寶卷》（上）、《酒泉寶卷》（下）、《金張掖寶卷》（三）都有本子收錄。

　　朱萬曙《包公故事源流考述》中提及者：寶卷：《魚籃寶卷》、《陳世美寶卷》、《釣金龜寶卷》、《鐵蓮花寶卷》、《賢良寶卷》等〔註133〕。

　　華東師範大學《潮州、長沙俗曲目錄》中提及者：《龍圖公陰陽判》、《狄青平東包公出世》、《賣水記》、《賣花記》。

　　《湖南唱本提要》中提及者：彈詞《賣花記》、《五鼠鬧東京》；平話《滴血珠》、鼓詞《紫金瓶》。以上作品筆者未能全部見到。

　　鄭振鐸先生把寶卷分為佛教的和非佛教的兩大類，其中佛教的包括勸世經文、佛教故事；非佛教的包括神道故事、民間故事和雜卷。〔註134〕從現存的包公題材的寶卷看，其取材面相當廣泛，有動物寓言形式的《鸚哥寶卷》，也有類似才子佳人故事的《花枷兩（良）願寶卷》，武俠氣息濃厚者如《蝴蝶小冊寶卷》，動物報恩故事者如《劉文英寶卷》、《黃馬寶卷》。多樣化的取材使得包公故事不再局限於公案範疇之內。大致分類如下：

佛道故事	女性修行故事	《黃氏女卷》
	神怪故事	《老鼠寶卷》、《張四姐大鬧東京寶卷》
倫理教化故事	家庭教化故事	《鸚哥寶卷》、《烙碗計寶卷》
	一般教化故事	《雪梅寶卷》、《蝴蝶小冊寶卷》、《雞鳴寶卷》、《劉文英寶卷》、《黃馬寶卷》
公案故事	強權凌人故事	《賣花寶卷》、《吳彥能擺燈寶卷》
	奇案故事	《珠還寶卷》、《新編繪圖李宸妃冷宮受苦寶卷》、《花枷兩（良）願寶卷》、《顏查散寶卷》

（二）小說

　　廣義上的包公文學是指不以包公為敘事主要角色但又有涉及的各類文學作品，它們對包公傳播擴散有積極建樹。在元明清三代，這類文學作品數量巨大，他們對包公的傳播主要起維持作用，茲對此羅列部分如下：

朝代	作品名稱、作者	主要情節及展示的包公形象	版　本
宋	《鴛鴦燈傳》〔註135〕	三人共爭訟於包待制。判娶李氏為正室，越英為偏室。	

〔註133〕朱萬曙提到的《魚籃寶卷》及《賢良寶卷》二個文本又見於北京大學圖書館。但內容與包公故事毫不相關，或有可能是同名異卷。

〔註134〕鄭振鐸：《中國俗文學史》，商務印書館，1938年版，第311頁。

〔註135〕據李劍國先生考證，《鴛鴦燈傳》大約是北宋後期的作品，參見其《宋代志怪傳奇敘錄》相關條目，南開大學出版社，1997年版，第225頁。

元明清	羅貫中《三遂平妖傳》 1. 萬曆王愼修校勘本 2. 藏韓國奎章閣，羅貫中（明）撰、馮夢龍（明）增訂，中國木版本。刊年未詳（清代）〔映旭齋增訂〕北宋《三遂平妖全傳》〔註136〕	包公審理彈子和尚	韓國江陵市（船橋莊）藏撰、馮夢龍增訂，中國木版本。清代本衙藏版。
	《水滸傳》引首	文曲星乃是南衙開封府主龍圖閣大學士包拯，武曲星乃是征西夏國大元帥狄青。這兩個賢臣，出來輔佐這朝皇帝，在位四十二年，改了九個年號	
	《紫珍鼎》	演包公洗皮匠周二橋殺魏錦妻洪氏之冤一事。〔註137〕	錢靜方謂該書久已失傳。
	《警世通言》 1. 第二十卷 計押番金鰻產禍 舊名《金鰻記》 2. 第三十五卷 況太守斷死孩兒	1. 包爺初任，因斷了這件公事，名聞天下，至今人說包龍圖，日間斷人，夜間斷鬼。有詩爲證：詩句藏謎誰解明，包公一斷鬼神驚。寄聲暗室虧心者，莫道天公鑒不清。 2. 慶奴看著那官人道：「你帶我來，卻教我怎地模樣！你須與我告恭人則個。」官人道：「你看恭人何等情性！隨你了得的包待制，也斷不得這事。你且沒奈何，我自性命不保。等他性下，卻與你告。」	
	《拍案驚奇》卷三十三「張員外義撫螟蛉子，包龍圖智賺合同文」	包龍圖遂提筆判曰：劉安住行孝，張秉彝施仁，都是罕有，俱各旌表門閭。李社長著女夫擇日成婚。其劉天瑞夫妻骨殖准葬祖塋之側。劉天祥矇朧不明，念其年老免罪。妻楊氏本當重罪，罰銅準贖。楊氏贅婿，原非劉門瓜葛，即時逐出，不得侵佔家私	

〔註136〕參見閔寬東：《中國古典小說在韓國之傳播》，學林出版社，1998年版，第152～153頁。

〔註137〕錢靜方：《小說叢考·紫珍鼎傳奇考》，古典文學出版社，1957年版，第86頁。

《宋史演義》	第三十二回「狄青夜奪崑崙關包拯出知開封府」	
《僧尼孽海・西冷寺僧》	宋氏大恨於心。歸訴於父，父告於開封府，包公判曰：「失腳遭跌，已出有心；長髮娶親，莫大不法。」僧人斷配千里，宋氏仍歸母家，抑鬱而死宋氏明白是開門揖盜	
李雨堂《五虎平西》（一名《五虎平西珍珠旗演義狄青全傳》）	所謂五虎是指狄青元帥和其麾下的張忠，李義、劉慶、石玉四將共五人。書中兩次大爭端都與珍珠旗有關，珍珠旗是西遼傳國之寶。包公在《五虎平西）中仍屬斷疑案、抗權奸之角色，主要出現在第四十七至五十一回中審理「狄青殺鳳姣案」、第六十六至七十二回「狄青起死復生案」以及第九十三至一百零一回的「龐洪私通西遼案」，此外第一回及第一百一十一回亦有關於包公之描述	
李雨堂《五虎平南》全名《五虎平南後傳》，一名《五虎平南狄青後傳），共四十二回	包三在《五虎平南》中只審判了一件案子。包公已由過去的審斷疑案轉化爲仁宗分憂解勞，調度人事，故其官職也由開封府尹變爲丞相。相對於《五虎平西》中包公與仁宗激烈對辯的立場，本書中的仁宗對包公所作所爲均一概接受，毫無疑義，君臣關係又回覆到與《萬花樓》類似的和諧情況	
《聊齋誌異》卷四「續黃梁」	有龍圖學士包拯上疏，其略曰：「竊以曾某，原一飲賭無賴，市井小人。一言之合，榮膺聖眷，父紫兒朱，恩寵爲極。不思捐軀摩頂，以報萬一，反恣胸臆，擅作威福。可死之罪，擢發難數！朝廷名器，居爲奇貨，量缺肥瘠，爲價重輕。」	張友鶴三會本

〔清〕紀昀《閱微草堂筆記》卷二十灤陽續錄二	不半載，富室竟死。殆訟得直歟？富室是舉，使鄧思賢不能訟，使包龍圖不能察。且恃其錢神，至能驅鬼，心計可謂巧矣，而卒不能逃幽冥之業鏡。聞所費不下數千金，為歡無幾，反以殞生。雖謂之至拙可也，巧安在哉！	
《野叟曝言》 1. 第二十八回「一股麻繩廊下牽來偷寨賊兩丸丹藥燈前掃卻妒花風」 2. 第四十一回送仙蹤蟾府愜新遊，慰鄉心麋臺欣小住	1. 如今連銀子都滾了出來，就是包龍圖來審，也要冤著大爺這一遭兒的了。 2. 後來包龍圖上了一本，說得十分懇切。玉帝當下把閻王嚴重處分，可是已經生下來的，沒法子收回。總要等他們天年盡了，另有一幫子人託生出來，眼睛才會正呢。」